Black
블랙·아웃
Out

블랙·아웃

초판 1쇄 찍은 날 | 2016년 1월 18일
초판 1쇄 펴낸 날 | 2016년 1월 22일

지은이 | 문희
펴낸이 | 예경원

편집 | 유경화

펴낸곳 | 예원북스
등록번호 | 제396-2012-000132호
등록일자 | 2012. 7. 25
YRN | 제1-0128호

주소 | 경기도 고양시 일산동구 호수로 646-24 위너스21-Ⅱ 206A호 (우) 10401
전화 | 031-819-9431 팩스 | 031-817-9432
http://cafe.naver.com/yewonromance
E-mail | yewonbooks@naver.com

ISBN 979-11-5845-067-0 03810

※ 이 도서의 국립중앙도서관 출판시도서목록(CIP)은 서지정보유통지원시스템 홈페이지(http://seoji.nl.go.kr)와 국가자료공동목록시스템(http://www.nl.go.kr/kolisnet)에서 이용하실 수 있습니다.

19세 미만 구독 불가

문희 장편 소설

Black 블랙·아웃 Out

YEWONBOOKS ROMANCE STORY

C • O • N • T • E • N • T • S

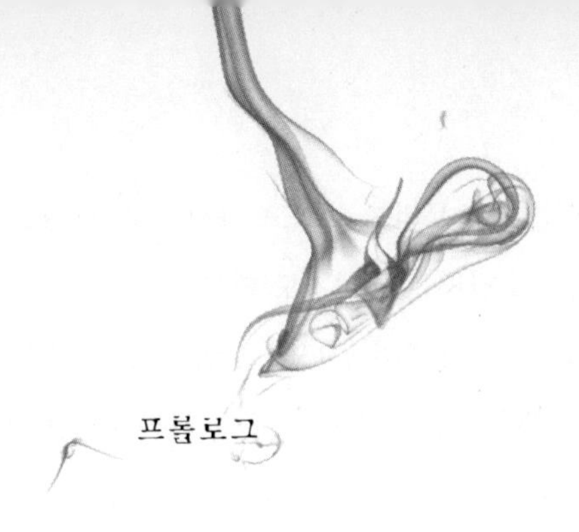

프롤로그

흐릿한 섹시함을 머금은 담배 연기가 자욱한 바의 한가운데 색소폰을 연주하는 남자가 있었다.

금빛의 색소폰은 조명을 받아 반짝이고 연주하는 남자의 화려한 반짝이 옷도 조명을 받아 반짝거리고 있었지만 색소폰의 선율은 보여지는 밝은 느낌과는 거리가 멀었다.

어찌나 그 가락이 서럽게 들리는지 자리에 드문드문 앉은 남자들이 담배 연기를 길게 내뿜고 있었다. 마치 자신들의 신세를 한탄하듯이 말이다.

이태원의 물랑루즈는 항상 홀로 시간을 즐기는 남자들이 누구의 방해도 받지 않고 시간을 보내다가 가는 곳이었다. 가끔은 자신의 쓸쓸한 무리를 데리고 와서 춤과 노래로 그들의 삶의 무게를 잠시나마 달래는 곳이기도 했다.

색소폰의 독주가 끝나갈 무렵 홀로 시간을 즐기는 남자들의 시선이 무대 위로 집중이 되었다. 빤짝빤짝한 붉은색 드레스를 입고 조명 없이도 빛이 나는 몸매를 가진 그녀의 등장에 남자들은 피우던 담배가 그냥 타들어가는 줄도 모르고 넋을 잃고 그녀가 노래를 부르기를 기다리고 있었다.

마침내 색소폰의 독주가 끝났지만 아무도 연주자에게 박수를 치지 않았다. 모두가 지금 쳐다보고 있는 건 무대 위 피아노 옆에서서 마이크를 잡고 무심한 듯 자신의 순서를 기다리고 있는 그녀였다.

낡아서 흐릿한 조명이 그녀에게 비춰지자 남자들의 함성이 여기저기에서 터져 나왔다.

"제인!"

피아노 전주가 잘 안 들릴 정도로 남자들의 환호가 대단했다. 홀로 바에 앉아 이 같은 장면을 웃으며 보고 있던 여자가 나이 많은 바텐더에게 물었다.

"제인이 인기가 많은가 봐요?"

늙은 바텐더가 웃으며 얘기를 했다.

"제인이 이태원에서는 최고죠. 아무리 한류스타라고 해도 제인의 노래는 못 따라가죠. 모두가 제인을 좋아해요. 남자라면 제인

같은 여자를 꿈꾸죠."

바텐더가 꿈을 꾸는 듯이 무대 위의 제인을 보고 있었다.

"그런데 아가씨는 처음 보는 얼굴인데?"

바텐더의 시선이 앞에 앉아서 제인을 보며 술잔을 기울이는 여자를 향해 있었다. 너무나 이 공간에 안 어울리는 공부벌레처럼 생긴 여자는 마치 만화 영심이에 나오는 안경태 같았다.

여자 안경태라는 생각이 들자 바텐더는 피식 웃음이 나왔다. 어쩌면 저렇게도 매력이 없게 생겼을까? 그러니 이런 연말에 남자도 없이 혼자서 이런 바에나 오지, 라는 생각을 하며 그는 연신 칵테일을 만들기에 바빴다.

확실히 여자가 예뻐야 남자들도 다가오고 칵테일이라도 사주는데 이 여자는 들어온 지 한 시간이 넘었는데도 여전히 혼자였다. 그리고 술은 또 어찌나 센지 벌써 독한 위스키를 네 잔째 마시고 있었다.

"나도 같은 걸로."

여자가 앉은 자리에 남자의 목소리가 들리자 뒤돌아 있던 바텐더가 여자 쪽으로 얼른 고개를 돌렸다. 어떤 놈이 이렇게 미안하게 생긴 여자에게 관심이 있는지 궁금해서였다.

"어?"

"왜?"

색소폰 연주자 태호였다. 눈 높기로 치면 한라산보다 높은 태호가 안경태 아가씨 옆에 그것도 빠짝 다가가 앉아 있었다. 마치 아주 관심이 있는 여자에게 치근덕거리는 녀석처럼 태호는 다리 사이에 여자를 끼고 앉았다.

"같은 걸로 줘."

이렇게 얼른 말하고는 사랑스러워 죽겠다는 표정으로 그 여자를 보고 있었다. 허, 이건 뉴스에 날 일이었다.

바텐더가 손에 꼽을 정도로 이태원 유흥업소에서 정태호하면 알아주는 얼굴이었고 그동안 인물값도 많이 한 녀석이었다. 그런데 앞의 안경 쓴 여자라니, 안경알이 어찌나 두꺼운지 코가 주저앉아 내릴 것 같았다.

"우리 다운이 왔어?"

우리란다. 태호의 정신이 뜻을 품고 출가를 하신 게 분명했다.

"형, 내가 손님이 아니라고 술도 안 주냐? 돈 줄 테니까 줘."

"어? 어."

바텐더는 얼른 정신을 차리고 위스키 한잔을 따라주었다. 그러더니 태호가 앞의 미안하게 생긴 아가씨의 얼굴을 쓰다듬었다.

"오래 기다렸어?"

"아니."

"그랬구나, 우리 다운이. 아직도 볼이 차네."

그리고 양손으로 여자의 얼굴을 녹여주고 있었다. 지금 바의 여사장이 태호에게 그렇게 꼬리를 치는데도 눈길 한번을 주지 않는 녀석인데 신기할 따름이었다. 여기 여사장이 성형을 좀 해서 그렇지 상당히 미인이었다. 앞의 아가씨는 상대도 되지 않았다.

"자."

위스키 잔을 내밀었다.

"저도 한잔 더 주세요."

술이 어느 정도 된 것 같은데 여자가 위스키를 더 달라며 잔을 내밀었다.

"그만 마셔. 많이 마신 거 같은데……."

태호가 잔을 빼앗아 바텐더에게 넘겼다. 제인의 노래가 클라이맥스에 치닫고 있었다.

"정말 예뻐요."

여자가 제인을 보며 조용히 중얼거렸다.

"그렇지?"

"네."

제인을 바라보며 앞의 여자가 태호와 이야기를 하고 있었다. 너무나 궁금한 바텐더가 태호에게 물었다.

"누구?"

"사랑하는 사람."

"뭐?"

바텐더의 턱이 빠질 지경이었다.

"안녕하세요. 정다운입니다."

"아, 네~"

아가씨가 인사를 마치자 태호가 자신의 품으로 여자를 안았다. 아무리 봐도 비주얼적으로는 안 어울리는 커플이었다.

"와우! 와~"

제인의 무대가 끝나고 여기저기에서 함성이 쏟아졌다. 아름다운 제인은 무표정한 표정으로 그들에게 인사를 했다. 그녀의 노래처럼 슬픔을 담은 모습이었다. 마치 제인이 재즈인 듯이 말이다.

제인이 태호가 있는 곳으로 오고 있었다. 그녀가 고혹적인 걸음을 내딛을 때마다 하얀 다리가 허벅지까지 찢어진 드레스 사이로 드러나고 있었다.

바텐더의 시선도 제인을 따라 움직였다. 제인의 성질에 이 앞의 미안하게 생긴 아가씨를 안고 있는 태호를 가만히 두고 볼 리가 없었다.

태호는 제인의 하나뿐인 삼촌이었다. 제인이 어렸을 때 재능을 알아본 그가 제인을 데뷔시키고 제인을 잡아먹으려는 남자들로부터 현재까지 잘 지키고 보살펴 주고 있었다. 둘의 관계는 아버지와 딸처럼 보기가 좋았다. 그래서 더욱 지금은 제인이 그냥 넘길 상황이 아니었다.

"꺄아악~ 다운아!"

제인이 앞의 여자를 향해 괴성을 지르며 달려와서 꼭 끌어안았다.

“숨 막혀.”

“웬일이야? 너 이런 데 안 오잖아. 우리 공부벌레가 술도 다 마시고. 오올~~~~”

마냥 반가운 제인과는 달리 여자는 시큰둥한 표정으로 제인을 바라보았다.

“조용히 얘기하고 싶다.”

오히려 앞의 여자가 제인을 귀찮아하고 있는 것 같았다. 볼수록 신기한 광경이었다.

“그래? 그럼, 다운이 데리고 대기실로 가자.”

제인이 태호를 보며 말했다.

“그래.”

“아저씨, 얼마예요?”

여자가 퉁명스럽게 물었다.

“형, 달아놔. 내가 계산할게.”

그렇게 얘기를 하며 태호가 여자의 팔짱을 끼고 대기실로 갔다. 그 뒤를 제인이 따랐다.

그들의 뒷모습을 보는 바텐더의 고개가 계속해서 그들을 향해 있었다. 그들이 대기실로 사라질 때까지 말이다.

“앉아.”

제인이 찌든 담배 냄새로 가득한 대기실에 다운을 앉혔다.

"어쩐 일이야?"

제인이 눈을 동그랗게 뜨며 그녀를 바라보았다. 이럴 때는 뭔가 찔리는 게 있다는 얘기였다. 제인은 대찬 성격의 소유자였다. 어릴 때부터 밤무대에서 활동을 한 탓도 무시는 못하겠지만 그보다 더 어릴 때부터 제인은 동네에서 손꼽히는 짱이었다.

그런 제인이 이렇게 오버를 할 때는 이유가 있을 때뿐이었다. 가령 뭔가 잘못을 하고 들켰을 때라던가 몹시 자기가 불리한 상황에 놓였을 때라던가. 그렇지 않고서는 이렇게 가식적인 미소를 띠며 그녀를 바라보고 있는 성격이 아니었다.

"아름이 너."

"어."

제인의 원래 이름은 정아름이었다. 다운의 일란성 쌍둥이 언니였다. 태어나면서부터 머리서부터 발끝까지 데칼코마니처럼 똑같은 그들이었지만 자라면서 꾸미기 좋아하는 아름과 공부를 좋아하는 다운은 많이 다른 외모를 가지게 되었다.

"너 또 무슨 짓을 한 거야?"

"뭐가?"

아름의 눈빛이 흔들리고 있었다.

"어떤 사람들이 계속해서 나한테 편지를 보내고 있어."

"누가 요즘 같은 세상에 편지를 보내?"

아름이 다운의 눈길을 피하며 말했다.

"너, 공순자라는 사람 알아?"

"아…… 니……."

여전히 뭔가를 숨기는지 아름의 목소리가 떨렸다.

"그만 이실직고해."

옆에서 듣고만 있던 삼촌이 한마디를 했다.

"뭔데? 뭐냐고?"

성질 급한 다운이 소리를 쳤다. 아무래도 아름이 뭔가를 숨기고 있는 게 분명했다.

"편지에 뭐라고 적혀 있는데?"

삼촌도 다시 다운에게 조용히 물었다. 삼촌은 언제나 아름이 우선이었다. 물론 다운에게도 잘하셨지만 언제나 파트너처럼 붙어 다니는 아름이 더 마음이 가는 건 사실일 것이다.

"알기는 아는 사람이야?"

아름이 그제야 고개를 끄덕였다. 다운이 주머니에서 편지 두 통을 꺼내 아름에게 주었다.

"읽어봐."

편지를 받아 든 아름의 얼굴이 하얗게 질리고 있었다.

"내가 편지를 처음 받고 나에 대해서 너무 잘 아는 게 이상해서 왠지 여기 계시는 두 분과 관련이 있지 않을까 해서 참고 가만히 있었는데 일주일 뒤에 온 두 번째 편지는 감당이 안 되는 내용이라서 병원에서 바로 이리로 온 거야."

편지의 안에는 미국에 사는 아름의 남자친구의 부모님이 아름을 보고 싶다는 내용이 적혀 있었다.

비록 얼굴도 모르지만 본인들이 컴맹이시라 촌스럽게 편지를 보낸다며 이해해 달라는 내용이었다. 가족들의 웃는 얼굴의 사진과 아름의 남자친구로 보이는 남자의 어릴 때 사진도 들어 있었다.

문제는 그게 아니었다. 아름을 다운으로 착각하고 있다는 것이었다. 그리고 어떻게 그녀가 근무하는 병원의 주소를 알게 되었는지가 더 궁금한 다운이었다.

언니가 남자친구에게 의사라고 거짓말을 한 건지 남자친구가 식구들에게 여자친구가 밤무대 가수가 아니고 의사라고 거짓말을 했는지 둘 중에 하나는 미국의 어른들을 속이고 있는 것이었다.

"그게……."

"똑바로 말하는 게 네 신상에 좋을 거야, 언니."

언제나 반말을 했지만 싸울 때는 언니를 꼭 붙이는 버릇이 있는 다운이었다.

"아름아, 그냥 얘기해."

삼촌도 뭔가를 알고 있는 눈치였다.

"아이씨. 그래 내가 잘못했다. 내가 잘난 동생 좀 팔아먹었다."

급할 때는 성질을 부리는 아름이지만 다운이에게는 씨알도 먹히지 않았다.

"소리치지 말고 말해. 나 언니 때문에 위스키 마구 쏟아부었으니까."

다운이의 목소리 톤이 낮아지고 있었다. 이건 정말로 다운이가 화가 났다는 뜻이었다.

"다운아, 미안하다. 한번만 봐주라."

갑자기 아름이 비굴 모드로 돌변해서 다운의 손을 잡고 사정을 했다.

"말해."

"사실은 여기 오는 손님 중에 정말로 나의 이상형을 만났거든."

"마크 리."

옆에서 삼촌이 끼어들었다.

"삼촌!"

누가 쌍둥이 아니랄까 봐 둘이 동시에 태호에게 소리쳤다.

"난 마크가 너무 좋아."

"그런데, 왜 편지가 미국에서 오냐고."

"그게 마크가 집 식구들에게 의사랑 사귄다고 얘기를 했나 봐."

어이가 없었다.

"여기서 만났다면서 언니가 뭘 하는지도 몰라?"

"아니, 마크는 알고 있는데 그 집안 어른들이 마크를 못 미더워

한데."

"왜?"

"날라리."

역시 삼촌이 끼어들었다. 두 여자가 동시에 째려보자 이번에는 삼촌도 꼬리를 내리고 의자에 앉으셨다.

"한국에서 1년만 있기로 하고 왔는데 1년을 더 있겠다고 우기니까 집에서 안 된다고 반대하셔서 결혼할 여자가 있다고 말했고 내가 자랑스럽게 말한 너의 얘기를 집안 어른들께 했나 봐."

"그래서?"

"내가 의사가 되고 네가 밤무대 가수가 된 거지. 우리가 쌍둥이인 줄도 알아."

"야!"

갑자기 아름이 무릎을 꿇었다.

"한번만 봐주라. 나의 영혼의 반려다."

"영혼의 반려 좋아하네. 한두 번이야? 이제 남자는 질리지 않니?"

어렸을 적부터 아름이는 예쁜 외모와 털털한 성격으로 남자들의 인기를 한 몸에 받았었다. 끼도 많고 뭘 하든지 눈에 띄는 아름이었다.

부모님이 돌아가시고는 삼촌을 따라 노래를 하며 가족의 생계를 맡았다. 그녀의 학비와 돌아가신 할머니의 병원비까지 아름이는 할 도리를 다 했다.

"그래서? 이번에는 멀쩡한 사람이야?"

"응, 이번에는 멀쩡해. 하늘같이 마음이 넓은 네가 이해 좀 해주라는 거지."

"밥은 먹었어?"

얼마나 좋아하는 남자면 거짓말까지 하는데도 용서를 할까 하는 생각에 다운은 말을 멈추었다. 언니의 직업은 부끄러운 것이 아니라 자랑스러운 일이었다.

그걸 이해해 주는 남자의 집안이었으면 좋았겠지만 지금의 상황으로 봐서는 그건 아닌 것 같았다.

"내가 여기 진짜 맛있는 중국집 아는데 가자."

"차이니즈 레스토랑."

삼촌이 중간에서 끼어들었다.

"삼촌!"

"알았어. 가자. 이 삼촌이 맛있는 탕수육 사주마."

왠지 이상한 남자를 만나는 게 아닐까 싶어 걱정이 되기는 했지만 다운은 아름의 선택을 믿기로 했다.

고등학교도 졸업하지 못하고 노래만으로 가족들을 부양하며 살아온 아름이었다. 남들에게는 한없이 차갑고 못되게 굴었지만 알고 보면 허당인 착한 언니였다.

그 언니가 행복하다면 얼마든지 언니가 의사인 척해도 이해할 수 있었다.

하지만 다운은 이렇게 이해해 준 게 나중에 얼마나 큰 후폭풍으로 자신에게 돌아올지 알지 못했다.

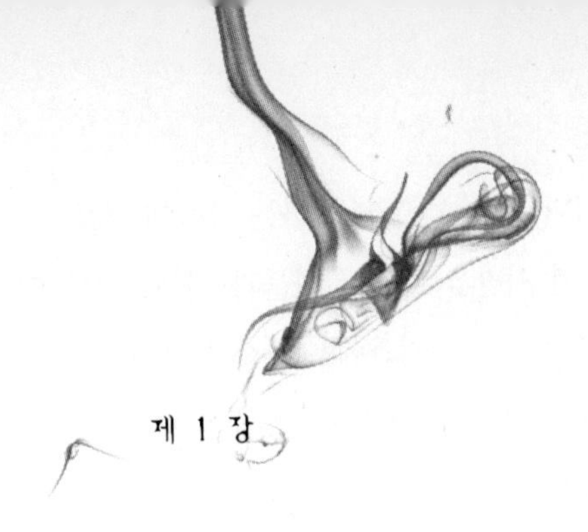

제 1 장

전쟁터나 다름없이 어질러진 외과 의국의 침대에 누워 단잠을 자고 있는 다운의 어깨를 누군가 흔들어 깨우고 있었다.

"나 열 시간 수술했고 오늘 오프야."

"치프, 아는데요, 지금 누가 찾아오셨어요."

일인용 침대에 모로 누운 그녀는 덮고 있던 가운으로 얼굴을 덮었다.

"죽었다고 해."

"저기……."

"아이씨, 뭐?"

그녀가 침대에 누운 채로 몸부림을 치며 인턴에게 성질을 내고 있었다. 간이식 수술을 하는 바람에 지금 그녀는 제정신이 아니었다. 열 시간을 가는 신경들과 씨름을 하느라 온몸이 뻐근하게 아파왔다. 간이식외과에서 수술 시간은 보통이 열 시간이었다.

잠과 배고픔을 견디며 수술을 하고 난 다음의 꿈같은 휴식이었다. 방해받고 싶지 않았다. 아니, 좀 가만히 내버려 뒀으면 싶었다.

"언니분이 찾아오셔서……."

"뭐?"

이게 지금 꿈인지 생신지 구분이 안 가 눈앞이 어질거렸다. 못 먹고 중노동을 한 결과 빈혈이 온 것 같았다. 코끝에는 그녀가 아플 때 먹으면 직방인 치킨 냄새가 요란하게 그녀의 코끝을 자극하고 있었다. 불길했다.

꼬르륵!

"다운아~~~"

아름의 간드러진 목소리였다. 아주 급한 상황이 아니면 절대로 나올 수 없는 소리인데 바이브레이션까지 옵션으로 달려 나온 걸 보니 아주 급한 상황인 것이다.

"나가!"

뒤도 돌아보지 않고 돌아누운 상태 그대로 다운은 아름을 향해 말했다.

"다운아~~~"

"꺼져!"

"우리 다운이가 왜 이러실까? 치킨 사왔는데 여기 의사 샘들 것까지도 사왔는데……."

다운이 꼼짝도 하지 않자 뒤에서 치킨을 탁자에 풀어놓는 부시럭거리는 소리가 냄새와 함께 배고픈 다운의 오감을 자극하고 있었다.

"아이씨!"

침대에서 벌떡 일어난 다운은 굶주린 하이에나처럼 치킨을 향해 달려들었다. 그 모습에 같이 있던 인턴은 식겁한 표정이었다.

"이거 먹으면 좀 멀쩡해져요."

아름이 말을 하자 인턴이 고개를 끄덕였다.

"여기 열 마리 사왔으니까 나눠 드세요. 그런데 여기 쓰레기장 말고 다른 데 먹을 곳은 있어요?"

아름은 먹고 남은 음식물 쓰레기와 과자 봉지로 가득한 의국을 한 바퀴 둘러보며 말했다.

"네, 다른 의국에 가서 먹으면 됩니다."

"그래요."

아름이 상냥하게 미소까지 띠며 말했다.

"다운아?"

"……."

아름의 부드러운 목소리에 팔에 닭살까지 올라온 다운이었다.

"야, 닭살 돋아서 못 먹겠다."

다운이 먹던 치킨을 놓으며 말했다. 이렇게 나긋나긋한 성격의 아름이 아니었다. 뭔가 중요한 부탁이 있을 때나 이러지 평소의 아름은 무뚝뚝한 성격이었다.

"많이 먹어. 우리 다운이 치킨 좋아하잖아."

"정아름!"

"알았어."

이렇게 말하고 다운의 옆에 다가앉는 아름이었다. 이런 아름을 다운은 재빠르게 피했다.

"내가 너 대학 보내줬으니까 은혜 좀 갚아라."

뜬금없는 아름의 말에 다운의 눈이 커졌다.

"뭐?"

"내가 뭐 언제 생색이라도 낸 적 있어?"

물론 언니 아름은 한번도 그녀의 학비를 대준 것에 생색을 낸 적은 없었다. 뭐 학비라고 말하기엔 어패가 있었다. 그녀가 전액 장학금을 받아 학교를 졸업했기 때문이었다. 하지만 의대 6년 동안 생활비는 언니가 대준 건 확실했다.

얼마 전 본 전공의 시험도 합격한 그녀였다. 서른한 살, 남은 건 의사라는 훈장뿐이었지만 이 모든 게 언니의 덕이긴 했다.

"새해부터 무슨 말을 하려고 평생 오지도 않던 병원에 다 찾아왔어? 생색내려고?"

"그래, 생색 좀 내려고 왔다."

가까이서 보니 일란성이 아닌 것 같았다. 커다란 눈망울과 겨울인데도 몸매를 고스란히 드러내는 니트 원피스를 입은 아름의 모습은 같은 여자가 봐도 예뻤다.

"빨리 말해. 얼른 먹고 자야 해."

"야, 편하게 살라고 의사 만들었더니 이렇게 개고생이나 하고."

"엉뚱한 소리 말고 빨리 얘기해."

"마크……."

그 인간 얘길 줄 알았다. 어째 걸리는 놈마다 제대로 된 인간이 없었다. 지난번 클럽 사장은 클럽 말아먹고 언니 돈까지 챙겨서 날랐고 두 번째 밴드 마스터는 유부남이었다. 세 번째는 그나마 나았는데 집에서 언니가 밤무대 가수라는 얘기에 시어머니가 극심하게 반대해서 헤어졌고 그다음은 너무 많아서 이젠 생각도 나지 않았다.

이번에 마크는 얼굴은 보지 않았지만 언니의 직업을 집안 어른들에게 속인 것 빼고는 언니의 말만 듣고도 얼마나 언니에게 잘하는지 알 것 같았다.

뭐 별다른 일이야 있겠냐마는 언니가 병원에 치킨까지 사 들고 온 데는 분명히 이유가 있을 것이다.

"무슨 일 있어?"

"아니."

"그럼?"

언니가 뜸을 들이는 건 더 싫었다. 호탕한 성격의 언니였다. 욕 잘하고 성질 더럽고 주먹으로 동네 짱이었던 언니였다. 이렇게 뜸 들이는 게 더 불안했다.

"있잖아, 미국에서 마크의 형이 온대. 사촌들하고 같이."

"왜?"

"일 때문에. 온 김에 나도 보고 싶다고 하나 봐."

언니의 표정이 초조해 보였다. 뭐 어쩌면 도련님과 시아주버니가 될 사람들이니 떨리기는 할 것이다.

"언니 보러?"

"응."

"결혼할 거야? 나한테 형부 될 사람도 보여주지 않고?"

그렇게 좋아하는 치킨을 놓고는 다운이 따지듯이 말했다. 언니가 결혼을 한다는 게 조금은 믿어지지 않았다. 엄마의 뱃속에서부터 같이 있었던 그녀들이었다. 너무나 다른 성격이었지만 그래도 서로를 누구보다 잘 이해하는 자매이자 친구였다. 서운했다.

"진짜 결혼할 거야?"

"나나 너나 서른이 넘었으니 이제 슬슬 짝을 찾아야지. 아직 딱 프러포즈는 받지는 않았지만 그 사람도 결혼을 생각하니까 미국의 형을 소개시켜 주는 거겠지."

막상 얘기를 듣고 나니 서운함이 파도처럼 밀려왔다.

"축하해. 마크의 어디가 그렇게 좋아?"

"사람이 순수하고 재미있어."

"결혼을 재미로 하냐?"

"그리고 나랑 닮은 구석이 많아. 상처가 많은 사람이야."

솔직히 다운은 상처가 많다는 말이 걸렸다. 아름과 다운도 어릴 적 부모님이 돌아가셔서 상처가 많은 사람들인데 형부만큼은 좋은 가정에서 자란 따뜻한 남자이기를 바랐다. 하지만 언니에게 그런 말을 하는 건 또 다른 상처를 주는 일이니까 다운은 하고 싶은 말을 참았다.

"여튼 난 아직 허락 안 했다."

"만나면 너도 좋아할 거야."

생전 처음으로 언니의 남자를 만난다니 기분이 굉장히 묘했다. 다운은 솔직히 언니가 마크를 영혼의 반려라고 얘기할 때도 믿음이 가지를 않았다. 여태까지의 남자들을 만날 때도 항상 요란했지만 다 헤어졌으니까 말이다.

이번에도 그냥 그러다 말겠지? 라는 생각이 어느 정도 다운에게 있었지만 예전의 남자들과는 다르게 언니가 다운에게 마크를 소개해 줄 모양이었다. 이번에는 확실히 다른 느낌이기는 했다. 언니는 언제나 남자에게 빠지면 앞뒤 안 가리고 덤볐지만 남자 쪽에서 적극적인 건 이번이 처음이라 다운도 어느 정도는 마크를 만나고 싶은 생각이 들기는 했다.

"다운아……."

불길하게 또 이름을 부르는 언니였다. 다운은 언니의 얼굴을 쳐다봤다. 뭔가 불안해 보였다.

"있잖아, 부탁이 있어."

드디어 언니가 하고 싶은 말을 하려 하고 있었다.

"뭔데?"

"다음 주에 그 사람 형이랑 사촌들이 서울에 온다고 했잖아?"

"그런데?"

"그 사람 형은 한국말을 하는데 사촌들은 한국말을 하나도 못하나 봐."

한번도 기분 나쁜 예감은 틀린 적이 없었다.

"네가 대신 나가주면 안 될까?"

이게 무슨 개 풀 뜯어 먹는 소린지 다운은 먹던 닭을 도로 뱉어낼 뻔했다.

"언니!"

"알아, 하지만 너처럼 난 영어도 못하고 의사도 아니잖아. 의사에 대해서 물어보면 난 아무 말도 못할 거고 사랑하는 사람도 잃게 될지도 몰라. 누가 밤무대 가수를 며느리로 삼고 싶겠어."

다운의 격한 반응에 아름의 얼굴이 서운함으로 가득했고 급기야는 잘 울지도 않는 언니의 눈가에 눈물이 맺혔다. 깡 하나로 버텨온 사람인데 자존심이 많이 상하는 것 같았다.

"울지 마. 언니가 어때서. 동생을 의사로 만든 사람 아냐. 자신감을 가지라고."

다운이 아름의 어깨를 뚝 쳤다.

"고마워."

"알았어. 저녁만 먹고 오지 뭐."

"다운아!"

"그런데 그 사람들이 우리 둘이 바뀌는데도 속을까?"

"그 사람들은 나를 모르니까."

"나중에 알면 어떻게 하려고?"

"그건 나중에 해결하면 돼."

아름의 말에 다운은 아름이 얼마나 마크를 사랑하면 저렇게 앞뒤 구분 못하고 덤빌까, 라는 생각이 들었다.

"알았어. 한번 해보지 뭐. 그래도 조금 신경은 쓰인다."

언니의 두 눈에서 눈물이 흘러내리고 있었다.

"자, 울지 마. 치킨 먹는 데 방해돼."

그렇게 말하면서 언니에게 티슈를 건네는 다운이었다. 한숨이 나오고 막막했지만 언니를 위해서라면 그 정도의 일은 해주고 싶은 다운이었다.

넓은 거실을 옮겨놓은 것 같은 전용기 안, 사촌 동생 니콜라스와 필립 그리고 벤이 서류 뭉치를 들고 열심히 검토를 하고 있었다. 이들은 대학을 졸업하고 회사에 입사한 신입사원들이었다. 제임스는 아버지의 회사인 A-mart를 미국의 10대 기업으로 키우며 그가 회장이 된 이후 매년 흑자를 내며 승승장구를 하고 있었다.

태어나면서부터 억만장자인 그였다. 아버지와 삼촌들이 키워낸 A-mart를 자신도 집안의 식구들과 함께 키우고 싶어서 사촌들을 지금 기업 곳곳에 심어두고 있었다. 아버지의 뜻도 그렇지만 피보다 진한 건 아무것도 없다는 게 그의 생각이기도 했다.

창밖을 보니 서울의 하늘이 보이고 있었다. 언제나 동경하던 조국의 하늘이었다. 한 번도 한국에 와본 적이 없는 그였다. 미국에서 태어나 그는 엘리트 코스만을 밟고 자랐다. 어릴 적에는 공부에 매진을 하느라 커서는 사업에 매진을 하느라 정신이 없었던 그였다. 그리고 이상하게 그는 한국에 올 기회가 있음에도 그때마다 이유가 생겨서 오지 못했었다.

그래서 이번에 사업차 첫 방문을 하게 되었다. 처음으로 고국의 땅을 밟는 그의 감회가 남달랐다. 그에 반해 동생인 마크는 한국에서 대학을 나오고 가끔 미국에서 사고를 치면 어머니께서 한국의 삼촌댁으로 보냈었기 때문에 마크에게 한국은 일종의 도피처 같은 곳이었다.

『후~』

동생을 생각하자 한숨부터 나오는 그였다. 한국의 재벌들은 명함도 못 내미는 엄청난 부를 가진 미국 땅에서 성공한 재미교포 2세 제임스 리였다. 빼어난 외모와 화려한 스펙으로 모두를 발아래

둔 그가 동생 마크만 생각을 하면 한숨부터 나왔다.

어린 시절부터 동생은 여배우들과 마약 파티를 벌이는 건 우스운 일이었고 집의 수영장에서 나체 파티를 하거나 패싸움을 벌이고 다니는 등 악동 짓만 골라서 해서 그런 문화에 익숙하지 않고 마약류를 쉽게 접할 수 없는 한국으로 대학을 보낼 정도로 집안의 골칫거리였다.

그런 마크가 한국으로 다시 떠난 지 1년 만에 결혼을 하겠다고 소식을 전해 모두를 놀라게 했다. 어머니는 마크가 이제 정신을 차린 게 아니냐며 좋아하셨다. 어머니야 언제나 마크의 편이셨지만 말이다. 의사인 미래의 제수씨는 상당한 미모의 소유자였다. 동생이 넘어갈 만했다.

아버지도 웬일인지 사진을 보시고는 완강히 반대를 하시다가 의사라는 소리에 허락을 하셨다. 옛날 분이라 직업이 굉장히 중요하신 듯했다.

제임스는 서류를 열어 마크가 보낸 아름의 사진을 보았다. 파티에서 노래를 부르는 아름의 모습이었다. 마치 밤무대 가수처럼 깊게 파인 검은색 드레스를 입고 스탠드 마이크를 쥐고 있는 모습이 무척이나 섹시해 보였다. 하지만 그의 눈길을 사로잡은 건 다른 사진이었다. 하얀 가운을 입고 동료들과 찍은 사진이었다. 두꺼운 안경을 쓰고 있어서 다른 사람 같았지만 편안하게 웃는 그녀의 모습이 그의 눈을 더 사로잡았다.

두 여자는 분명히 같은 사람이라고 말하지 않으면 다른 사람 같았다. 제수씨는 분명히 변신의 귀재임에 틀림이 없었다. 낮에는 성실한 의사로 밤에는 요부가 되어 그의 동생의 정신을 쏙 빼놓는 게 분명했다. 그도 그런 양파 같은 여자가 이상형이었다.

제임스는 정말로 오랜만에 여자라는 동물에 대해 생각했다. 비록 제수가 될 여자이긴 했지만 말이다. 생각해 보면 정말로 여자들에게 별 흥미가 없는 그였다. 아버지께서 어느 날은 심각하게 성적 취향에 대해 물으실 정도로 그는 여자와의 스캔들이 없었다. 일이 좋아서 일에 매달리다 보니 자연스럽게 결혼할 시기를 놓쳐 지금은 서른일곱의 노총각이 되었다.

그래서인지 동생이 결혼한다는 얘기에 요즘 그는 심란했다. 동생이 먼저 결혼을 하겠다고 하니 장남인 그의 결혼에 모두의 관심이 쏠렸다. 동생보다는 그가 먼저 결혼을 하는 게 순서가 아니냐며 모두들 그에게 한마디씩 했기 때문이었다. 다시 한 번 아름의 사진을 보던 제임스는 다가오는 벤 때문에 파일을 얼른 덮었다.

『회장님, 보고서 다 되었습니다. 일단은 서울보다는 지방 대도시가 더 시장성이 좋아 보입니다. 일단은 인구 대비 마트가 적은 곳을 다섯 군데 뽑았습니다.』

『좋아, 나도 서울이나 수도권에는 너무 포화 상태라서 매력이 없었어. 핵심을 잘 짚었어.』

벤의 모습을 보며 제임스는 마크도 이러면 얼마나 좋을까라는 생각을 했다. 하나뿐인 동생이 자신의 든든한 버팀목이 되어준다면 좋을 텐데, 라는 생각이 들었다.

『10분 뒤에 착륙 예정입니다. 안전벨트를 착용해 주십시오.』

기장의 방송이 들리자 모두들 서류를 가방에 담고는 처음으로 고국의 땅을 밟는 설레임을 안고 안전벨트를 맸다.

인천공항에 도착한 그들은 서울의 숙소로 재빠르게 출발을 했다. 첫날은 시차 적응을 할 예정이고 다음날부터의 일정은 거의 살인적이었다. 하지만 고국에 왔다는 설레임도 A-mart를 한국에 세울 설레임도 아닌 마크의 결혼 상대자를 만난다는 게 그를 더욱 더 설레게 만들었다.

한국에서 제일 좋다는 서울호텔 스위트룸에 짐을 푼 제임스는 서울의 야경을 보고 있었다. 생각보다 한국은 발전이 되어 있었다. 뉴욕과 비교해도 손색이 없을 정도로 서울은 큰 도시였다.

잠을 청하기 위해서 와인을 한잔 따른 그는 한참을 지나다니는 수많은 차들과 서울의 불빛을 바라보고 있었다.

Rrrrrrrr.

전화기가 요란하게 울리며 그의 상념을 깼다.

[형!]

마크였다.

[언제 도착한 거야?]

『두 시간쯤 전에 서울호텔에 들어왔어.』

[오느라고 힘들었지?]

동생의 부드러운 말에 제임스는 당황했다. 언제나 반이 욕인 동생이었다.

『아니야, 그렇게 피곤하지는 않아.』

[다행이네. 저녁 약속 날짜는 내가 잡아도 될까?]

온몸에 오글거림이 느껴지고 있었다. 확실히 남자는 여자를 잘 만나야 했다.

『저녁 시간에 별다른 스케줄은 없으니까 하루 전에만 얘기해줘.』

[응.]

전화를 끊고 나서 도저히 잠이 오지 않는 제임스는 무작정 겉옷을 걸치고 호텔을 나왔다. 서울의 야경이 이토록 아름다운데 가까이서도 보고 싶은 마음에서였다. 10시가 조금 넘은 시간인데도 정말 많은 사람들이 거리를 걷고 있었다. 미국에서는 상상도 할 수 없는 일이었다.

그는 한국에 오면 무조건 대학로를 거닐어보고 싶었다. 그가 대학로를 가보고 싶은 이유는 그곳에 젊은이들을 위한 아트센터를 짓고 싶은 생각이 있어서였다. 그건 아버지의 뜻이기도 했고 A-mart의 기업 이미지에도 좋기 때문이었다. 그리고 어릴 적에 그가 어쩌면 거닐었을지도 모를 곳이었기 때문이었다. 한국대에 진학할 생각이었지만 하버드에 합격을 하는 바람에 한국대를 포기한 그였다.

아마도 그때 그가 한국대를 선택했다면 이곳에서 청춘을 보내지 않았을까? 라는 생각이 들자 피식 웃음이 나왔다. 낭만적일까라는 생각도 들었고 하버드에 합격하지 않았다면 한국에서 대학을 다녔을 수도 있었다. 동생처럼 말이다.

제임스는 호텔 앞에 대기해 있던 택시를 타고 어설픈 한국말로 대학로로 가자고 했다.

"우리의 치프를 위하여!"

우리의 같은 소리한다고 속으로 생각을 한 다운이었다. 원없이 이들을 1년간 괴롭혀 주었고 레지던트의 마지막 생활을 실력이 좋은 인턴과 레지던트들과 함께 행복하게 보냈다.

지금은 전문의에 합격해서 당분간은 전문의로 한국대학 병원에 근무할 예정이었다. 오늘은 후배들이 이제 11년의 의사 공부를 마친 그녀를 축하하는 자리를 마련해 준 것이다. 예과 2년, 본과 4년, 인턴 1년, 레지던트 4년 이렇게 11년을 빼도 박도 못하고 붙어서 공부를 해야 의사가 될 수 있었다. 남자들은 군대에도 다녀와야 하니 시간이 더 걸린다. 동기 중에서는 그녀가 첫 번째로 전문의가 되었다.

"드세요. 오늘은 교수님의 카드가 제 손안에 있습니다."

술을 전혀 못하는 담당교수는 일찌감치 자리를 피했고 모든 화

살은 그녀에게 집중이 되어 있었다. 이건 그녀의 전문의 축하파티라기보다는 이제껏 치프에게 당한 것에 대한 보복의 자리인 것이다.

"치프, 제 잔 받으세요."

소주잔에 첫 잔이 부어진 이래로 지금 3시간째 그녀의 잔은 마를 사이도 없이 계속 채워지고 있었다. 그녀가 술을 마시는지 술이 그녀를 마시는지 이제 혀의 감각도 없어서 이게 무슨 맛인지도 몰랐다.

"아, 맞다!"

뭔가 생각이 난 듯이 작은 케이스를 꺼내는 인턴은 그녀에게 상자를 열어 보였다.

"치프, 이거 치프 첫 수술한 메스예요. 금칠했습니다. 한국의대의 상징, 금 메스입니다."

"와~ 짝짝짝."

전통이었다. 처음에 집도했을 때의 메스는 후배들이 잘 챙겨뒀다가 오늘 같은 날을 대비했다. 종로의 금은방에 가서 특수 도금을 해서 평생 그 떨림을 간직하라는 의미로 만들어주는 귀한 선물이었다.

"고맙다. 바보들아!"

천재 집단이었지만 이상하게 실전에서는 바보 같은 짓을 하는 후배들 때문에 그녀는 언제나 후배들을 이름 대신에 바보라고 불렀다. 물론 그녀의 선배들도 그녀를 그렇게 불렀다. 바보 속에 담긴 선배들의 애정을 선배가 되고 보니 알았다.

"축하합니다. 닥터 정."

"고맙다."

"한잔 더 드세요."

정신이 자꾸만 집으로 가고 싶다고 나가려고 애쓰는 걸 그녀가 지금 간신히 잡고 있었다. 여기서 정신 줄을 놓으면 진짜로 가관인 상황이 만들어질 것 같았다. 혀도 돌아가고 손도 제멋대로 움직이고 있었지만 아직은 정신 줄을 놓지는 않았다.

이것들 몰래 도망쳐야 했다. 사태가 이렇게 될 줄 알고 차 안에 가방을 두고 몸만 왔다. 차야 병원 주차장에 있으니 몸만 도망가면 되었다. 조금 더 있다가는 집이 아닌 응급실로 갈 판이었다. 호흡과 맥박수가 심상치 않다는 자가 진단이 나오고 있었다.

"화장실……."

"치프, 도망은 상상도 하지 마요."

"네, 네."

답은 이렇게 했지만 다운은 이 징그러운 것들로부터 살아남아야 했다. 화장실에 가는 척하다가 주방으로 통하는 뒷문을 발견하고는 빛의 속도로 주점을 빠져나왔다. 주점 뒷문은 마로니에 공원과 연결이 되어 있었다.

생각보다 작은 마로니에 공원은 대학로의 상징이자 음침한 곳이 필요한 연인들의 키스 장소이기도 했다. 안 그래도 허전한 그녀를 약 올리기라도 하듯 여기저기에 추운데도 불구하고 서로를 안고 있는 커플들이 눈에 띄었다.

“좋겠다.”

이렇게 말을 하고는 택시를 타기 위해 마로니에 공원을 가로지르는 그녀에게 최대의 난관이 봉착했으니 땅이 자꾸만 벌떡벌떡 일어나고 있었고 속에서는 먹은 게 올라올 준비를 하고 있었다.

“워, 워, 얘들아 한 가지만 하자. 두 가지는 처리가 불가능해.”

그리고 자꾸만 솟아오르는 땅 때문에 그녀는 괜히 웃음이 나왔다.

“한 가지만. 땅이 움직이지 말던지, 속이 울렁거리지 말던지.”

“하하하.”

누군가 옆에서 그녀를 비웃고 있었다.

“어, 아저씨. 지금 웃어요?”

“I' m sorry.”

“하, 이제 귀도 취했나? 영어로 들리네.”

“오, 미안해요.”

남자가 다시 한국말로 뭐라고 중얼거렸다. 미안하다고 하는 것 같았다. 다운은 손을 흔들며 괜찮다고 했지만 전혀 괜찮지가 않았다. 남자가 다가와 괜찮은지를 묻는 것 같은데 속이 울렁거리고 정신이 오락가락하는 바람에 대답을 하지 못했다. 남자가 앞에 서자 그가 굉장히 커다란 사람이라는 걸 알았다.

"키 큰 남자 좋지."

그녀는 여자들 중에서 큰 편에 속해서 자신이 크게 느끼는 남자가 있을 거라는 기대도 안 했는데 지금 앞에 있는 커다란 덩치의 사내는 정말 컸다. 이제는 정말로 택시를 타야 하는데 앞의 남자가 비키지 않고 자꾸만 그녀의 앞을 가로막고 있었다.

"비키시란 말입니다."

어쭈. 이제는 아예 그녀의 가는 방향대로 따라 움직이는 남자 때문에 다운은 슬슬 약이 오르기 시작했다.

"당신 뭐야? 웩~"

갑작스러운 일이었다. 소리를 지르느라 배에 힘을 주었더니 속의 것이 다 쏟아져 나왔다. 개운하기는 했지만 이제 정신을 더 이상 잡고 있을 기운이 없었다. 세상이 빙글빙글 돌았다.

"서울호텔이요."

이 밤에 대학로에는 오는 게 아니었다. 꿈꾸던 곳이었는데 그 꿈이 악몽이 되어 있었다. 공원은 생각보다 작았고 너무 어두웠다.

곳곳에 연인들이 늦은 저녁이었지만 데이트를 즐기고 있었다. 그때 막 돌아서려던 순간 지금 그의 무릎을 베개 삼아 세상모르고 자고 있는 여자가 그에게 시비를 걸었다.

처음에는 어이가 없어서 그냥 피해가려고 했는데 그를 붙잡더니 속의 것을 모두 토해 버렸다. 그리고는 정신을 놓아버렸다. 그냥 버리고 올까 하다가 너무 어두운 곳이라 위험할 것 같아서 일단은 그가 묵고 있는 호텔로 데리고 가기로 하고 그녀와 함께 택시를 탔다.

사실은 이 정신 나간 아가씨를 파출소에 맡기고 싶었지만 그녀가 되새김질한 그의 옷과 그녀의 옷에서 나는 이 고약한 냄새부터 해결을 하고 싶었다. 그다음에 길거리에 버리던지 파출소에 데려다주던지 할 생각이었다.

"아니, 무슨 아가씨가 그렇게 취했어."

기사가 한마디를 하고는 룸미러로 그들을 쳐다봤다. 그리고는 추운 겨울이었지만 전체 창문을 열어버렸다. 도저히 역한 냄새 때문에 안 열고는 못 배겼다. 차비를 두 배로 주고는 제임스는 기사에게 사과의 말을 서툴지만 한국어로 했다.

부모님이 한국분이시라 한국말은 알아들었지만 잘하지는 못하는 그였다. 서울에 와서 제대로 신고식을 하는 것 같았다.

"으차."

그가 그녀를 어깨에 짐짝처럼 둘러메고는 호텔 로비로 들어서자 직원들의 눈이 모두 그에게 향했다.

"손님, 제가 도울까요?"

"NO."

그가 찬바람을 날리며 엘리베이터로 향했다. 호텔 직원에게 퉁명스럽게 하고 싶지는 않았지만 솔직히 화가 나는 그였다. 마치 여자를 납치하는 범인을 쳐다보는 듯한 그들의 시선 때문이었다.

스위트룸에 도착한 그는 여자를 그대로 들쳐 업고는 욕실로 향했다. 그의 바지와 그녀의 코트 그리고 머리카락에 온통 오물투성이였다. 그는 그녀의 코트를 벗기고는 차례로 옷을 벗겨 욕실에 넣었다.

처음 보는 여자의 속옷까지 벗기는 일은 평생 처음이었지만 냄새 때문에 도저히 참을 수가 없었다. 축 처진 여자는 생각보다 가벼웠다. 그는 자신도 옷을 벗고는 욕실 바닥에 널브러져 있는 여자를 쳐다보았다. 상당히 아름다운 몸매의 소유자였지만 지금은 냄새 때문에 몸매고 뭐고 그도 속에 있는 게 쏟아져 나올 것 같았다.

따뜻한 샤워기 물줄기에 여자가 깜짝 놀라 눈을 떴다가 몸을 움츠리고는 다시 잠이 들었다.

"후~"

한숨이 절로 나온 그는 쪼그리고 앉아 그녀의 냄새나는 머리에 물을 쏟아부었지만 그녀는 여전히 편하게 잠을 자고 있었다. 도대체 얼마나 술을 마시면 이 정도인지 궁금했다.

머리를 샴푸로 감기고 난 후에 그는 그녀의 몸은 대충 물로 헹구는 정도로 그쳤다. 더 이상은 그도 남자인지라 참을 수가 없을 것 같았다. 그건 그의 사회적 지위와는 절대로 상관이 없는 본능적인 것이었다.

자신도 대충 샤워를 마치고 큰 타월로 그녀를 돌돌 만 그는 머리도 수건으로 대충 말리고는 침대에 그녀를 던지듯이 뉘었다. 뭐가 예쁘다고 살며시 내려놓는단 말인가? 한숨이 절로 나왔다. 그녀를 자신의 다리로 밀쳐 낸 그는 그녀 옆에서 고단한 몸을 뉘었다.

잠깐 그녀의 곁에 누워 천장을 보고 있던 그는 자리에서 몸을 일으켜 소파로 자리를 옮겼다. 나중에 무슨 소리를 할지 모르는 상황이었다. 물에 빠진 사람을 구해놓았더니 보따리를 찾는다는 속담이 있지 않은가? 제임스는 소파에서 눈을 감았다.

"으음~"

자꾸만 뭔가가 그의 몸을 파고들었다. 따뜻하고 부드러운 감촉이 너무나 좋았다. 그는 자신도 모르게 당겨 안았다. 그리고는 눈을 번쩍 떴다. 꿈이 아니었다. 그 여자가 아직도 그의 옆에 있었다. 슬쩍 밀어내려고 하다가 제임스는 그녀의 싫지 않은 감촉에 가만히 그녀를 내려다보았다.

어제저녁에는 별로 신경을 쓰지 않고 봤는데 지금 보니 여자는 상당히 미인이었다. 그의 팔을 베고 세상모르고 자는 여자의 오뚝한 콧날을 살며시 만져 본 그는 자신도 모르게 그녀의 입술에 손을 댔다.

새하얀 피부는 달빛에도 빛이 났다. 그녀의 풍만한 가슴이 그의 가슴에 닿아 있었다. 이건 정말로 의도한 것이 아니었다. 그는 자신도 모르게 그녀의 가슴에 손을 가져갔다. 그녀의 가슴이 주는 촉감은 그가 태어나서 처음으로 느껴보는 최상의 감촉이었다.

단언컨대 그의 A-mart에서 파는 그 어떤 물건도 이런 감촉을 낼 수는 없을 것이다. 처음에는 그냥 살짝만 만져 보려고 했다. 정말이었다. 하지만 이미 그녀의 몸에 손을 대자마자 술이 취해 정신이 나가 버린 그녀처럼 그의 정신도 어디론가 날아가 버렸다.

부드럽게 만지던 가슴에서 이번에는 단단하게 솟아 있는 그녀의 핑크색 유두를 만진 그는 이제 이성을 찾기 힘들었다. 그녀의 얼굴을 들어 그는 그녀의 입술을 찾았다. 잠결에 그녀도 그의 목에 팔을 두르며 연신 그의 입술을 찾고 있었다. 타월은 어디 갔는지 실오라기 하나 걸치지 않은 여자에게 점점 무너져 내리는 그였다.

그의 입술이 그녀의 입술에서 목으로 그리고 쇄골을 지나 숨 막히는 부드러움을 가진 가슴으로 본능적으로 향하고 있었다. 아름다웠다. 촉감처럼 그녀의 맛이 좋다면 그는 오늘 그녀를 반드시

갖고야 말 것 같았다.

그의 입술에 유리같이 매끄러운 그녀의 가슴이 닿았다. 그의 입술이 기대감에 떨리고 있었다. 마치 어릴 적 어머니 몰래 훔쳐 먹던 달콤한 젤리 같았다. 그는 입술과 혀를 이용해 그녀의 가슴과 유두를 마음껏 희롱했다.

혀에 찰싹이는 단단한 유두의 느낌도 너무나 황홀했다. 그동안 여자가 없었던 것도 아닌데 이렇게 흥분이 되는 건 정말로 처음 있는 일이었다.

"하아~"

그녀의 입에서 신음 소리가 흘러나왔다. 자면서도 그의 애무가 느껴지는 모양이었다. 그녀의 가슴을 주물주물 만지며 그의 손은 점점 더 아래로 향하고 있었다. 그리고 그녀의 검은 수풀에 다다르자 그의 손이 더욱 바빠지고 있었다.

"아앙~"

그녀의 신음 소리에 힘입어 그는 그녀의 여성 가운데를 손가락으로 가르며 그녀의 입구를 찾았다.

이미 입구는 그녀의 물로 넘치고 있었다. 그의 손가락이 미끈거리는 애액으로 젖은 그녀의 입구 앞에서 그녀의 입구로 들어갈 준비를 하고 있었다.

띠리릭, 띠리릭.

알람이 울렸다. 너무나 놀란 그가 정말로 놀라운 속도로 일어나

핸드폰의 알람을 꺼버렸다. 다행히 그녀는 그대로 잠을 자고 있었다. 그는 침대에 기대앉아 정신을 바짝 차렸다.

소파에서 분명히 잠이 들었었는데 깨어보니 이상하게 침대였다. 아마도 새벽에 깨어나 화장실을 다녀온 후에 자신의 침대로 들어온 모양이었다.

알람이 울린 건 그녀에게 더 이상의 행동을 하지 말라는 신의 계시와 같았다.

얼마나 놀랐는지 등에서 식은땀이 흘렀다. 그는 그렇게 한참을 앉아 있다가 소파로 자리를 옮겼다. 그녀의 옆에 있다가는 아까의 행동을 되풀이할 것 같았다.

그는 소파에 길게 누워 눈을 감았다. 그녀의 촉감이 자꾸만 그를 괴롭히고 있었다. 한국에서의 환영 인사가 너무나 거창했다.

"아이고, 두야!"

머리가 깨질 듯이 아팠다. 그건 당연했다. 축하 파티 겸 송별회로 다운은 1년 치 소주를 몇 시간 만에 마셨다. 얼마를 마셨는지 나중에는 완전히 블랙 아웃이 되었다.

"어제 필름이 완전 끊겼나 보네. 아이고……."

침대에서 일어난 그녀는 약간은 어색한 풍경에 초점이 맞춰지지 않고 있었다. 안경을 손으로 더듬자 언제나처럼 침대 옆에 있었지만 왠지 안경을 쓰기가 약간은 두려웠다.

시력이 워낙 나빠서 안경이 없으면 눈뜬장님이나 마찬가지였지만 자신의 침대보 색상이 핑크에서 갑자기 흰색으로 탈색이 되었다거나 자신의 방이 갑자기 와이드로 커졌다거나 자신이 속옷조차 입고 있지 않다는 걸 구분 못할 정도는 아니었다.

떨리는 손으로 다운은 안경을 얼굴에 썼다. 그리고 주변을 둘러보자 맹세코 그녀가 가는 유일한 두 곳인 병원과 집은 아님이 분명했다.

'아니야, 아닐 거야.'

이렇게 스스로를 위안하며 그녀는 침대 시트를 들추었다. 그녀도 기억하지 못한 순간에 순결을 잃을 수는 없었다. 다행히 그녀의 처녀막은 안전한 것 같았다.

주변을 둘러보자 소파에 남자가 누워 있었다. 다운은 살금살금 자리를 빠져나와 아무렇게나 자신의 옷을 찾았다. 다행히 욕실에 옷이 있어서 얼른 옷을 입은 그녀는 밤의 흔적을 여실히 담은 코트는 냄새가 안 나게 뒤집어서 접은 다음에 살금살금 욕실을 빠져나왔다.

아직 소파 위의 남자는 미동이 없었다. 남자의 얼굴이 너무나 궁금하고 어젯밤 자신이 무슨 일을 저질렀는지가 너무나 궁금했지만 그를 깨우고 싶지는 않았다. 호텔 방에서 나온 다운은 문밖에 그대로 주저앉았다.

"미쳤어."

눈물이 갑자기 차올랐다. 자신의 정신 상태가 이렇게 안일한지 그녀는 처음으로 뼈저리게 후회하고 있었다. 옷에서는 토한 냄새가 역력했지만 지금 그녀는 모르는 남자와 그것도 호텔에 들어온 자신이 이해가 되지를 않았다.

부모 없이 자라서라는 말을 듣기 싫어서 더 모범적인 생활을 했는데 하루아침에 물거품이 되어버렸다. 된장. 끝까지 가지는 않았지만 그녀도 남자도 모두가 옷을 벗고 있었다.

"손님?"

청소를 하는 메이드가 그녀가 바닥에 앉아 있자 그녀를 불렀다.

"괜찮으십니까?"

"네."

간신히 대답만 한 채 호텔을 정신없이 빠져나와 택시를 탄 다운은 집으로 향하는 길에도 서른한 살이 되도록 처녀 딱지 하나 뗄 시간이 없는 자신의 바쁜 일상에 한숨을 쉬었다.

하지만 이제부터 한 달간 그녀는 휴가였다. 인턴, 레지던트 통틀어 처음 갖는 휴가였다. 어제는 그냥 잊어버리고 싶었다.

철컥!

집에 들어서자 아름이와 삼촌이 거실에 앉아 아침을 먹고 있었다. 밤새 공연을 하고 아침은 꼭 집에서 먹는 그들이었다.

"뭐야, 밤샌 거야? 그놈의 의사 때려치워라. 애를 너무 부려먹어."

삼촌이 밥 먹다 말고 그녀의 핼쑥한 얼굴을 보고는 말했다.

"너도 밥 먹어."

"국물만."

그리고 그녀가 냄새나는 코트를 다용도실에 집어 던져 놓고는 앉았다.

"밤새 일을 한 게 아니라 부어라 마셔라 하셨어."

눈치 빠른 아름이 말하자 삼촌이 다운의 얼굴을 쳐다봤다.

"술 마셨어?"

"응, 레지던트 마지막 날이었거든. 나 한 달간 휴가야. 이제부터 겨울잠 잘 거니까 아무도 나의 방에 들어오지 말 것."

된장찌개를 그릇째 들고 마시고는 다운은 자신의 방으로 들어갔다.

"다운아, 너 잠 실컷 자고 이따 저녁에 마크 만나게 이태원으로 와."

"싫어."

"죽을래?"

"응, 그냥 죽을래. 나 아무것도 못해."

그리고 다운은 자신의 방으로 들어가 깊은 잠에 빠져들었다. 지금은 아무것도 생각하고 싶지 않았다.

Rrrrrrrr.

얼마나 잤을까. 요란한 핸드폰 소리에 잠에서 깬 다운은 두 손으로 귀를 막았지만 전화는 끊기지 않고 계속해서 그녀의 귀를 자극하고 있었다.

"아이씨, 말해."

[좋은 말로 할 때 와라.]

"언니야, 내일 만날게."

정말로 온몸이 말을 듣지 않았다.

[내가 마크 집으로 데리고 가기 전에 나오시지.]

"야!"

[너 요즘에 욕 좀 안 먹었지?]

어려서부터 언니의 주먹이 얼마나 센지 누구보다 잘 아는 다운이었다. 이럴 때는 꼬리를 내려야 한다는 게 삶의 교훈이었다.

"알았어. 기다려."

[한 시간 내로 튀어와.]

"네~ 네~"

뚝 하고 전화가 끊어졌다. 자기의 목적을 달성한 언니는 상대방의 말이 끝나기 전에 할 말만 하고는 전화를 끊기 일쑤였다. 침대를 박차고 내려온 다운은 욕실로 향했다. 옷을 벗고 거울에 서니 온몸이 멍 자국이었다. 아마도 그 남자가 자신을 호텔로 옮기면서 생긴 자국 같았다.

"아주 골고루 한다."

처음이었다. 그렇게 술에 만취해서 블랙 아웃이 된 것도 모자라 낯선 남자와 호텔 방이라니, 정말로 그녀의 일생에서 지우고 싶은 순간이었다.

"아~ 미쳤어."

쏴아아~

따뜻한 물줄기가 그녀를 덮고 있었다. 가슴에도 붉은 자국이 나 있었다. 마치 키스 마크를 찍어놓은 것 같았다.

"설마……."

아닐 것이다. 그가 그녀를 가질 마음을 먹었다면 그는 분명히 그녀의 침대 옆에서 잠을 자고 있었어야 했다.

"모르겠다."

자꾸 생각하면 할수록 더 답답해지는 느낌이었다. 샤워를 마친 다운은 평소에 즐겨 입는 블랙 터틀넥에 타이트스커트를 입고 검은색 캐시미어 코트를 걸치고 두꺼운 검은 테 안경을 썼다. 정말로 공부벌레라고 써 있는 모습이었다.

준비를 마친 그녀는 이태원의 소문난 바인 물랑루즈로 향했다. 오늘은 거기서 언니와 삼촌이 공연을 할 모양이었다. 삼촌과 언니가 아니었다면 부모님이 교통사고로 돌아가신 그녀의 집안은 풍비박산이 난 채로 오늘의 모습과는 다른 비참한 모습으로 살아갔을 것이다.

지난번에 왔을 때와 똑같은 퇴폐적인 분위기의 물랑루즈의 대부분의 손님들은 남자였다.

아직은 손님들이 많지 않은 초저녁 시간이라 바의 바텐더가 열심히 뭔가를 준비하고 있었고 테이블에는 한두 명의 손님들뿐 전체적으로 한가한 분위기였다.

"안녕하세요?"

바텐더에게 다가간 다운은 인사를 하고는 아름과 삼촌이 있는 곳을 물었다. 지난번에 얼굴을 봐서 그런지 이번에는 굉장히 친절하게 대기실을 알려주는 바텐더였다.

"아름아!"

문을 열고 들어가자 그때는 못 봤던 많은 사람들이 분장실에 앉아 있었다. 역시 이태원의 물랑루즈답게 많은 쇼걸들이 앉아서 공연을 준비하고 있었다. 꼭 영화 물랑루즈의 대기실을 보는 것 같았다.

"다운아!"

아름이가 손을 흔들었다. 빨간색 드레스를 입은 아름이는 여신같이 아름다웠다.

"이리 와서 좀 앉아 있어."

"우리 아름이 예쁘네."

다운이 아름이의 엉덩이를 토닥여 주며 말했다.

"당연하지. 오늘은 여기만 부르고 끝이야. 삼촌은 몇 군데 더 가야 하고."

일을 뺄 정도로 아름이에게 중요한 남자임에는 틀림없었다.

"7시 공연이니까 그렇게 오래 하지는 않아."

"알았어. 천천히 해."

열심히 무대 분장을 하고 있는 아름을 보자 마음 한구석이 아픈 다운이었다.

스무 살도 안 된 어린 나이부터 무대에 선 아름이었다. 쌍둥이 동생을 위해 기꺼이 가장이 되었고 한 번도 불평 어린 말을 해본 적이 없는 언니였다.

"그렇게 그윽하게 쳐다보지 마라. 정든다."

속눈썹을 붙이며 아름이 말했다.

"누구야?"

쇼걸 분장을 한 캉캉걸이 아름이에게 물었다.

"동생."

"아~ 의사 샘?"

자랑스럽게 동생을 소개하는 아름의 목소리에 자랑스러움이 담겨 있었다. 내가 의사 만들어준 거야, 라고 말이다.

"안녕하세요."

"어머, 쌍둥이라며, 근데 많이 다르다. 지적이게 생겼다. 의사 샘이라 다르네."

여자가 이렇게 말을 하고는 자리를 피했다. 조금 기다리자 밖에서 아름을 불렀다.

"제인!"

"나가요. 기다려, 금방 올게."

아름이 나가자 다운도 그녀의 뒤를 따라 무대 밖으로 나갔다. 지난번에는 술을 마시고 조명이 어두워서 물랑루즈의 무대가 이렇게 큰지 몰랐지만 오늘 보니 상당한 규모였다. 피아노 반주에 맞추어 제인이 무대에서 노래를 하고 있었다.

바쁜 의대 생활을 하느라 아름의 무대를 많이 보지는 못했지만 여러 가지로 마음이 복잡했다. 이런저런 생각을 하며 무대를 보고 있자니 아름의 순서가 끝이 났다. 무대가 끝이 나고 속눈썹만 떼어낸 아름은 다운의 손을 잡고 빠르게 남자친구와의 약속 장소로 향했다.

"천천히 좀 가자."

"내가 여기저기 옮겨 다니면서 공연하는 게 버릇이 돼서 천천히 못 가."

아름의 얘기에 다운은 그다음부터 투덜거리지 않았다. 왜 이렇게 오늘은 아름이 안쓰러운 걸까?

"아름아, 이제 일 그만해. 의사 수입 가지고 알뜰하게 쓰면서 살자. 나 꽤 벌어."

"……."

"아름아?"

이건 다운의 진심이었다. 언제나 아름이 고생만 하고 자신이 하고 싶은 일을 못하는 것 같아 다운은 마음이 아팠다.

"바빠 죽겠는데 헛소리하지 말고 따라오기나 해. 그리고 그 돈은 모아서 시집갈 때나 써."

5분 언니지만 이럴 땐 다운의 할 말을 잃게 만드는 든든한 언니였다.

"다 왔다. 차로 이동하는 것보다 이 동네는 걸어서 다니는 게 빨라. 너무 도로가 좁거든."

이곳도 바였다. 하지만 물랑루즈보다는 규모가 작은 곳이었다. 좀 더 아기자기하고 좀 더 이국적인 곳이었다.

"여기 앉자."

그녀들이 앉자 작은 공간에 모든 시선이 아름에게 향하고 있었다. 외국인이 꽤 많았는데 아름이 외국인들에게도 통하는 미모인 것 같았다.

"어? 자기야!"

아름의 시선을 따라가자 훤칠하게 키가 큰 남자가 그들을 향해 다가오고 있었다. 옷과 명품에 대해서는 잘 모르겠지만 그는 꽤 멋쟁이였다.

마크라고 해서 외국인인 줄 알고 걱정을 했는데 아니라서 그나마 다행이었다. 언니는 정에 취해 남자들을 제대로 보지 못하고 잘해준다 싶으면 넘어가는 게 최대의 약점이었다.

둘은 그녀가 앞에 있거나 말거나 키스로 인사를 했다.

"음음."

자신의 존재를 알려야 할 때였다.

"어, 내 동생 정다운, 이쪽은 마크 리."

"안녕하세요."

다운은 마크의 얼굴을 살피며 자리에 앉았다. 마크는 시원시원하게 잘생긴 사람이었다. 이름처럼 재미교포의 냄새도 물씬 풍기고 있었다. 머리를 올백으로 뒤로 넘긴 헤어는 약간은 느끼했지만 말이다.

"반가워요, 난 마크 리예요. 그냥 마크라고 불러요."

약간 미국식 억양이 있어서 마치 박찬호 선수의 특유한 발음이 생각나게 했다.

"네."

어색한 다운이었다. 하지만 언니의 표정은 너무나 행복해 보였다. 그거면 된 것이다. 사람이 어떤지는 차차 지내보면 알 것이고 당장 결혼을 하지 않겠지, 라는 생각이 막연히 들기는 했다.

"언니랑 만나신 지 오래되셨어요?"

"1년."

간결하게 대답하는 건 한국말이 아주 자연스럽지 못한 건지 아니면 원래 말이 짧은 건지 알 수가 없었다.

"네, 언니의 어디가 좋으세요?"

"전부 다요. 예쁘고 착하고."

"다운아, 마크 어때?"

오늘따라 들떠 보이는 아름이었다. 보기는 좋았지만 자꾸 서운한 마음이 들었다.

"착해 보이시는 것 같아."

"그래?"

얼굴에서 미소가 떠나지 않는 언니였다. 둘은 다운을 의식하지 않고 손을 꼭 잡고 있었고 연신 마크가 언니의 얼굴에 뽀뽀를 하고 있었다. 왠지 철없어 보이기도 하고 믿음직해 보이지는 않았지만 언니가 좋다면야 그녀도 상관없었다.

"근데 둘이 트윈스라며? 하나도 안 닮았는데?"

"아냐, 마크가 몰라서 그래. 우리 다운이가 나처럼 화장하면 마크도 구분 못할 거야. 맞다! 나 사진 있어."

그렇게 말하며 언니가 지갑에서 사진 몇 장을 꺼냈다.

"Oh, my god! 똑같아."

마크가 보고 난 사진을 집어 든 다운의 입가에도 미소가 지어졌다. 언니가 이렇게 오래된 사진을 가지고 다닐지 몰랐었다. 유치원 소풍 때 풍선을 하나씩 들고 엄마와 찍은 사진이었다. 그리고는 초등학교 때의 사진과 중학교 때의 사진이었다.

"정말 똑같아."

마크가 그녀들을 번갈아 보면서 연신 감탄사를 내뱉고 있었다. 엄마, 아빠도 어렸을 적에 구분을 제대로 못하셨다.

그녀가 세 살 때 이마를 세 바늘 꿰매고 나서야 다운이는 이마에 상처가 있는 애라 생각하고 그때서야 구분이 쉬웠다고 했다.

"다운아."

언니가 또 수상하게 다정히 불렀다.

"왜 또 그래?"

"지난번에 내가 얘기했지? 마크의 형이 한국에 온다고. 사촌들하고 같이 말이야."

"……."

드디어 올 것이 온 느낌이었다.

"그래서 그때 네가 나 대신에 나가준다고 했던 거 기억하지?"

"언니, 마크가 이렇게 한국말을 잘하는데 뭐가 문제야? 내가 대신 안 나가도 언니가 충분히 잘할 수 있을 것 같은데?"

언니의 표정이 굳어졌다. 다운은 해준다고는 말을 하기는 했지만 왠지 찜찜한 생각이 드는 건 어쩔 수가 없었다. 부모님과 마크의 형제들을 속이는 일이 아닌가?

"다운, 내가 실수를 했어요. 부모님께 아름에 대해서 솔직히 말하면 난 미국으로 가야 해요. 내가 말썽을 많이 피워서 부모님이 걱정하는 사람이에요. 지금은 아름이 만나서 많이 고쳤지만 그래도 미국 가야 해요."

마크는 정말로 진심 어린 사과를 하고 있었다. 그리고 이번에 가족들을 만나는 게 왠지 그에게 굉장히 중요한 일인 것 같았다.

"……."

"그래서 아름한테 동생이 의사라는 소리를 듣고 그냥 나도 모르게 말했는데 부모님이 너무 좋아하는 거예요. 그래서 사실대로 말할 수가 없었어요. 미안해요."

마크는 솔직히 자신의 실수라고 얘기했고 언니 핑계를 대지 않았다. 그 점이 다운의 마음을 움직이게 하고 있었다.

"난 제임스가 무서워요."

마크는 정말로 몸서리를 치며 말했다.

"제임스?"

"마크의 형인데 마크보다 키도 크고 덩치도 좋고 싸움도 잘한대. 어릴 때부터 형한테 맞고 살았대. 그래서 형이 무섭대……."

"형은 무섭지만 완벽한 사람이에요."

지금까지 말한 걸로 봐서는 마크의 형은 정말로 무서운 사람인 것 같았다. 그의 표정과 말에 다 들어 있었다. 그렇다면 지금 다운은 아름 대신 그 무섭다는 제임스를 대신 만나야 하는 것이다.

"그래서?"

"도와줘요."

"도와줘."

누가 둘이 사귀지 않는다고 할까 봐 동시에 그녀의 발목을 붙잡았다.

"다운아, 제발……."

언니가 애처로운 표정으로 그녀를 쳐다봤다. 막막했다.

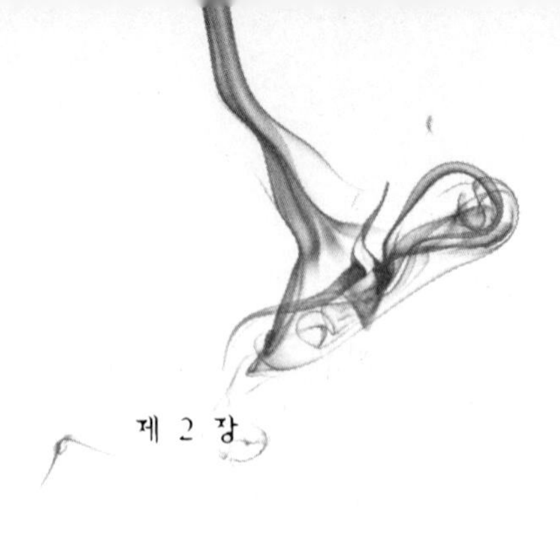

제 2 장

스위트룸에 모인 남자들은 노트북을 앞에 놓고는 정신없이 일을 하고 있었다.

니콜라스는 식빵 한쪽을 입에 물고 노트북을 뚫어져라 응시하고 있었고 필립은 커피를 들고, 벤은 베이글을 손에 들고 노트북과 서류를 오가며 정신없이 일을 하고 있었다.

그런 사촌들과는 달리 제임스는 커피를 들고는 창가에 서 있었다. 벌써 이틀이 지났다. 그의 가슴을 뛰게 만들었던 여자와 당연히 함께 아침은 먹을 줄 알았는데 그가 깜빡 잠이 든 사이 여자가 연기처럼 사라져 버렸다.

처음에는 신사적인 의도였지만 나중에 그는 술에 취한 여자를 안을 뻔했었다.

새하얀 피부와 환상적인 바디 라인도 그를 사로잡았지만 그녀에게는 사람을 놀라게 하는 반전이 있었다. 두꺼운 안경을 벗기자 정말로 작은 얼굴에 아름다운 눈코입이 마치 예술가의 작품처럼 자리하고 있었다.

『회장님?』

혹시나 꿈을 꾼 게 아닌가 하는 생각도 했었지만 그의 바지에 그녀가 쏟아낸 것들의 흔적이 그대로 있어서 꿈이 아닌 게 확실했다.

『회장님?』

그녀의 감촉이 주는 환상적인 느낌을 아직도 잊을 수가 없는 그였다. 그의 손안에 가득 찼던 그녀의 가슴의 감촉은 그를 아직도 흥분되게 만들었다.

툭!

누군가 그의 어깨를 쳤다.

『회장님, 벌써 세 번째 대답이 없으셔서요.』

『어? 말해.』

너무 넋을 잃고 있었던 모양이었다.

『이번에 A-mart 부지를 선정한 5개 주요 지방도시의 명단하고, 그곳에 유명한 부동산 업자들의 명단입니다. 입지조건이 가장 좋은 곳은 울산하고 창원 쪽입니다.』

『알았어.』

니콜라스의 손에 들린 서류를 받아 들고 다시 소파에 앉아 검토를 하기 시작한 제임스였지만 아직도 머릿속에는 이름도 모르는 여인의 모습이 자리를 잡고 있었다.

서른일곱 먹도록 이렇게 여자의 원초적인 모습을 머릿속으로 그린 적이 없는 그로서는 이 새로운 경험이 몹시도 당황스러울 따름이었다.

모두의 시선이 그에게 쏠려 있다는 것도 잊은 채 그는 또다시 멍하게 서류를 보고 있었다.

『회장님?』

니콜라스의 목소리였다.

『무슨 일이십니까?』

『아무 일도 아니야. 시차 적응이 안 되는지 좀 피곤해.』

제임스는 서류를 덮고는 냉장고로 향해 시원한 생수를 벌컥벌컥 마셨다. 정신을 차려야지 계속 이렇게 있다가는 아무 일도 못할 것 같았다.

『회장님!』

『왜?』

이제는 자꾸 불러대는 저들이 짜증이 나는 제임스였다.

『마크 형한테 전화가 왔는데 오늘 저녁에 식사 같이 하자고요. 식당 예약했다고 하네요.』

『알았어.』

제임스는 무뚝뚝하게 대답을 하고는 다시 그들이 앉아 있는 소파로 돌아와 이번에는 정말로 집중을 하기 위해 기지개를 켰다.

『엄마가 그러는데 마크 여자친구가 장난이 아니게 미인이래.』

니콜라스가 옆에 있는 필립에게 컴퓨터 모니터를 보며 말했다.

『하긴 우리 엄마도 그 말씀은 하시더라고 의사에다가 굉장히 끼가 많은 사람인 것 같다고 무슨 파티에서 노래까지 부를 실력이라던데? 엄마가 그랬지, 벤?』

니콜라스는 이모의 아들이었고 벤과 필립은 고모의 아들이었다. 사촌들은 비슷한 또래인 이십대 후반에서 삼십대 초반이라서 삼십대 후반인 그를 굉장히 어려워했다. 하지만 세 명의 녀석들은 형제처럼 어려서부터 친하게 지낸 사이였다.

『회장님, 우리도 저녁에 같이 오라는데요.』

『그래, 가고 싶으면 가야지.』

그도 마크의 여자가 어떤 사람인지 몹시 궁금했다. 요즘 아무래도 여자를 하나 만나던지 해야지 이건 여자에 굶주린 늑대처럼 술에 취한 여자를 덮치질 않나, 동생의 여자친구의 사진을 보고 마음이 흔들리지를 않나. 이건 정말 그의 스타일이 아니었다.

제임스는 자신의 머리를 흔들고는 생각을 털어버리기 위해 일에 몰두하기 시작했다.

요즘 하루가 멀다 하고 물랑루즈에 오는 다운이었다. 물론 본인의 의사와는 무관하게 언니의 강압에 못 이겨 오기는 했지만 그래도 몇 번 왔다고 이제는 익숙한 느낌이 드는 곳이었다. 들어오는 입구에서도 제인의 동생이라는 걸 알고 경비원들이 그냥 들여보내 주니 더욱더 익숙한 곳이 된 느낌이었다.

이제는 대기실도 어딘지 알고 자연스럽게 들어서는 그녀에게 모두들 눈인사를 해주었다.

"다운아~!"

철없는 사랑꾼 언니가 뭐가 그리 좋은지 입가에 미소를 가득 머금고 그녀를 불렀다. 가까이 가보니 마크가 보낸 꽃다발이었다.

"뭐야? 무슨 날이야?"

"아니, 가끔 내가 너무 보고 싶어 못 견딜 때 보내."

"미치겠다. 오글거려."

"원래 사랑은 이렇게 하는 거야."

언니는 마냥 행복해 보였다. 동생이야 앞으로 그들이 칠 사기를 생각하면 무서워 죽겠는데 언니는 아무 생각 없이 그저 좋아 보였다.

"여기 앉아봐."

"왜?"

"왜긴, 화장시켜 주려고."

"미쳤어?"

"야, 네가 오늘 하루 내 아바탄데 최소한 나랑 겉모습은 똑같아야 되지 않겠어?"

그랬다. 오늘이 마크의 무섭다는 형과 사촌들을 만나는 날이었다. 올 때까지는 떨리지 않았는데 막상 이렇게 메이크업까지 받으려고 하니 다운은 점점 무서워지기 시작했다.

언니가 자신의 화장품 케이스를 열었다.

"우와~"

이렇게 대놓고 보는 건 처음이었지만 이렇게 어마무시하게 많은 종류의 것을 언니가 얼굴에 찍어 바르고 다니는 줄은 지금 처음 알았다.

"이거 다 발라?"

"아니, 종류만 많을 뿐이야."

"후~"

한숨이 절로 나왔다. 원래 얼굴만 당기지 않게 기초만 바르는 다운이었다. 간이식외과 의사에게 요구되는 건 체력이었다. 첫째도 체력, 둘째도 체력, 셋째도 체력이기에 화장은 태어나서 한 번도 해본 적이 없는 다운이었다.

이 장면을 병원 식구들이 본다면 박장대소할 일이었다.

"기초는 바르고 왔어?"

"어."

"어디까지?"

"난 스킨, 로션, 에센스밖에 없어."

옆에 의자 하나를 당겨서 그들 사이에 놓고는 무슨 사과 박스만 한 화장품 케이스를 놓고는 본격적으로 다운의 메이크업에 들어간 아름이었다.

"아름, 그냥 집에서 하지. 왜 여기까지 오라고 해?"

"나 공연 때문에 집에 들를 시간이 없었어."

아름이 다운의 앞머리를 미용실 집게로 고정시킨 후에 눈썹 정리를 하기 위해 칼을 들었다.

"뭐 하는 거지?"

"너의 도깨비 같은 눈썹 좀 정리하려고. 사람이 눈썹만 정리해도 달라 보이거든."

"뻥!"

"그 입 좀 다물고 가만히 있어봐. 나도 남에게 하는 화장은 처음이니까."

눈썹을 정리하고 나자 진짜로 다운인지 아름의 쌩얼인지 이제는 신기할 정도로 구분이 가지 않았다.

"거울 보는 것 같은데?"

아름도 신기한지 그렇게 말하며 다운의 얼굴에 화장을 해나가기 시작했다.

"여자는 확실히 가꿔야 해."

"잔소리하지 말고 빨리해. 얼굴 가려워 죽겠어."

"알았어."

아름에게 얼굴을 맡기고는 다운은 지루한 시간을 견디다 못해서 졸기 시작했다. 얼마나 졸았을까. 사람들이 지나다니면서 웅성이는 소리가 들렸다.

"제인?"

"누가 제인이야?"

"어머머."

눈을 뜨려고 하자 눈꺼풀이 무거웠다.

"거울 봐."

어느 틈에 질끈 동여매고 온 머리까지 굵은 웨이브를 주었고 진짜로 무대화장은 아니었지만 평소 신경 써서 화장했을 때의 아름의 얼굴이 거울 속에 있어서 다운은 깜짝 놀랐다.

"아름?"

삼촌이 다운을 보더니 헷갈리는지 아름의 이름부터 말했다. 모두가 모여들어 신기한 광경을 쳐다보고 있었다.

"진짜 똑같아."

모두가 한목소리로 하는 말이었다. 아름이 다운의 옆에 서서 미소를 지었다.

"이만하면 속겠지?"

"그럼."

삼촌이 맞장구를 쳐주었다. 그리고 아름의 옷을 주려고 하자 다운이 손을 저었다.

"지금 옷이 그런 자리에 점잖게 잘 어울려. 그리고 검정 터틀넥에 검은색 타이트스커트면 의사로서 꽤 멋부린 거야. 화장도 이런데 옷까지 언니 거 입으면 그게 더 이상해."

그녀의 말에 고개를 끄덕이던 아름이 다운의 어깨에 손을 올리고는 사람들을 향해서 물었다.

"어때, 똑같아?"

"그럼 완전~"

사람들의 말에 아름의 얼굴에 미소가 번졌다.

"미안하다, 다운아."

"아니야, 언니가 좋아하는 사람이랑 잘되길 바라. 근데 마크는 뭐 하는 사람이야?"

아름이 어깨를 으쓱여 보였다.

"몰라? 아님 직업이 별로야?"

"응."

"백수라는 거야? 직업이 영 꽝이라는 거야? 아닌데. 꽤 잘사는 사람 같던데?"

솔직히 다운은 아름의 이런 성격이 싫었다. 처음에 꼬시기가 어려워서 그렇지 일단 언니는 남자에게 넘어가면 그다음은 완벽한 순정파였다. 보기와는 영 다른 사람이었다.

"몰라. 그냥 마크랑 있으면 행복해. 그 사람이 백수면 내가 먹여 살리고 싶을 정도로."

언니다운 말에 다운은 속에서 천불이 났다.

짝!

다운이 아름의 어깨를 쳤다.

"정신 차려."

"이히~"

"웃음이 나와?"

언니의 이런 모습이 자꾸만 다운이의 마음을 건드렸다. 그래 여태까지 고생한 언니를 위해서 이 정도의 일쯤이야 얼마든지 할 수 있었다.

"마크가 밖에서 기다리고 있으니까 오늘 잘해. 은혜는 잊지 않을게."

아름의 얼굴에 미안함이 스치고 있었다.

"알았어."

그녀가 물랑루즈 밖으로 나가자 바텐더가 뒤에서 그녀를 불렀다.

"제인!"

다운이 제인인 척 뒤를 돌아봤다.

"아까 의사 동생 들어가던데, 어디 가?"

"볼일이 있어서요."

"그래? 잘 다녀와."

"네."

모두가 속았다. 어릴 적 만우절에 교실을 바꾸어도 다 모르고 속으니 나중에는 재미가 없어서 안 할 정도로 그녀들은 많이 닮아 있었다. 오늘은 정말 교실을 바꿨을 때처럼 편하게 연기를 하면 되는 것이었다.

"하이, 다운."

마크가 그녀를 보면서 아름이 아닌 다운이라고 바로 말했다. 물론 다운이 맞지만 이렇게 아무렇지도 않게 그녀들을 구분하는 사람은 처음이었다.

"어떻게 알았어요?"

그의 차에 타자마자 다운이 물었다.

"둘은 비슷하지만 많이 달라. 난 한눈에 알아볼 수 있어."

"그럼 다른 사람들도 그럴 거 아니에요."

"일단은 결혼 전에는 아름을 못 볼 테니까."

마크가 단번에 알아보자 점점 자신이 없어지는 다운이었다.

"걱정하지 말고 오늘만 잘해줘. 오늘 부탁을 한 건 다른 사람들은 한국말을 못하거든. 그런데 다운이 의사니까 당연히 스마트해서 영어도 잘할 거라고 생각할 거니까. 아름보다는 나을 것 같아서."

마크는 참 묘한 사람이었다. 생각이 없어 보이다가도 결정적일 때는 그녀를 놀라게 하는 말들을 쏟아내곤 했다. 이래서 아름이 언니가 반한 것 같았다.

"난 아름이 영어를 못해서 난처해하는 모습을 보기 싫어. 우리 형은 무서운 사람이거든."

"마크는 무슨 일을 해요?"

언니가 백수라고 말은 했지만 혹시나 하는 마음에 다운이 마크에게 물었다.

"나?"

"네."

마크가 운전을 하다 말고 웃었다.

"백수."

"네?"

기가 막혔다. 고급차에 고급 옷을 입었지만 언니가 먹여 살려야 하는 사람이구나를 생각하니 마음이 아팠다.

"마크, 내가 일자리 알아봐 줄까요? 요즘은 한국에서 영어 개인 강사가 굉장히 인기예요. 미국에서 태어났으니까 네이티브에 한국말도 하니까 돈 벌 수 있어요."

"그래? 고맙지만 그건 내가 알아서 할게."

마크도 은근히 고집이 있는 것 같았다. 하기야 이건 나중에 언니하고 결혼이라도 하면 그때 구체적으로 얘기를 하면 될 것 같았다. 이런저런 대화를 하다 보니 벌써 서울호텔 앞이었다. 요즘 참 서울 시내를 많이 돌아다니는 것 같았다.

이곳에 들어서자 술 취했던 그날의 일들이 새록새록 떠오르고 있었다. 아니 그날은 완전히 블랙 아웃이 되었고 그다음 날 아침의 기억들이라고 해야 맞았다.

"다운?"

"네?"

마크가 부르자 다운은 깜짝 놀랐다.

"이제부터 아름이라고 부를게."

"네."

그가 다운의 손을 잡아 자신의 팔짱에 끼웠다.

"약간의 스킨십에도 놀라기 없기."

"네, 언니한테 하는 것처럼 과한 키스만 아니면 돼요."

"하하하."

그가 기분 좋게 웃으며 그녀를 데리고 호텔 한식당으로 향했다. 한국 전통의 느낌이 물씬 풍기는 서울호텔 한식당은 다운도 처음 오는 곳이었다. 왠지 비쌀 것 같은 느낌이 들었다. 가야금의 선율이 기계음에 익숙한 그녀의 귀를 즐겁게 해주고 있었다.

"아직 안 왔나 봐요?"

8인실의 방 안에 마크와 둘이 앉아 있자니 몹시 어색한 다운이었다. 그리고 마크도 언니와 있을 때와는 사뭇 다른 모습이었다. 조금은 더 무게를 잡는 느낌이 들었다. 형에게 밀리기 싫어서일까?

드르륵.

미닫이문이 열리자 자리에서 일어난 마크와 다운은 손님들을 맞이했다. 마크가 들어오는 사람들에게 다가가 하나같이 다 포옹을 해주고 있었다.

잘생긴 청년이 셋이나 들어오고 서로가 오랜만에 만나서 반가운지 얼싸안고 좋아하는 모습이 꼭 개구쟁이들을 보는 느낌이었다.

『형, 소개해 줘야지.』

셋 중에서 가장 덩치가 좋은 친구가 그녀에 대해 물었다.

『미안, 이쪽은 내 여자친구 아름 정. 이쪽은 니콜라스 김, 이쪽은 필립 리. 이쪽은 벤 조야.』

모두가 넋을 잃고 그녀를 쳐다봤다.

『진짜 예쁘세요. 엄마 말이 맞았네.』

서로들 뭐가 맞는지 굉장히 좋아하고 있었다. 뭐 인상들이 좋아 보여서 다행이었다.

『앉으세요, 형수님.』

영어와 한국어가 교묘히 섞여 있어서 듣는 내내 우스웠다. 영어로 말을 하고 호칭은 형수님이었다.

『의사시라고요?』

커다란 덩치에 곰돌이 푸우같이 작은 눈을 가진 니콜라스는 참 사람이 선해 보였다.

『네.』

『형은?』

『회장님께서는 조금 후에 오실 거야. 미국에서 온 전화 때문에 통화가 길어지는 모양이야.』

『회장님?』

뜬금없이 그의 형에게 회장님이라고 얘기를 하니 다운은 조금 당황스러웠다.

『마크 형이 얘기 안 했어요? 우리 큰형이 A-mart의 회장이세요. 저희는 직원들이고요.』

설마 그녀가 알고 있는 그 회사는 아닐 것이다.

『형님이 많이 바쁘신가 봐요.』

다운은 이렇게 말하며 마크를 힐끗 쳐다봤다. 아무리 봐도 억만장자를 형으로 둔 사람 같지는 않아 보였다. 덩치만 컸지 그녀가 보기에는 평범해 보이기까지 한 남자였다. 억만장자라면 분명히 아우라가 있을 것이다.

지난번에 풍산그룹의 박충식 회장이 건강검진을 받으러 병원에 왔을 때 보니 재벌은 그 모습부터가 빛이 났다.

드르륵.

모두가 문소리에 일사불란하게 일어섰다. 문소리만으로도 모두를 긴장하게 만드는 사람이 지금 방 안으로 들어섰다. 그를 보는 순간 다운은 좀 전에 이들의 말이 허풍이 아니었음을 직감적으로 느꼈다.

큰 키의 남자가 방 안에 들어서자 지금까지 커 보이던 방 안의 남자들이 왜소해 보였다.

뚱뚱하다기보다 큰 키임에도 불구하고 남자의 몸은 굉장히 다부져 보였다. 양복이 아닌 편안한 스웨터와 모직 바지 차림의 그는 회사의 간부 이미지보다는 패션잡지의 성공한 남자의 편안한 모습이었다.

검정 스웨터에 검정 바지는 마치 그녀와 커플룩같이 보였다. 물론 말도 안 되는 상상이기는 하지만 말이다.

『오랜만이야, 형.』

마크의 목소리에 잔뜩 긴장이 묻어났다. 그래서인지 안 그래도 불안한데 더 불안해진 다운이었다. 그의 눈빛이 그녀에게로 향하고 있는 것 같았다. 그의 꿰뚫어 보는 듯한 눈빛에 다운은 그의 눈길을 피하기에 바빴다.

남자의 얼굴은 거짓말 조금 보태서 그녀가 본 남자 중에서 제일 잘생긴 얼굴이었다. 물론 연예인들은 제외하고 말이다. 짙은 눈썹과 쌍꺼풀은 없지만 커다란 눈 그리고 오뚝한 콧날과 단단해 보이는 입술, 그리고 그녀가 좋아하는 각진 얼굴이 남성스러움을 살리고 있었다.

하지만 그의 눈은 뭐랄까 독사 같은 날카로움과 악마 같은 매력이 공존하고 있어서 함부로 오래 볼 수가 없었다. 왜 남자들이 그를 무서워하는지, 아니, 두려워하는지 조금은 알 것 같았다.

그리고 이상한 건 자꾸만 그녀의 심장이 미친 듯이 뛴다는 것이었다.

마크의 형은 그녀의 이상형에 딱 맞았다. 큰 키에 그녀를 안으면 그녀가 남자의 품 안으로 쏙 들어가는 남자가 그녀의 이상형이었다. 왜냐면 다운과 아름은 여자 키로는 꽤 컸기 때문에 웬만한 남자들은 크다는 생각이 들지 않았다.

카리스마가 있는 남자에게 매력을 느끼는 다운이었기에 오늘 그녀 앞의 남자는 그녀의 심장을 두근거리게 만들었다.

『형, 이쪽은 아름 정. 이쪽은 우리 형, 제임스 리야.』

『안녕하세요, 저는 아름 정입니다. 편하게 아름이라고 부르세요.』

그가 인상을 쓰면서 한참을 무례할 정도로 그녀를 쳐다보고 있었다.

『형?』

『앉아.』

그의 딱딱한 태도에 다른 남자들이 안절부절못하고 있었다.

『오늘 회장님께서 계속 바쁘셔서 피곤하신가 봐요.』

덩치는 곰 같은데 눈치는 빠른 니콜라스가 그녀를 보며 형이란 사람의 무례를 사과했다.

『의사라고 들었는데 맞습니까?』

젓가락을 들었다가 놓칠 뻔한 다운이었다. 이 사람은 존재 자체가 무서운 사람이었다.

『네.』

『무슨 과죠?』

언니가 왔다면 낭패를 볼 뻔했다. 그는 사람의 속마음을 꿰뚫어 보는 것 같은 눈을 가지고 있었다.

『네, 저는 간이식외과예요.』

『간이식외과라면 한국대학 병원이 세계 최고라는 건 알고 있죠. 성공률이 96%에 달한다고 신문에 나왔더군요.』

역시 상식이 풍부한 남자였다. 하지만 잘난 척을 하는 스타일로도 보이지 않았다. 언니의 남자친구의 형으로서는 후한 점수를 준 다운이었다. 뭐, 보기에는 굉장히 그럴싸해 보이는 남자였다.

『알아주시니 감사합니다.』

『간이식외과 의사면 연애할 시간이 없지 않나요?』

그건 그의 말에 백퍼센트 공감이었다. 잘 시간도 부족한 게 현실이니까.

『마크가 저의 운명인지 자주 만나지는 못하지만 우리는 깊이 서로를 사랑하고 있습니다.』

다운은 거짓말이 방언이 터지듯이 나오는 데 신께 감사하고 있었다. 공부 빼고 소질이 있는 게 거짓말 하나가 더 있었다.

『그래, 형. 우리는 진심으로 사랑해.』

마크가 그녀의 손을 잡자 형의 표정이 더욱더 어두워졌다.

『마크가 어느 집 자식인지는 물론 알겠죠?』

깍듯함 속에 차가움이 담겨져 있었다.

『아뇨, 한 번도 들은 적이 없습니다. 들을 이유도 없고요. 마크가 지금은 돈을 못 벌고 있지만 결혼을 하면 그의 생각도 달라지겠죠. 아니면 저의 수입으로 우리 두 식구 충분히 살 수 있습니다.』

이건 여기에 오기 전에 언니에게 들은 말이니 그대로 할 수밖에 없었다. 언니라면 충분히 이렇게 말했을 테니까. 제임스의 얼굴에 놀라는 빛이 스쳤다.

『우리 마크를 많이 사랑하는군요.』

『아니라면 여기에 오지도 않았겠죠.』

『마크야, 축하한다. 프러포즈는 했고?』

마크가 고개를 끄덕였다. 사촌들은 난리가 났다. 어디서 이런 신부를 구하냐며 서로 다운을 띄워주느라 정신들이 없었다. 아름이 언니가 이들과 섞여서 예쁨을 받으며 살 것 같다는 생각이 들자 다운은 살며시 미소가 떠올랐다.

한국 전통주를 무슨 음료수처럼 쏟아붓는 그들은 그동안 못 나눴던 일들을 열심히 얘기를 하고 있었다.

『마크 형이 얼마나 개구쟁이였는지 어렸을 때 저는 형 때문에 마구간에 갇혀서 말하고 밤을 새웠고요. 필립은 수영장에 밀어버리는 바람에 물에 빠져 죽을 뻔했고 벤은 침대에 애완용 뱀을 던져서 재는 아직도 뱀이라면 몸서리를 치죠.』

『전혀 상상이 안 돼요. 마크는 굉장히 젠틀한데…….』

『젠틀은 우리 회장님이 젠틀하죠. 저를 마구간에서 꺼내주고 필립을 수영장에서 구해주고 벤의 침대에서 뱀을 치워준 사람은 우리 회장님이죠.』

그는 말없이 술잔을 기울이고 있었다. 그는 피곤하다기보다 생각에 빠져 있는 것처럼 보였다.

『그런데 아까부터 궁금한데 왜 사석에서도 회장님이라고 불러요? 형이라고 하면 안 돼요?』

『이게 우리가 편해요. 그래야 다른 데 가서도 실수가 없죠.』

오늘 니콜라스가 해결사처럼 예쁘게 자칫하면 어색해질 수 있는 상황을 잘 풀어가고 있었다.

『A-mart에 대해 얼마나 알고 있죠?』

뜬금없이 벤이 그녀에게 물었다. 벤은 세 명 중에서 제일 소극적으로 보였다.

『그냥 저도 인터넷을 하고 신문을 읽으니까요. 이쑤시개에서 비행기까지 안 파는 게 없다는 소문은 들었죠.』

『우린 비행기는 안 팔아요.』

벤이 수줍게 말했다.

『그런데 저를 만나려고 오신 건 아닌 것 같고 무슨 이유로 한국에 오셨죠? 한국에는 A-mart가 없는데?』

『한국에 만들어볼까 하고요.』

『아~』

생각보다 그녀가 사촌들과 허물없이 어울리자 마크는 안심하는 것 같았다. 마크가 평소에 언니에게 과감한 스킨십을 자주 해서 오늘 걱정했는데 다행히 그는 정말 신사였다.

『조금 있으면 마크는 미국으로 가야 하는데 아름 씨는 어떻게 할 건지 궁금하군요.』

여태까지 가만히 밥만 먹던 제임스가 입을 열었다.

『그래요?』

언니에게도 듣지 못한 말이었다. 아마 마크도 언니에게는 얘기를 하지 않은 모양이었다.

『어, 그게 아직 아름이에게는 말하지 않았어.』

"사실대로 말해요. 어떻게 된 거예요?"

어쩌면 언니와 떨어져야 한다는 생각에 다운은 한국말이 튀어나왔다. 이들과 얘기를 해야 하는 상황이 아니라 지금은 마크와 이야기를 해야 될 상황이었다. 다운은 마크의 귀에다 대고 속삭였다.

"어떻게 된 거냐고요?"

"미안. 형이 여기서 얘기를 할 줄은 몰랐어. 난 결혼한 후에 미국에 갈 생각이었어."

"뭐요? 그럼 나……."

"아름!"

그가 그녀의 말을 저지시켰다.

"형이 한국말은 못해도 알아들어."

"그래서요?"

머리끝까지 화가 나는 다운이었다. 언니가 그녀의 곁에 영원히 있을 수는 없겠지만 이렇게 갑자기 가버리는 건 싫었다. 물론 언니의 의사를 물은 건 아니지만 그래도 싫었다. 그녀의 화난 표정에 앞의 사촌들은 눈치를 보고 있었고 제임스는 마크와 그녀를 똑바로 바라보고 있었다.

『형, 그 얘기는 나중에 해.』

『마크 형, 형이 한국에 있을 수 있는 방법이 없지는 않아.』

니콜라스가 이번에도 입을 먼저 열었다.

『형도 언제까지 부모님의 원조로 살 수는 없잖아. 이번 한국지사를 만드는데 형도 도와주면 좋을 것 같아.』

『맞아.』

모두가 기다렸다는 듯이 마크를 설득하고 있었다. 다운도 마크가 노는 것보다는 일을 하는 게 나을 것 같았다.

『마크, 나도 당신이 집안의 일을 돕는 게 좋을 것 같아요.』

『알았어, 생각해 볼게.』

제임스의 눈빛이 조금 전보다는 부드러워진 것 같았다.

『저에게 편지는 누가 보내신 건가요?』

그게 늘 궁금하던 다운이었다.

『미국에 계신 어머니와 이모, 고모가 꾸민 일일 거요.』

『네?』

제임스가 무뚝뚝하게 툭 내뱉었다.

『우리 집에서 가장 할 일들이 없으시고 우리들에게 너무나 관심이 많으신 분들이지.』

마크가 옆에서 말했다.

『그래도 굉장히 가정적인 분들이시네요. 전 부모님이 일찍 돌아가셔서 그런 분들이 있다는 게 부럽네요.』

그녀의 말에 마크가 다운의 어깨에 손을 올리며 위로해 주었다. 그리고 모두의 시선이 다운에게로 향했다.

『미안해요.』

『아니에요. 제가 괜한 말을 해서 분위기를 망쳤네요.』

그 후로 차분하게 저녁 식사를 마친 그들은 다음을 기약하며 인사를 나누고 헤어졌다.

니콜라스는 다운에게 마크를 잘 설득해서 한국지사에서 일을 하게 하라고 말했다. 그리고 제임스는 끝까지 그녀에게 말을 시키지 않았다. 과묵하다고 해야 할지 예의가 없다고 해야 할지 구분이 안 가는 다운이었다.

『진짜 미국에 갈 생각은 없는 거죠?』

마크가 집으로 데려다주는 길에 다운이 물었다. 한국말이 서툰 마크를 위해 다운은 둘만 있는 차 안에서도 영어로 말을 하고 있었다.

『응, 갈 생각 없어.』

『그럼, A-mart에서 일해요.』

『싫어.』

혹시 부모님의 재산에 기대 사는 게 싫어서 그러는 거라면 다운도 굳이 A-mart로 가라고 하기는 싫었다. 하지만 마크는 다운의 생각과는 전혀 다른 대답을 내놔서 다운을 당황하게 만들었다.

『내가 알아서 할게. 우리 부모님은 돈이 굉장히 많으셔. 그리고 나까지 일 안 해도 A-mart는 잘 돌아가.』

진짜로 할 말이 없었다. 어릴 때부터 부모의 품에서 부족한 것 없이 자란 도련님이었다. 그리고 나중에도 부모님의 재산이나 물려받아 편하게 한세상 살다가 죽고 싶은 아주 팔자 좋은 사람이었다. 다운이 가장 싫어하는 인간의 종류였다.

『그렇지만 언제까지 부모님만 의지하고 살 수는 없어요.』

『내가 말을 안 하려고 했지만 나는 부모님으로부터 받은 재산이 아주 많아.』

하지만 그건 엄연히 부모님의 돈이지 그의 돈이 아니었다. 그녀가 보기엔 마크는 부모님의 돈이 자신의 돈이라고 생각하는 것 같았다.

다운과 그렇게 친하지 않음에도 그는 스스럼없이 그의 부에 대해 자랑을 하고 있었다. 물론 그의 부모가 대단한 분인 건 알겠지만 이런 식의 자신감은 솔직히 마음에 들지 않았다.

그의 목소리에서는 어느 때보다 자신감이 흘러넘쳤다.

『우리 언니랑 결혼할 거예요?』

『응, 아름은 내가 본 여자 중에서 가장 아름답고 다정해.』

『결혼하면 아름 언니하고 같이 놀 거예요?』

『아니, 아름이가 하고 싶어하는 노래는 부르고 싶으면 불러도 돼. 아름은 노래할 때가 가장 예뻐. 나는 지금처럼 집에서 지낼 거야.』

이해가 정말 되지 않았다. 이렇게 자기에 대해서도 생각이 없는 남자에게 언니를 시집보내도 되는 건지 정말 걱정인 다운이었다.

한숨이 저절로 입에서 나왔다. 왜 집안 어른들이 의사 여자친구라고 하니까 좋아했는지 이해가 되었다. 확실히 정신과 치료가 필요한 무기력증 환자 같았다.

사촌들과 헤어져 자신의 스위트룸으로 돌아가는 제임스의 발걸음이 점점 무거웠다. 마치 술에 취한 다음날 머리가 아픈 것처럼 그는 지금 심각한 두통에 시달리고 있었다. 그의 두통의 발단은 마크의 여자친구를 보면서부터였다.

어디서 본 것 같은데 도통 기억이 나지 않았다. 물론 사진에서 보기는 했지만 그런 게 아니라 꼭 어디선가 만난 아주 친숙한 느낌이었다. 그런데 생각이 나지 않으니 앉아 있는 내내 몹시 답답한 그였다.

마크의 여자친구 아름은 사진보다 실물이 백배는 더 아름다운 여자였다. 거기에 묘하게 남자를 자극하는 섹시미까지 있어서 마크처럼 약과 여자에 빠져 살던 녀석이 왜 그렇게 결혼까지 생각하는지 알 것 같았다. 동생을 사로잡은 여자였지만 단숨에 그를 사로잡은 여자이기도 했다.

제임스는 순간 머리를 흔들었다. 동생의 여자라니 말도 안 되는 소리였다. 단 한 번도 동생 마크를 부러워한 적이 없었다. 동생은 언제나 가족의 걱정거리였고 그는 언제나 가족의 자랑이었다. 그런 그가 지금 동생을 처음으로 부러워하고 있었다.

"아름이라……."

그녀의 똑 부러지는 말투도 좋았고 사촌 동생들의 질문도 잘 넘기는 모습도 보기 좋았다. 그의 질문에도 주눅 드는 게 없이 차근차근 말하는 모습이 커리어 우먼의 모습이었다.

이제는 그가 정신을 차릴 때였다. 수많은 여자 가운데 동생 마크의 여자친구에게 첫눈에 반하다니 어이가 없었다.

정말로 그녀는 아름답기는 했지만 제임스는 그렇게 아름다운 얼굴을 두꺼운 화장으로 가리는 여자들을 싫어했다. 아무리 생각해도 외모는 그의 스타일이 아니었다. 하지만 묘하게 그를 끌어당기는 힘이 아름에게는 있었다.

띠리릭!

카드키를 들고 문 앞에서 한참을 있던 제임스가 드디어 문을 열고 자신의 룸으로 들어갔다. 적막하고 넓은 룸 안에 그가 들어서자 자동으로 불이 들어왔다.

그는 룸 안의 작은 바에서 와인 한잔을 따라 소파에 앉았다. 여전히 그는 두통에 시달렸고 룸으로 들어오자 며칠 전의 술 취한 여자까지 자신의 머릿속에 다시 찾아와서 그를 괴롭힐 준비를 하고 있었다.

미국에서 가족들에게 자랑스러운 사람이 되기 위해 그는 앞만 보고 달렸다.

너무나 말이 없고 무뚝뚝해서 가족들까지도 그를 어려워했지만 그는 그들에게 언제나 자랑스러운 존재가 되고 싶었다. 그래서 여자와 술을 멀리하는 그인데 한국에 와서는 계속해서 평생 안 해본 일들을 하고 있었다.

"후~ 하아~"

속에서 한숨이 절로 나오고 있었다.

Rrrrrrrr.

늦은 시간 그의 핸드폰이 울리고 있었다. 뉴욕에 계시는 어머니였다.

『여보세요?』

[우리 큰아들, 잘 지냈어?]

이상한 건 엄마는 영어를 알아듣고 말씀도 잘하시는데 마크와 제임스에게는 한국말만을 쓰셨다.

물론 그는 한국말을 잘하지 못해서 언제나 어머니와의 대화는 영어로 했다. 어머니는 한국어, 그는 영어로 그들은 무리 없이 대화를 해나갔다.

『네, 잘 지내죠. 한국에도 잘 도착했고 어머니가 궁금해하시는 아름 씨도 만났어요.』

[호호호, 역시 우리 아들은 스마트해.]

『예뻐요. 똑똑하고 섹시한 느낌도 들고 남자들이 아주 좋아할 만한 스타일이에요.』

그는 자신도 모르게 퉁명스러운 말투로 자신이 느낀 그대로 어머니에게 말해주었다.

[그래?]

『네.』

[우리 말썽꾸러기 마크를 단번에 휘어잡을 것 같아?]

『네, 아주 꼼짝 못할 것 같아요.』

아주 꼼짝 못하게 침대에서도 못 빠져나가게 아주 화끈한 여자일 것 같다고 말하려던 걸 제임스는 참았다.

[다행이네. A-mart에서 일을 한대?]

가족들이 걱정하는 건 서른이 넘도록 정신을 차리지 못하고 여전히 술과 여자, 그리고 요즘은 게임에 빠져 있는 마크였다. 돈도 있고 지위도 있는 미국의 최상류층인 어머니와 아버지의 유일한 걱정이기도 했다.

[혹시 약 같은 건 안 하지?]

『네, 혈색이 아주 좋아 보였어요. 살도 쪘고요. 보기 좋았어요.』

[다행이구나. 엄마도 빨리 아름 양을 만나보고 싶구나.]

아들이 마약 종류의 약을 끊게 만든 착한 아가씨를 만났다는 게 어머니는 기쁘신 것 같았다.

[제임스?]

『네, 어머니.』

[이모가 한국 아가씨하고 선 자리를 마련했는데 한번 만나볼래?]

이게 요즘 어머니와 이모, 고모의 새로운 고민거리였다. 그가 여자를 만나서 결혼하는 일이 말이다.

『어머니, 제가 알아서 한다고 이모에게 말씀해 주세요.』

제임스가 단호하게 말하자 어머니도 더 이상의 말씀은 없으셨다. 전화를 끊은 그는 조용히 눈을 감았다. 그의 머릿속에는 아름과 술 취한 여자가 자꾸만 동시에 그려졌다. 아름이 마치 술 취한 그녀가 되어 그날처럼 그의 침대에 누워 그의 손길에 흥분을 하고 있는 것 같았다.

『미친놈!』

그는 이렇게 말하고는 와인을 한번에 털어 넣었다. 아무래도 여자가 필요한 것 같았다.

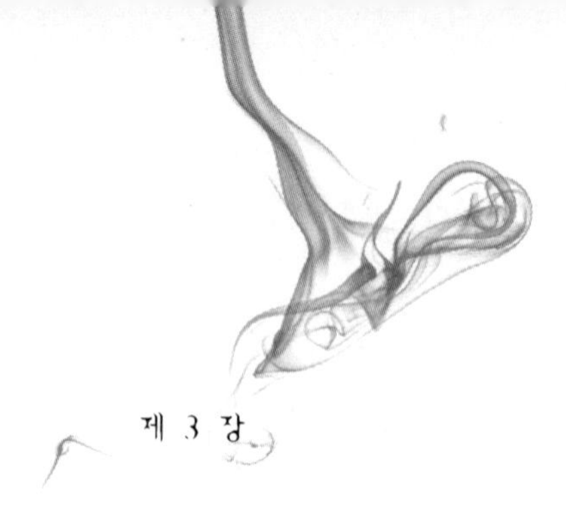

제 3 장

한 달간의 꿈결 같은 휴가가 주어졌다. 첫 주는 아름이의 사기극에 적극 동참해 주었고 동네의 사우나와 마사지 숍을 전전하며 그간의 피로를 풀었다.

그리고 두 번째 주는 빠르게 가는 휴가 기간이 너무나 아까워 전국을 돌아다니기로 했다. 1월의 강추위에 많은 곳은 가지 못하지만 먹거리 위주로 돌아다니기로 결정했다.

이름하여 '빵투어', 남들이 들으면 웃을 일이지만 다운은 평소에 빵이라면 사족을 못 썼기 때문에 지금의 여행이 너무나 행복했다. 그리고 이렇게 여행을 다닌 후에 가이드북 하나 정도는 내고 싶다는 생각이 들어 사진도 열심히 찍고 있었다.

하지만 벌써 빵투어 가이드북은 나왔다는 말씀. 부산은 아예 지하철별로 하나씩 잘 정돈이 되어 바쁘신 의사분은 책 내는 건 그냥 안 하는 걸로 하는 대신 책에서 소개하는 전국 곳곳의 빵투어를 시작하기로 했다.

두툼한 오리털 파카를 입고 나머지 스웨터 종류는 가방에 속옷과 같이 넣고 다이어리 하나와 카메라를 챙긴 다운은 일주일 동안 빵으로 살기 위해 집을 나섰다.

"일주일간 빵만 드시겠다고?"

"어."

"삼촌, 다운이는 정신이 좀 나간 것 같아."

아름이가 못마땅하다는 듯이 집을 나서는 다운이를 보며 말했다. 신발을 신다 말고 다운이 아름이를 째려봤다.

"너, 내가 아직 언니 널 도울 일이 있다는 걸 잊지 마라."

"호호호, 그래, 다운아. 내가 깜빡했다. 빵 많이 먹고 와. 체하지 말고."

이렇게 얄밉게 말을 하고는 자기 방으로 쏙 들어가 버렸다.

"혼자 가는 거야?"

삼촌이 걱정이 되는지 물으셨다.

"네."

"요즘 같은 세상에 몸조심하고. 아무 데서나 자지 말고 호텔에서 꼭 자고."

"네."

"이거."

삼촌이 봉투 하나를 건넸다.

"뭐예요?"

"빵 사먹어. 어릴 때부터 어디 놀러 가보지도 못하고. 불쌍한 것, 이렇게 커서 겨우 빵이나 사먹으러 돌아다니고. 에고, 불쌍한 것."

"삼촌."

"많이는 못 넣었으니까 조금만 먹어. 살쪄."

이렇게 말씀을 하시고는 눈시울을 붉히셨다. 왜 날이 갈수록 집안이 시트콤화되어 가는지 알 수가 없는 다운이었다.

"어쨌든 잘 다녀올게요."

"빵 사와!"

인사를 겨우 마치고 나오려는데 방 안에서 아름이가 빵을 사오라며 소리를 쳤다.

"알았어!"

기분 좋게 집을 나온 다운은 지하철역으로 향했다. 배낭 하나만 메고 어디를 간다는 게 그녀의 일생에 처음 있는 일이었다. 남들은 해외로 여행을 간다고 하지만 그녀에게는 그럴 마음의 여유가 없었다.

그래서 천천히 그녀를 위한 삶을 시작할 생각이었다. 언제 또 이런 시간이 이루어질지 모르지만 그녀는 그녀만의 작은 행복을 찾을 예정이었다.

지하철을 탄 그녀는 서울역으로 무조건 향했다. 처음 그녀의 행선지는 대전이었다. 진짜 오랜만에 지하철을 탄 그녀였다. 대부분은 버스로 통학을 하고 출퇴근을 해서 그녀에게 지하철은 굉장히 낯선 교통수단이었다.

오늘 들어올 때 표를 끊는 걸 몰라서 한참을 헤맨 그녀였다. 다행히 버스 카드로 지하철을 탈 수 있다는 걸 한참이 지난 후에 안 그녀였다.

이럴 때 보면 또 영락없는 바보였다. 지하철로 서울역에 도착해서 서울역에서 대전 가는 KTX도 어렵게 탄 그녀였다. 여행이 이렇게 복잡하고 힘든지 그녀는 몰랐었다. 하지만 부푼 기대만큼은 그녀의 작은 실수들로도 사라지지 않았다.

KTX가 굉장히 빠를 거라 기대를 했건만 생각보다 빠르지 않았다. 너무 빨라서 경치를 못 보고 지나지 않을까 했던 걱정은 편안하게 앉아 밖을 내다보며 사라졌다. 점심 무렵 대전역에 도착한 그녀의 뱃속은 배고픔에 난리가 나 있었다.

그녀는 주저함 없이 대전 빵이 있는 성심당으로 향했다. 성심당은 대전의 문화입니다, 라는 문구가 그녀의 빵투어의 계기가 되었다. 처음에는 그냥 좋은 사찰들을 돌아다니고 싶었지만 지금은 겨울이라 그건 좀 아닌 것 같아 먹거리 여행이 재밌겠다는 생각을 하던 중에 잡지에서 우연히 이 집을 다녀온 기자의 소개 글을 보고 결정을 하게 된 것이다.

얼마나 맛이 있으면 한 도시의 문화가 되었을까 그녀는 성심당의 1986년생, 판타롱 부추빵에서 그 해답을 찾았다. 예전의 일본 애니메이션 중에서 맛을 표현하는 대목이 나올 때 눈물을 흘리며 바닷가를 거닐 거나 하던데 다운은 과장이 아니라 부추 밭에 서 있는 느낌이었다.

"와아~ 진짜 맛있다."

근처의 커피숍에 앉아 부추빵을 먹으며 눈물을 흘릴 뻔한 다운이었다. 사진도 찍고 맛에 대한 평도 적으며 혼자만의 시간을 즐기고 있는 다운은 다음 행선지로 군산의 이성당의 앙금빵을 택했다. 벌써부터 그 시간이 기다려지고 있었다.

미국보다 한국이 좋은 점은 아무리 길어도 여섯 시간 안에 해결을 볼 수 있다는 것이었다. 미국보다 작은 나라이기 때문에 일을 보러 여기저기를 돌아다니는 사람으로는 좋았다. 다만 서울 도심의 정체는 그를 짜증나게 했지만 말이다.

그들의 커다란 밴은 차 안에서도 사무를 볼 수 있게 특수 제작이 되어 있었다. 이건 어디까지나 미국의 커다란 땅 때문이었다. 전용기로 이동하고 이 밴으로 가까운 거리는 다녔다. 가까운 거리라고 해야 서울에서 부산 가는 거리지만 말이다.

제임스 일행은 A-mart의 새로운 출발점으로 울산을 정하고 지금 부지를 직접 확인하러 가는 길이었다. 한국에서 가장 돈이 많은 곳이지만 알고 보면 그렇게 편의시설이 발달하지 못한 곳이었다. 대기업들이 몰려 있어서 2차 산업은 최고로 발달이 되어 있었지만 3차 서비스 산업이 발달하지 못한 곳이었다.

돈은 많이 벌지만 한마디로 쓸 곳이 없는 곳이 울산이었다. 자료를 보니 서울의 동네마다 있는 백화점이 울산에는 중심지 한곳에 거의 몰려 있었고 그 규모 또한 작았다. 한마디로 A-mart 같은 거대 마트가 쇼핑몰의 형태로 들어간다면 성공할 수 있는 확률이 있는 곳이었다.

이상하게 다른 나라의 마트들이 맥을 못 추고 나가떨어지는 곳이 한국이었다. 그의 A-mart도 중국에 진출해서 크게 성공했지만 한국은 처음에 도전하기 힘든 곳이라는 결론으로 배제를 했던 것도 사실이었다.

하지만 그들은 한국에 뿌리를 둔 한국 사람들이었다. 언젠가는 고국에 A-mart를 만들겠다는 아버지의 뜻을 그가 지금 이루어 드리려고 하고 있었다.

『회장님?』

『어.』

『요즘 생각이 많으신 것 같습니다.』

니콜라스가 걱정이 되는지 그의 얼굴을 살피며 말했다.

『한국에 A-mart를 세울 생각을 하니 마음이 좀 복잡해서 그러니까 신경 쓰지 마.』

『저는 우리 고국에 A-mart가 생긴다니 너무 좋은데 회장님은 왜 복잡하신지 이유를 물어봐도 될까요?』

모두의 눈이 그를 향해 있었다.

『여기서는 실패를 하면 안 되니까. 그리고 우리가 소홀히 준비를 하면 가장 비난받을 곳이 한국이기도 하니까. 너희들은 미국에서 성공했으니 미국으로 돌아가라고 하면 할 말은 없지만 내 집에서 쫓겨나는 기분이 들 것 같아서. 그래서 한 번 더 생각하고 신중해야 하는 곳이 한국이야. 아버지도 그걸 가장 걱정하셔서 수천 개의 매장을 세계적으로 가지고 계셔도 한국은 들어오실 엄두를 못 내신 거지.』

『저희들이 더 열심히 준비하겠습니다. 너무 걱정하지 마십시오.』

사촌 동생들의 눈빛이 빛이 나고 있었다. 이들처럼 마크도 그랬으면 하는 바람이었다.

Rrrrrrrr.

때마침 마크의 전화였다.

[형, 어디야?]

『지방에 내려가는 중이야. 왜?』

마크의 목소리가 불안하게 떨리고 있었다.

『넌 어디야?』

[집이지.]

아픈 것 같기도 하고 목소리에 영 힘이 없는 마크였다.

[형, 지금 돈이 좀 필요해.]

『알겠어. 계좌로 송금하라고 하지.』

[고마워.]

몇 년 전에 마크의 이름으로 된 카드는 모두 폐기를 시킨 제임스였다. 돈의 개념이 없는 마크는 한도가 없는 카드로 정말 상상을 초월하는 쇼핑을 하고 돌아다녔다.

그리고 문제는 값비싼 물건을 사서 약하고 바꾸는 게 문제였다. 그래서 그다음부터는 현금만 쓸 수 있게 적당한 생활비를 한 달에 한 번 지급을 했다.

이번은 아직 한 달이 안 되었지만 한국에 와서는 한 번도 돈에 관해서는 사고를 친 적이 없기에 그가 아무 소리 없이 돈을 주기로 한 것이었다.

[뭐에 쓸 건지 안 물어봐?]

그가 궁금해하는 걸 느꼈는지 마크가 먼저 말했다.

『말해봐.』

[아름이에게 청혼할 거야. 반지라도 사주려고.]

아름의 얼굴이 떠오르자 제임스는 자신의 가슴이 두근거림을 느꼈다. 절대로 이래서는 안 되는 것이었다.

『봐둔 거라도 있어?』

[응, 좀 비싼데 형이 이번에는 좀 더 넉넉히 주면 좋겠어.]

철이라고는 하나도 없는 마크였다.

『알았어.』

그리고 그는 전화를 끊었다. 마크는 자신의 동생이지만 정말로 대책이 없었다. 집안의 돈으로 어떻게든 편하게 살려고 하지만 그건 오산이라는 걸 마크는 모르고 있었다.

아버지께서 한국에 조만간 오실 때까지 그도 말을 안 할 생각이지만 마크가 만약에 한국지사에 힘을 보태지 않고 저렇게 계속해서 빈둥거린다면 상속에서 제외시키신다는 얘기를 한국에 오기 전에 아버지께서 말씀하셨다.

일단은 부지부터 우선 결정을 하고 마크에게는 나중에 말할 생각이지만 아마도 마크와 마주한다면 아름을 떠올릴까 봐 그도 그들이 완벽하게 결혼하기 전까지 마크와도 거리를 두고 있었다.

이건 마크의 문제가 아니라 지금은 그의 문제였다. 사회규범을 따르고 바르게 살았다고 생각을 했는데 그의 몸 안에 이렇게 사악한 것이 들어 있을 줄은 그도 몰랐다. 동생의 여자로 인해 매일 밤 그는 뜨거운 꿈에서 헤매고 있었다.

그녀와의 짜릿한 섹스로 인해 온몸이 땀으로 젖고 호흡도 거칠어져 한참을 자기 자신을 달래야 하는 밤을 그는 요즘 보내고 있었다. 술 먹은 아름이 매일 밤 그의 꿈에 찾아들었던 것이다.

자신부터 마음을 다스려야 했다. 일에만 우선은 매달리고 싶었다. 이렇게 열심히 일을 하다 보면 언제나 그랬듯이 여자는 잊을 것이다.

『울산하고 오늘 어디를 들러야 하지?』

『오늘은 울산만 보고 내일은 창원, 마산, 부산까지 볼 예정입니다.』

바쁜 일정이었다. 그래도 지금은 이게 훨씬 나았다.

입안에 대구 빵인 삼송베이커리의 마약 옥수수 빵을 물고는 창밖을 바라보고 있는 다운이었다. 오늘은 여행의 마지막인 부산으로 향하는 날이었다. 부산은 다른 곳과는 다르게 지하철역마다 빵집이 있어서 3일 정도 머무를 예정이었다.

따뜻할 때 먹어야 제맛인 마약 옥수수 빵은 빵을 쪼개면 그 안에 옥수수 알갱이가 그대로 들어가 있어서 식감이 매우 특이했다. 아무래도 이 여행이 끝날 때쯤에는 살이 쪄 있을 것 같았다.

밥을 4일 동안 먹지 않고 오로지 빵만 먹었다. 하지만 그녀가 느낀 건 명불허전이었다. 정말로 하나도 질리지가 않는 훌륭한 빵들이었다. 어느 것이 더 맛있냐고 물어본다면 네가 먹어보고 그런 걸 물어보라고 말하고 싶을 정도였다.

"음, 맛있다."

벌써 2개째를 먹으면서도 그녀의 손은 어느새 다른 빵에 가 있었다. 이렇게 식탐이 강한 여자가 아닌데 참 신기했다.

부산역에 도착하자마자 유명하다는 신발원부터 들르고 오늘은 1호선의 빵집들을 돌아 저녁에는 해운대역에서 숙소를 정하고 바닷바람을 쏘일 생각이었다. 그 많은 곳들을 다 돌 생각을 하니 너무나 즐거운 다운이었다.

"즐겁기는 한데 겁나게 발은 아프네."

해운대 바닷가 모래밭에 앉아서 그녀는 신발을 벗고 발을 주무르기 시작했다. 바닷바람이 칼처럼 차가울 것 같았는데 배가 부른 탓인지 그다지 차갑지 않았다. 배는 부른데 지금 그녀의 입에는 빵이 가득 차 있었다.

"이런 고생도 사서 해보고 팔자 좋다. 정다운."

한참을 바닷가에 앉아 있던 다운은 근처에 예약을 해둔 호텔로 갔다. 먹고 놀기도 힘이 든지 그녀는 제대로 씻지도 못하고 깊은 잠에 빠져들었다.

아침 일찍 일어난 다운은 오늘 돌아볼 코스를 정하고는 부리나케 숙소를 빠져나왔다. 일단 오늘은 부산 지하철 2호선의 빵집을 돌 예정이었고 저녁에는 부산에 사는 고모네 집에 들를 예정이었다.

고모와 함께 사는 삼촌, 돌아가신 아버지까지 삼남매셨다. 아버지가 돌아가시고부터 고모도 고모부 때문에 부산으로 내려가셔서 제대로 만나지는 못했지만 한 달에 한 번씩 김치나 반찬을 꼭 부쳐 주셨다.

고모의 조카 사랑은 대단해서 고모부도 그런 고모에게 두 손 두 발 다 들었다. 그리고 첫째가 서울에 대학에 합격했을 때는 그녀의 집에서 학교를 다녔었다. 오랜만에 사촌 동생 얼굴도 볼 겸해서 이따 저녁에는 깡통 시장에 갈 예정이었다.

고모랑 고모부가 시장에서 외국의 수입 잡화점을 하고 계시기 때문이었다. 두 분을 생각하자 얼굴에 미소가 번지는 다운이었다.

부산의 지하철을 타고 유명한 빵집을 돌아다니다 보니 벌써 해가 저물고 있었다. 저녁 7시 무렵에 깡통 시장에 도착한 다운은 근처의 돼지 국밥집에서 사촌 동생 근우를 만났다.

"누나, 잘 지냈나?"

부산 사나이가 씩하고 웃으며 인사를 하고 들어오자 다운은 왠지 든든함을 느꼈다. 근우는 서울에 있는 대학을 나와서 지금은 세관에서 일을 하고 있는 공무원이었다. 정말로 착실한 아이였다. 물론 지금은 스물여덟의 어른이었지만 그녀의 눈에는 아직도 아이 같았다.

"잘 지냈지. 너는?"

"잘 지냈다."

부산의 걸쭉한 사투리가 마구 입에서 나오는 근우였다.

"이제 의사가?"

"그래."

"오올, 우리 누나 많이 컸네."

"뭐?"

그녀가 때리는 시늉을 하자 그가 손으로 막았다.

"서울 여자 무섭데이."

"으그, 근무는 할 만해?"

"하모, 내가 누꼬. 박근우 아이가."

"지랄한다."

삼겹살을 구우며 술잔을 기울이다 보니 꽤 많은 술을 마신 다운이었다. 근우를 만나기 전에 가게에 들러 고모와 고모부께 인사를 드린 얘기도 하고 근우의 여자친구 얘기도 하다 보니 그녀는 본인의 주량을 초과했다. 슬슬 혀도 꼬이고 머리도 어지럽기 시작했다.

집으로 가자는 근우의 말을 한사코 거절을 하고 다운은 자신의 숙소인 해운대 호텔로 향했다. 정말로 기분이 좋았다.

호텔 앞에 도착한 다운은 걸음이 본인의 뜻과는 무관하게 자꾸만 바닷게처럼 옆으로 걸어지는 게 느껴졌다.

"하하, 지난번은 땅이 솟아오르더니 오늘은 뭐야? 옆으로 가는 거야?"

진짜 오늘도 가관인 다운이었다. 술을 먹고 주사를 부리는 성격이 아니었다. 잘 마시지도 못했지만 정말로 한 병 이상을 넘기는 일이 없는 그녀였는데 오늘은 기분이 좋아서 혼자서 두 병을 마셨더니 온 천지가 그녀를 중심으로 빙글빙글 돌고 있었다.

호텔 방의 키를 손에 들고 그녀는 엘리베이터에 탔다. 얼마나 카드를 세게 움켜쥐었는지 술이 취한 와중에도 손이 아팠다.

"아이씨, 아프다."

그리고 그녀는 엘리베이터에서 내려 긴 복도를 하염없이 걸었다. 여기가 거긴 것 같고 거기가 여긴 것 같고 히힛, 모르겠다. 그때였다. 누군가 그녀의 팔을 잡았다. 아주 커다란 검은색 곰이었다. 눈이 자꾸 감겼다. 곰은 위험한데…….

마산과 창원이 상당히 매력 있게 다가온 제임스는 어제 둘러본 울산과 함께 세 곳에 그들의 쇼핑몰을 짓고자 마음을 먹었다. 오늘은 부산까지 둘러보려고 했는데 마산과 창원에서 너무 많은 시간을 허비해서 부산에서 일박을 하고 내일 천천히 둘러보기로 했다.

중심 도시는 안 하려고 계획을 했지만 아버지의 고향인 부산에 꼭 A-mart가 있었으면 좋겠다는 말씀이 자꾸만 마음에 걸려서 그는 일단은 부산을 둘러보기로 하고 오늘은 해운대에 숙소를 잡았다.

다들 저녁 식사 후에 바닷가를 구경 갔고 그는 피곤해서 숙소로 먼저 들어왔다. 샤워를 하고 오늘은 푹 잘 생각이었다. 며칠을 제대로 잠을 자지 못해서 그런지 온몸이 찌뿌둥했다.

호텔에 들어온 그는 체크인을 하기 위해 데스크에 서 있었다. 모두의 시선이 키가 큰 그에게 향하자 그는 조금 부담스러웠다. 앞에 사람이 먼저 체크인을 하고 있어서 그는 뒤에서 기다렸다.

그의 뒤로도 손님이 들어와 대기 중이었다. 이렇게 체크인까지 해본 게 얼마 만인가. 그의 잔일은 비서나 사촌 동생들이 다 했는데 오늘은 그가 먼저 들어오는 바람에 어쩔 수가 없었다. 이번 한국에는 그의 비서진이 오지 않았다. 미국에서 있을 대규모 행사를 준비 중이었고 한국에서 비서가 할 일은 거의 없었기 때문에 그는 비서가 없이 생활을 하게 되었다.

"언니, 저 남자 완전 잘생겼어."

"그치, 나도 아까 들어오는데 저렇게 양복이 잘 어울리는 남자는 처음 봐."

아무래도 그를 보며 여자들이 수군거리는 것 같았다. 언제나 사람들의 눈에 띄는 그였다. 부모님이 물려주신 커다란 키와 잘생긴 얼굴은 사람들의 시선을 끌기에 충분했고 패션 센스 또한 한몫했다.

"저 코트 속에 쏙 들어가 봤으면 소원이 없겠다."

"남자가 저 정도는 돼야지. 우리 집 난장이는 체크인도 못한다. 뭐 저렇게 시간이 걸려."

"우리도 똑같아. 조 뒤로 줄 서 있는 것 봐. 아이고, 창피해."

앞의 두 사람이 그녀들의 남자인 것 같았다. 그의 눈에 남자들의 정수리가 보였다. 여자들 등쌀에 스트레스들을 많이 받는지 머리숱이 둘 다 없었다.

이제 그의 차례였다. 상당히 친절한 직원의 도움을 받아 그는 스위트룸 체크인을 수월하게 하였다. 뭐 예약이 다 끝나 그냥 키만 받으면 됐지만 말이다.

엘리베이터를 기다리고 있는데 뒤에서 아까 여자들의 쑥덕거림이 들렸다.

"아주 발레를 하는고만."

"무슨 여자가 술이 떡이 되어가지고 저러고 다니는 거야?"

"부인님들이나 잘하세요."

조금 전 그의 앞에 서 있던 남자가 여자들의 수다에 한 소리를 하더니 엘리베이터에 탔다. 엘리베이터에 타려다가 고개를 돌린 그는 걸음을 멈추었다. 이건 비현실적인 꿈이었다. 꿈속에서도 그를 괴롭히던 여자가 그의 앞에 또다시 술이 떡이 돼서는 안절부절 못하고 있었다.

그가 타지 않자 엘리베이터의 문은 닫혔고 그는 멍하게 자신 쪽으로 우스꽝스럽게 걸어오는 여자를 보고 있었다.

설마, 서울도 아닌데 이 여자가 부산에까지 원정을 와서 블랙아웃이 되어 있을 줄은 도저히 상상도 못한 일이었다. 꿈은 아닌 것 같고 참으로 어이가 없었다.

"스톱!"

그녀는 용케도 엘리베이터에 탔고 그도 함께 그녀와 같이 엘리베이터에 몸을 실었다.

"몇 층일까요?"

혼잣말을 하는 여자를 어이없게 바라보고 있는 제임스였다.

"11층! 대단해요."

자기가 묵고 있는 층을 말하는 그녀는 혀가 꼬부라진 소리를 하고 있었다. 오늘은 제발 그의 옷에 토하지만 않기를 바랄 뿐이었다.

11층이 아닌 그가 묵고 있는 20층을 그가 누르는데도 이 아가씨는 정신이 없었다.

"왜 이렇게 빙글빙글 돌지?"

정말 혼자 보기 아까운 장면이었다.

엘리베이터 문이 열리자 복도를 보더니 몸을 더 이상 주체하지 못하고 쓰러졌다. 그가 다가가자 그녀는 그를 보고는 이렇게 말했다.

"아이씨, 아프다."

손을 보니 호텔방 카드키를 꽉 움켜쥐고 있었다. 그녀는 초점을 잃은 눈으로 그를 바라보았다.

"곰이다."

그리고는 지난번처럼 정신 줄을 놓았다. 그가 아주 자연스럽게 그녀를 어깨에 메고는 자신의 스위트룸으로 갔다. 술 냄새가 진동을 하는 여자를 메고 가는데 자꾸만 웃음이 나오는 그였다.

자신의 스위트룸으로 들어온 그는 그녀의 오리털 점퍼를 벗기고는 소파에 그녀를 앉혔다. 시원한 냉수를 그녀에게 권하자 그녀가 벌컥벌컥 마시기 시작했다. 물을 시원하게 마신 그녀는 다시 고개를 떨구었다. 아직도 정신이 없어 보였다.

"이봐, 아가씨!"

시원한 냉수를 마시자 그녀가 그를 보며 씩 웃었다.

"근우야, 네가 누나에게 그렇게 술을 자꾸 먹이면 안 되지."

완전이 필름이 끊겼는지 그를 다른 남자로 보고 있었다.

"이봐, 아가씨. 정신 좀 차려봐!"

"이놈, 누나한테 어디서 반말이야? 고모한테 이른다."

정신 줄을 산뜻하게 놓으신 것 같았다. 그가 그녀의 얼굴을 잡고 마주 보며 말했다.

『왜 갑자기 나타난 거지?』

그는 자신도 모르게 그녀의 얼굴을 보면서 중얼거렸다. 발음이 이상해서 한국말은 잘 사용하지 않는 그였다. 하지만 취한 여자는 분명히 영어를 모를 것이고 그는 오랜만에 한국말까지 하며 그녀를 깨웠다.

하지만 그녀는 여전히 술에 취해서 정신을 못 차리고 있었다.

제임스는 그녀가 메고 있던 가방을 열어보았다. 그리고는 정말로 빵 터졌다. 진짜 가방 안에 빵이 가득했다. 진짜로 다른 물건이 보이지 않을 만큼.

『알면 알수록 신기한 여자군.』

그는 그녀의 지갑을 겨우 찾았다. 누군지 알아야 다음에 놓치는 일이 안 생기기 때문에 그는 여자의 지갑을 열었다. 정다운이라는 이름과 정말로 두꺼운 안경을 낀 여자의 얼굴이 보였다.

『실물이 더 낫군.』

나이는 서른한 살이었다. 그가 서른일곱이니 딱 좋은 나이 차이었다. 순간 그는 피식 웃었다. 동생의 여자를 보고 자신의 여자이기를 바라지를 않나. 술에 취한 여자를 보고 자신과 엮지를 않나. 요즘 정신 상태가 온전하지 않은 건 사실이었다.

"야!"

여자가 갑자기 그를 보며 소리를 질렀다.

"화장실."

이렇게 말하며 소파 앞에서 바지를 내리려고 하고 있었다.

『잠깐!』

그가 빛의 속도로 그녀에게 다가가서 그녀를 그의 욕실에 가져다 놓았다. 무슨 여자가 술만 먹었다 하면 이렇게 인사불성이 되는지 그는 한심한 생각이 들었다. 화장실에서 볼일을 본 여자는 성큼성큼 걸어서 나오더니 자신이 가방 옆에 쪼그리고 앉았다. 그리고 빵을 보며 좋아하더니 그대로 다시 꼬꾸라졌다.

참 돈을 주고도 볼 수 없는 광경이었다. 제임스는 고개를 옆으로 가로저으며 그녀의 곁으로 가서 그녀를 안아 들었다.

"정다운!"

그가 그녀의 이름을 불렀다. 그녀가 알아들었는지 눈을 게슴츠레하게 뜨더니 그의 얼굴을 손으로 뚝 쳤다.

"근우, 이놈의 새끼!"

그가 고모의 아들인 줄 아는 모양이었다.

"누나라고 불러야지."

술이 취해서도 할 말은 다 하고 있었다. 그가 그녀를 침대에 눕히고는 그녀의 옷을 하나씩 벗겼다. 무슨 여자가 옷을 이리도 많이 껴입었는지 벗겨도 벗겨도 옷이 계속해서 나왔다. 드디어 마지막 속옷만이 남은 그녀였다.

순간 당황한 그였다. 그녀가 이리도 완벽한 몸매의 소유자였다는 걸 그는 잠시 깜빡했었다. 새하얀 피부에 풍만한 가슴, 거기에 개미같이 가는 허리에 적당한 힙까지. 그녀는 완벽한 몸매의 소유자였다.

지난번에는 그녀가 토해놓는 바람에 옷을 정신없이 벗겨내서 그녀가 이렇게 야한 속옷의 취향인 줄 몰랐었다. 스웨터에 내복을 입은 그녀의 평범한 외출복 안에 이렇게 속살이 훤히 비치는 검은색 레이스 브라와 팬티가 있을 줄을 그 누가 상상이나 했겠는가 말이다.

그는 누가 볼까 봐 얼른 이불을 덮었다. 불을 끄고 그녀의 옆에 누웠다. 그도 오늘은 피곤했다.

아무리 그녀가 달려들어도 오늘은 상대해 줄 수 없을 만큼 피곤했다. 눈을 감고 제임스는 잠을 청했다.

"으으응~"

뭔가 앓는 소리를 내면서 그의 겨드랑이 아래로 파고들고 있었다. 깜빡 잠이 들었던 그의 몸이 순간적으로 굳어졌다. 이건 그의 계획에 없는 일이었다.

"으음~"

또다시 그녀가 그의 옆구리 쪽으로 자꾸만 파고들었다. 추운 모양이었다. 그는 할 수 없이 그녀 쪽으로 몸을 돌려 그녀를 안아주었다. 그의 따뜻한 체온에 기분이 좋은지 그녀가 그의 몸에 팔을 둘러 꽉 끌어안았다. 여전히 고약한 술 냄새가 났다. 그냥 무시하고 잤어야 하는데 그는 그녀를 내려다보는 실수를 저지르고 말았다.

달빛에 그녀의 가슴골이 보였다. 어찌나 하얗고 탐스러운지 만지지 않고는 견딜 수가 없었다. 한 번만이었다. 그때는 잘못 느낀 것일 수도 있었다. 오늘 다시 만진다면 분명히 그 감촉에 실망할 것이었다.

제임스는 마른침을 삼키고는 그녀의 가슴으로 손을 가져갔다가 얼른 떼어냈다. 갑자기 전류가 그의 손을 타고 흐르는 기분이었다. 따갑고 찌릿했다. 그는 다시 한 번 그녀의 가슴으로 손을 가져갔다. 쿵쾅거리며 울리는 심장이 평소 냉정한 카리스마로 유명한 그의 모습이 아니었다.

구름처럼 폭신거리는 그녀의 가슴에 드디어 그의 손이 닿았다. 동양인이라고 보기 어려운 그녀의 가슴 사이즈는 그 존재만으로 그를 흥분시키기에 충분했다.

그는 자신도 모르게 갑자기 그녀의 얼굴을 들고는 입을 맞추었다. 왜 그렇게 했는지 묻는다면 대답할 수가 없었다. 다만 그의 속에 있는 무언가가 자꾸만 그녀를 더 가져야 한다고 소리치고 있었다.

"하앙~"

그가 입술을 때었을 때 그녀의 입에서 신음 소리가 나왔다. 그는 다시금 그녀의 부드럽고 자극적인 입술을 머금었다. 좋았다. 이런 느낌을 줄 수 있는 게 세상에 있다는 게 신기했다. 그때였다. 상황이 이상하게 꼬여가고 있었다. 여기까지는 충분히 그가 자제를 할 수 있는 상황이었다.

"으응."

신음 소리와 함께 그녀의 팔이 그의 목을 감쌌다. 그리고 마치 키스를 해달라는 듯이 입술을 쭉 내미는 그녀였다. 술 먹은 여자의 주사라고 평소에 그라면 생각하겠지만 지금은 그 어떤 유혹보다도 강렬하게 그를 강타했다. 그에게는 지금 이성이란 게 존재하지 않았다.

그녀의 입술을 뜯어 먹을 듯이 빨아들이며 그는 그녀를 침대에 눕히고는 그녀의 위로 올라탔다. 그리고는 숨도 쉴 수 없이 강렬한 키스를 그녀에게 했다. 그녀도 지지 않고 그의 혀를 받아들였다. 그녀가 마신 술의 향이 그의 입안으로 퍼지고 있었지만 흥분한 그에게는 오히려 자극제가 되고 있었다.

다운은 굉장히 열정적인 여자였다. 그의 아랫입술을 살짝 물어뜯으며 놓는 그녀의 모습에 제임스는 완벽하게 흥분하고 있었다. 서로의 입술이 부딪히며 내는 소리가 조용한 스위트룸에 울리고 있었다.

서로의 입술을 맞추고 있지만 그의 손은 너무나 바빴다. 그녀의 브래지어를 풀고 그녀의 레이스 팬티를 벗겨내며 그는 그녀를 완벽한 나신으로 만들었다. 그녀의 몸을 어루만지는 그의 손길은 한없이 부드러웠다. 그녀도 그의 몸을 손으로 더듬고 있었다. 어두워서 그녀의 얼굴 표정은 볼 수가 없었지만 그녀의 손짓은 욕망으로 가득 차올라 있었다.

그가 그녀의 목에 팔을 둘렀다. 그리고 애타게 그의 입술을 찾고 있는 그녀의 입술에 다시 그의 입술을 포갰다. 그녀는 너무나 기다렸다는 듯이 그의 입술을 받아들이고 있었다. 그동안 그가 했던 키스는 진정한 키스가 아니었다. 그녀의 키스는 그의 가슴속 깊이 숨어 있던 욕망을 끌어올리고 있었다.

그의 꿈에서 그녀를 탐했을 때와는 모든 것이 달랐다. 그의 손안에서 그녀가 녹아내리는 것 같았다. 자꾸만 그에게 매달리는 그녀 때문에 그는 멈출 수가 없었다. 그의 입술이 그녀의 입술을 떠나 그가 너무나 그리워했던 가슴으로 점점 내려가고 있었다.

이게 꿈이라면 영원히 깨어나고 싶지 않았다. 하얀 살결이 주는 부드러움과 그의 단단한 손에 대비되는 감각이 그를 미치게 만들고 있었다. 무의식적인지 아니면 잠에서 깨어서 자신의 감정을 솔직히 표현한 것인지는 모르겠지만 그녀는 과감하게 그의 몸을 어루만지고 있었다.

그의 입술이 과감하게 그녀의 가슴에 도장을 찍고 있었다. 너무나 탐스러워서 마치 과일을 먹어 치우듯이 그의 입놀림이 점점 더 거칠어지고 있었다. 그의 자극에 단단해진 유두는 마치 성이 난 듯이 꼿꼿하게 솟아올라 그의 혀를 받아들일 준비를 하고 있었다.

그의 혀가 마치 주술에 걸린 듯이 그녀의 유두를 향해 이끌려 가고 있었다. 혀끝에 닿은 유두는 마치 천상의 열매처럼 달콤하게 그를 현혹시키고 있었다.

강렬한 매력을 가진 그녀의 육체였다. 무엇 하나 그를 자극하지 않는 것이 없었다. 참을 수 없을 만큼 그의 남성은 부풀어 올라 이제는 고통스러울 지경이었다.

더 탐하고 싶어도 이제는 그가 견딜 수가 없었다. 그는 그녀의 다리를 벌리고 중심을 잡았다. 그녀의 젖은 질은 그의 남성을 받아들일 준비가 되어 있었다. 여자의 몸을 더 탐하고 싶다는 생각이 드는 건 처음이었다.

그가 자신의 남성을 그녀의 질에 밀어 넣기 시작했다. 조금씩 조금씩 빡빡하게 들어가는 그녀의 질은 정말로 최고의 감도를 자랑했다. 부비부비 문지르며 다시 그녀의 입구를 공략하던 그는 너무나 큰 쾌락에 점차 이성을 잃어가고 있었다. 그녀는 아픈지 그의 팔목을 잡고는 몸을 비틀었다. 더 이상 지체를 하다가는 그가 돌아버릴 것 같았다.

"아아아~ 아~"

그녀의 입에서 비명이 터져 나오자 그는 입으로 그녀의 입을 막아버렸다. 그리고 강하게 허리를 움직이기 시작했다. 그가 움직이자 그녀는 너무나 아픈지 그의 등을 손으로 치고 그를 밀어내기 시작했지만 눈은 뜨지 않고 있었다.

『아픈가?』

"……."

그녀는 답 없이 자꾸만 몸을 틀어 그를 자극하고 있었다. 그의 남성을 꽉 물고 있는 그녀의 질이 움찔거리며 작은 반응을 보이자 그는 더 이상 참을 수가 없었다.

"아~"

"아앗, 하앙~"

그의 입과 그녀의 입에서 동시에 신음 소리가 울려 퍼졌다. 자신의 씨앗들은 바깥으로 나오고 싶어하는데 그는 좀 더 이 느낌을 즐기고 싶었다. 그것들을 쏟아부으면 이 황홀한 느낌이 끝이 날 것 같았다. 그녀의 가슴을 만지며 그는 다시 한 번 격하게 피스톤 운동을 시작했다.

너무나 좋았다. 여자와 이런 황홀한 섹스를 한 번도 해본 적이 없는 그였다. 이런 여자와 매일같이 섹스만 할 수 있다면 그가 세상에서 가장 하기 싫은 결혼도 할 수 있을 것 같았다.

그는 마지막으로 자신의 분신들을 쏟아붓기 전에 다시 한 번 그녀의 입술에 깊은 키스를 했다. 내일은 절대로 그냥 보내지는 않을 것이다. 그가 격하게 움직이며 마지막 황홀한 몸짓을 했다. 그리고 그녀의 배에 자신의 씨앗들을 쏟아부었다.

100m 달리기를 한 것처럼 그의 어깨가 들썩이고 있었다. 그녀 또한 여전히 꿈속을 헤매고 있는지 미소를 지었다. 그는 욕실에서 수건을 가지고 와서 그녀의 배에 있는 그의 것들을 닦아내고는 그녀의 옆에 누워 그녀를 꼭 안았다.

여전히 술 냄새를 풍기고 있었지만 그녀의 감촉만은 황홀했다. 천하의 제임스 리가 여자에게 이렇게 빠져들다니 그로서도 웃음이 나왔다.

절대로 놓치지 않을 것이다. 정다운.

그는 다시 한 번 다운의 몸을 꼭 끌어안았다.

머리가 쪼개질 듯이 아팠고 이상하게 아랫배도 아팠다. 몸을 움직일 때마다 몸살에 걸린 듯이 온몸이 욱신욱신거렸다. 하기야 아플 만도 했다. 어찌나 꿈속에서 남자와 격정적으로 섹스를 했는지 현실에서도 온몸이 쑤셨다.

이건 다 그때 후배들의 축하 파티 후에 블랙 아웃이 된 채로 어떤 남자의 침대 속에서 깬 그 후부터였다. 매일 밤 어떤 얼굴 없는 남자와 밤새 섹스를 질펀하게 하는 꿈에 시달리다가 마크의 형을 만난 이후로는 아예 마크의 형인 제임스와 매일 밤 꿈속에서 짙은 사랑을 나누었다.

그의 손이 밤마다 그녀의 가슴을 어루만지며 그의 뜨거운 입술이 그녀의 유두를 강하게 빨아들일 때마다 다운은 이게 꿈인지 현실인지도 구분하지 못하고 욕정에 사로잡혀 밤을 지새우곤 했다.

아무래도 양기가 부족한 것 같았다. 이렇게 매일 밤마다 야한 꿈을 꾸는 걸 보면 말이다. 머리가 다시 아파왔다.

"아아아~ 아이고~"

머리를 양손으로 감싸 쥐고는 몸을 일으킨 다운은 왠지 엄습해

오는 불길함에 머리를 감싼 채로 그대로 있었다.

'아니야, 아니지? 아닐 거야.'

머리에 손을 얹은 채로 그녀는 상상하기도 싫은 장면을 생각하며 옆으로 눈동자만 굴렸다. 그녀의 옆에는 정말로 사람이 누워 있었다. 그것도 아주 커다란 실루엣이었다.

그녀는 정말로 맹세코 술을 이렇게 필름이 끊길 정도로 마시는 사람이 아니었다. 그것도 한 번도 아니고 두 번씩이나 모르는 남자의 침대에 있다는 게 그녀는 정말로 믿어지지가 않았다.

'설마, 한 거야?'

그녀는 살며시 이불을 들추어 보았다. 사방에 핏자국이 있었다.

그녀도 모르는 사이에 그녀는 처녀 딱지를 뗀 것이다. 이 허탈함은 무엇이란 말인가?

그리고 옆의 남자는 아무것도 걸치지 않은 채로 누워 있었다. 아무것도 안 걸친 건 그녀도 마찬가지지만 말이다. 그나마 작게 위로가 되는 건 남자의 완벽한 뒤태였다.

왜 그렇게 꿈속에서 좋았는지 알 것 같았다. 아니, 그게 현실이었다. 얼굴만 제임스면 완벽히 꿈이 아닌 현실이지만 말이다. 제임스일 리가 없었다.

다운은 남자의 얼굴이 궁금해서 살짝 고개를 들어 그의 앞을 보려고 했다. 하지만 남자가 몸을 움직이는 바람에 얼른 몸을 움츠렸다.

갑자기 남자가 그녀 쪽으로 몸을 돌렸다. 그리고 다운은 뭐라고 말을 할 수가 없었다. 돌아선 남자는 분명히 마크의 형인 제임스였다. 서울도 아니고 부산까지 와서 그와 한 침대에 누워 있다는 게 그녀는 도저히 믿어지지가 않았다.

아직 여섯 시가 안 된 시간이었다. 밤새 그녀와 섹스를 하시느라 제임스는 완전히 곯아떨어진 상태였다. 어떻게 해서든지 그가 깨어나기 전에 여길 나가야 했다.

'제발 일어나지 마라.'

발을 침대 밑으로 내린 다운은 고양이처럼 살금살금 그의 눈치를 살피며 소파에 걸쳐져 있는 자신의 옷들을 하나씩 입고 있었다.

'내가 제임스랑?'

진짜로 미칠 노릇이었다. 이 남자가 매력적으로 다가오기는 했지만 언니의 신랑이 될 사람의 형이었다.

이건 꿈이어야 했다. 매일 밤 꾸던 그런 야한 꿈이어야 했다. 점퍼를 걸치고 자신의 빵 가방을 든 그녀는 아주 조심스럽게 방을 나오고 있었다.

살짝 돌아보니 그는 여전히 단잠을 자고 있었다. 자고 있어도 그의 모습은 위협적이었다. 사람이 편안해 보이지는 않았다. 카리스마의 결정판 같은 사람이었다.

찰칵!

문이 열리고 그녀는 조용히 그의 방을 나왔다. 그리고 정말로 그 길로 뒤도 돌아보지 않고 체크아웃을 하고는 서울로 향하는 KTX에 몸을 실었다.

'모르겠지? 모를 거야. 그날은 정말로 아름이 같았으니까.'

미친 듯이 뛰는 심장을 잡고는 그녀는 계속해서 이렇게 중얼거리고 있었다.

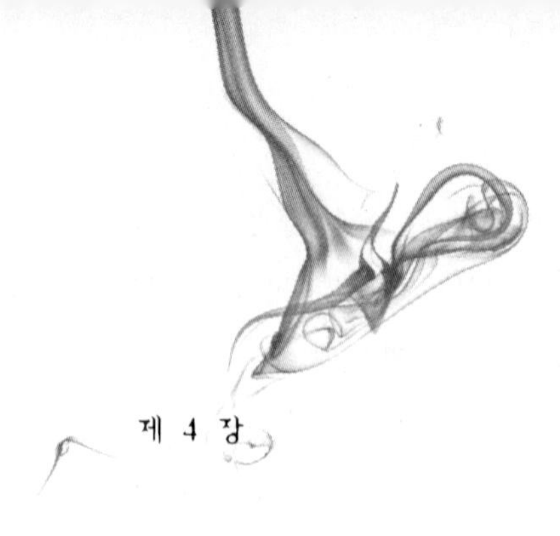

제 4 장

에로틱했던 부산에서의 출장에서 돌아온 지 며칠이 흘렀다. 여전히 서울호텔의 스위트룸은 수컷들로 버글거리고 있었다. 제임스 자신도 진한 에로틱의 향연이 있었던 부산 출장의 기억을 뒤로 하고 열심히 일하는 중이었다.

서울에 사무실을 두고 전국적인 체인망을 구축하기로 결정을 한 제임스는 발 빠르게 강남에 위치한 한 빌딩의 15, 16층을 임대했다.

지금은 한창 인테리어 중인 사무실은 다음 주 안으로 오픈이 될 것 같았고 미국에 지원팀들도 다음 주 내로 입국이 완료가 될 것 같았다. 우선은 1호점은 아버지의 뜻에 따라 부산에 짓기로 했고

2호점은 울산에 그리고 3호점은 창원에 짓기로 했다.

서울호텔의 스위트룸이 거의 2주 동안 사무실처럼 쓰이고 있었다. 넓은 실내에 호텔에서 마련해 준 넓은 데스크는 성인 남자 4명이 일을 해도 좁지 않았다. 밥도 객실에서 룸서비스로 이용을 했고 그들은 거의 하루 종일 같은 공간에 있었다.

생각보다 사촌 동생들은 일에 열정이 있었고 각자 다 건축 관련 학과를 졸업을 해서 그런지 새로운 지점의 건축에는 매우 수월했다. 그가 뭐가 필요한지를 말하면 그들은 더 나은 방법으로 건축 회사에 의뢰를 했다. 한마디를 하면 열 마디를 알아듣는 직원들이었다.

『회장님, 아무래도 부산에는 제가 내일 내려가 봐야 할 것 같습니다.』

『왜?』

『미국에서 온 도면하고 이쪽에서 건축하는 방법하고 약간의 차이가 있는 것 같아서요.』

『다녀와.』

전 세계의 A-mart는 모두가 똑같은 외관에 내부도 똑같이 창고형으로 제작이 되어 있었다. 어디의 A-mart를 가나 똑같은 느낌을 주고 싶어서이기 때문이었다. 그게 기업의 이미지이기 때문에 다른 매장과 동일하게 외관이나 내부가 지어지지 않으면 똑같을 때까지 오픈을 하지 않았다.

『필립하고 벤도 각각 울산이랑 창원에 다녀와야 할 것 같습니다.』

『알았어, 그럼 나는 한국지사의 임원들 면접을 보면 되겠군.』

『그것보다…….』

니콜라스가 뜸을 들이고 있었다.

『뭐?』

『저기, 내일 삼촌하고 이모, 고모 다 서울에 온다는데 알고 있으십니까?』

금시초문이었다.

『아니, 처음 듣는 얘긴데?』

『마크 형이 너무나 궁금하시다고 오신대요. 그리고 할아버지, 할머니 산소도 가족묘로 바꾸신다고 오신다고 하시는데 못 들으셨어요?』

『저도 오전에 엄마에게 전화가 와서 알았어요. 마크 형 몰래 오는 거니까. 회장님께도 얘기하지 말라고 하셔서요. 그런데 내일 제가 공항에 마중을 나가지 못할 것 같아서요.』

『내가 나가지.』

『감사합니다.』

어머니께서 서울에 오시면 한바탕 시끄러울 것 같았다. 이모, 고모도 어머니와 손발이 잘 맞으니 더욱 시끄러워질 게 뻔했다. 게다가 어머니가 끔찍하게 생각하는 마크의 여자친구를 만나기 위해 부모님은 일부러 서울에 오신 것 같았다.

아름이 어머니에게 당할 걸 생각을 하니 괜히 마음이 쓰였다. 마크에게는 솔직히 아까운 여자였다. 마크는 A-mart의 상속자 가운데 하나라는 걸 빼면 볼 게 없었다.

스스로도 이상할 정도로 제임스는 아름이 신경이 쓰였다. 동생의 여자라기보다 그냥 여자로 말이다. 그리고 그의 머릿속에 있는 또 하나의 여자가 있었다.

제임스는 다시 고민에 빠졌다. 잊으려고 아무리 노력을 해봐도 다운을 잊을 수가 없었다. 부산에서 그녀를 꼭 지키겠다고 결심을 했는데 일어나 보니 그는 또 그의 곁에 없었다. 처녀라는 표시만 침대에 남긴 채 말이다.

지금 호텔에서부터 그리고 사설 업체에 정다운이라는 31살의 여자를 찾아달라는 의뢰를 해놓은 상황이기는 했지만 찾을 수 있을지는 미지수였다.

아름을 다시 보게 되면 또다시 그런 망상에 사로잡히지는 않을 것 같았다. 왜냐면 이번에는 다운의 모습을 정확하게 기억하고 있으니까 말이다. 제임스는 아름보다는 다운이 자신에게 맞는 여자라는 생각이 들었다. 둘을 겹쳐서 생각하는 일은 없을 것이다. 하루빨리 다운을 찾고 싶었다.

모처럼 따뜻한 날이었다. 삼한사온이라고 했던가? 한국의 날씨는 참으로 신통했다. 쭉 춥지도 쭉 덥지도 않은 날씨가 계속된다는 게 말이다.

공평하다고 해야 하나? 사계절이 뚜렷한 날씨는 그가 살던 미국과는 조금은 달랐다. 날씨뿐만 아니라 모든 게 많이 달랐다. 하지만 왠지 제임스는 이곳이 좋았다.

한국에서의 사업이 잘만 된다면 이곳에서 정착을 하고 싶다는 생각이 들 정도였다.

하지만 그의 사업은 구멍가게가 아니었다. 아버지는 일선에서 물러나셔서 지금은 어머니와 한가로운 시간을 보내고 계신다.

주위 사람들이 정치 활동을 권하고는 있지만 그건 그가 반대를 했다. 이제는 정말로 편하게 쉬실 때라는 생각이 들어서였다.

니콜라스가 시간이 안 된다고 해서 오늘은 그가 차량을 대절해서 공항으로 가고 있는 중이었다.

한국의 지리도 모르고 국제 면허도 없는 그는 기사와 차를 렌트해서 공항으로 가고 있었다. 식구가 많은 까닭에 15인승 벤을 렌트했다. 얼마나 시끄러울까를 생각하니 벌써부터 신경이 곤두서는 그였다.

공항의 입국장에는 오늘따라 많은 사람들이 있었다. 모두가 한곳을 바라보며 자신들이 기다리고 있는 사람이 나오기를 기다리고 있었다. 공항에서 누군가를 기다리는 게 그에게는 처음 있는 일이었다. 어려서부터 언제나 바빴던 그였다.

『제임스!』

언제나 밝은 성격의 어머니가 그를 향해 손을 흔들며 나오셨다.

『제임스!』

이번에는 이모였다. 아버지와 고모까지 가세를 하자 공항의 모든 사람들이 그의 이름이 제임스라는 걸 알 것 같았다.

『제임스, 보고 싶었다.』

어머니가 짐을 찾아 나오시면서 그에게 인사를 하셨다. 눈은 마크를 찾으시는지 바쁘게 움직이셨다. 어머니의 사랑은 언제나 마크의 몫이었다. 어른들도 너무나 딱 부러지는 제임스를 어려워하셨다.

『잘 지내셨어요?』

『그럼, 잘 지내고말고.』

"언니, 여기는 한국이야. 영어를 굳이 안 해도 된다고."

공명자 여사가 말했다. 공씨 팔남매의 둘째인 공명자 여사는 공순자 여사의 아래 동생이었다. 나머지 육남매는 모두 서울에 계셨으니 모두가 모이면 정신이 없었다.

공씨 팔남매의 장녀인 공순자 여사는 공씨 남매 중에서 가장 크게 성공을 했다. A-mart를 세우는 데 일등 공신일 뿐 아니라 가족들을 사업에 참여시키고 성공하기까지 도와준 사람이었다.

그건 시댁 쪽도 마찬가지였다. 그래서인지 이수철 회장은 공 여사가 하는 일에는 전혀 신경을 쓰지 않았다. 그만큼 아내를 믿기 때문이었다. A-mart 일에서는 완전히 손을 뗐지만 어머니 공 여사는 부동산 투자를 지금도 하고 계실 정도로 돈 버는 능력이 있으셨다.

그런 어머니의 곁에서 이모 공명자 여사와 고모가 같이 일을 도왔다. 모이면 시끄럽기는 해도 서로 의지하는 면에서는 제임스가 보기에도 좋아 보였다.

"호호호, 그렇네. 3년 만인가? 고국의 공기가 좋다."

어머니도 기분이 좋으신지 계속해서 웃고 계셨다.

『호텔로 모실까요?』

"아니, 셋째네 가기로 했다."

외삼촌은 한국에서 작은 회사의 사장이셨다. 철강 쪽이라서 그들과는 무관했지만 아버지께서 뒤에서 신경을 많이 써주셨다고 들었다. 어머니께서도 물론 아버지 쪽 식구들을 잘 챙기셨다. 그러니 고모도 이렇게 편하게 어울리는 것이었다.

"언니, 우리도 다 가서 묵어도 돼?"

고모가 은근히 숙소에 대해서 물었다.

"지난번에 제임스 아버지가 큰 집을 사줬어요. 식구들이 다 모여서 잘 수 있어야 한다고. 방 많으니까 걱정 말아요."

그랬다. 아버지께서 한강변에 복층 아파트를 외삼촌에게 사주셨다. 식구들이 모이면 다 같이 지내야 한다고 말이다. 200평이 넘는 아파트는 가보지는 않았지만 굉장히 훌륭하다는 소리는 마크에게 들었다.

"자, 출발하자고. 회포는 명성이 처남 집에 가서 풀고."

이렇게 가족끼리 서울에서 모이는 건 몇 년에 한번 있는 일이었다. 그들의 밴은 뚝섬 근처의 삼촌댁으로 향했다. 마크에게 이야기만 듣고 가보지는 않았다. 친하지 않아서라기보다는 그의 일정이 너무나 바빴기 때문이었다.

딩동!

커다란 대문 앞에 사람과 짐이 엉켜 있었다. 이렇게 모여 있으니 참 많은 인원이었다.

철컥!

"누나!"

"명성아!"

두 분은 문 앞에서 서로를 얼싸안고 난리가 아니었다. 모르는 사람들이 보면 이산가족 상봉인 줄 알 것 같았다.

"여보, 들어들 가서 2차 상봉하고 우리 짐 좀 안으로 넣읍시다."

아버지의 목소리가 들리자 이번에는 외삼촌이 아버지에게 달려들었다.

"매형!"

"그래, 처남!"

어머니를 뭐라 하실 때는 언제고 아버지 또한 삼촌과 이산가족의 한 장면을 연출하기는 마찬가지셨다. 보다 못한 그가 아버지와 삼촌을 뒤로하고 짐을 가지고 안으로 들어갔다. 안에는 2차로 외숙모와 사촌 동생들이 줄줄이 서서 그들을 기다리고 있었다.

2층에 있는 게스트룸에 짐을 올려놓고 나니 제임스는 기운이 쭉 빠졌다. 짐이 무거워서가 아니라 많은 사람들과 정신없이 인사를 하다 보니 기운이 다 빠져나가는 것 같았다.

"제임스, 밥 먹어라."

어머니의 목소리였다. 이 시끄러운 집을 빠져나가고 싶었지만 지금은 빼도 박도 못하는 상황이 되어버렸다. 그는 알았다. 이 저녁이 얼마나 그에게 괴로운 시간이 될지 말이다. 아까 어수선한 틈을 타서 빠져나갔어야 했다.

"자네, 수고 많았어. 뭐 이렇게 많이 차렸나?"

어머니께서 진짜로 상다리가 부러지게 차려놓은 밥상을 보시고 말씀하셨다. 외숙모께서 외할머니와 외할아버지를 돌아가실 때까지 모셔서 그런지 음식이 외할머니가 해주시는 맛과 똑같았다. 그래서 언제나 어머니는 음식을 한번 드시고는 눈물을 흘리셨다.

"우리 제임스, 외할머니가 생각이 나게 하는 맛이야."

『어머니, 그만 우세요.』

"우리 제임스는 장가 안 가나?"

이제 그가 두려워하는 얘기가 시작이 되고 있었다.

"만나는 사람도 없어요?"

오늘은 조용하신 외숙모까지 가세하셨다.

"없어. 일만 한다니까. 내가 아주 답답해 죽겠어."

"아니, 능력 있지 잘생겼지 뭐가 문제야? 요즘 여자들이 눈이 삐었다니까."

외숙모와 어머니가 죽이 맞는다는 건 알았지만 이렇게까지 환상의 콤비인 줄은 몰랐었다.

"어디 좋은 여자 없어요? 난 애가 외국 여자 만날까 봐 사실은 조마조마하거든. 그래도 한국 아가씨를 만났으면 좋겠는데, 마크처럼."

"어머, 마크는 여자 있어요?"

모두의 시선이 어머니에게로 향했다.

"어, 있나 봐. 우리는 사진으로만 봤고 제임스하고 니콜라스, 필립, 벤은 만나봤데."

"뭐 하는 아가씨래요?"

"한국대 의사."

"어머머머. 완전 짱인데요. 우리 마크가 사고만 치고 다니는 줄 알았는데 그런 퀸카를 물다니. 대박이에요."

외숙모는 진짜로 부러워하는 얼굴이었다. 여자들이란. 제임스는 자리에서 일어서고 싶었다. 듣기 싫은 결혼 얘기가 계속될 게 뻔했다.

"이제 나한테 걱정은 우리 큰아들뿐이야."

"형님, 제가 한번 알아볼까요?"

"어디 좋은 혼처라도 있어?"

"이제는 좀 한물가기는 했지만 그래도 우리나라에는 예쁜 여자 하면 미스코리아잖아요?"

어머니와 식구들 모두가 외숙모에게 시선이 가 있었다.

"이번에 미스코리아 진인 아가씨가 애기 아빠 친구 딸이에요."

"엄마, 그럼 날 소개시켜 줘야지."

옆에서 사촌 동생이 끼어들었다.

"넌 논문이나 쓰시지. 죄송해요. 어떠세요?"

외숙모의 말에 제임스를 뺀 모두의 화색이 돌았다. 떡 줄 사람은 생각지도 않는데 모두들 김칫국들이었다.

"날 잡을까요?"

"우리야 땡큐지."

제임스 자신이 '노땡큐입니다.' 라고 아무리 해봤자 어머니에게는 씨알도 안 먹히는 얘기일 게 뻔해서 제임스는 입을 다물었다. 한숨이 절로 나왔다. 정신이 없는 저녁 시간을 보내고 제임스는 서둘러 호텔로 향했다. 더 있다가는 내일이라도 헐값에 팔려 갈 듯했다.

요즘은 A-mart 한국지사 일 빼고는 되는 일이 없었다. 머릿속은 온통 정다운이라는 여자로 가득했고 주위에는 도움이 되는 사람이 하나도 없었다. 다른 여자는 만나고 싶은 마음도 없었다.

"다운아!"

"아야!"

등짝에서 찰진 소리가 남과 동시에 고통의 비명이 절로 나왔다. 밥 먹고 손으로 다 가는지 아름의 매운 손이 다운의 등짝을 사정없이 내려쳤다. 등에 전기가 퍼지는 것처럼 찌릿찌릿해서 다운은 등에 손을 대며 문질렀다.

"아~ 왜!"

"몇 번을 불러야 밥을 쳐드실 예정이야!"

"그런다고 그렇게 무식하게 사람을 치냐?"

"그게 친 거야? 건드린 거지. 넌 내가 쳤으면 죽었어."

그건 아름의 말이 맞는 것 같았다. 아름이 마음먹고 쳤으면 다운은 벌써 죽었을 것이다. 그게 아름의 매력이었다.

언제나 동네의 골목대장 아름이었다. 학교에서는 짱이었으며 패싸움에서 언제나 아름은 승리를 거머쥐었다. 덕분에 다운은 학교생활을 편하게 할 수가 있었다. 지금 생각해 보면 부모님이 일찍 돌아가셔서 그 허전함 때문에 아름이 많은 방황을 한 것 같았다.

"또 멍 때린다."

"알았어, 먹을게. 근데 메뉴는 뭐야?"

"그냥 차려주는 대로 먹어라."

"응."

입이 댓 발 나온 다운을 보며 태호 삼촌이 웃었다.

"아름이가 김치찌개 끓였어."

"앗싸!"

다운이 제일 좋아하는 게 아름이 김치찌개였다. 아름은 다운과는 다르게 음식도 매우 잘했다. 다운이 할 줄 아는 게 공부뿐이라면 아름은 공부 빼고 다 잘했다. 그래서 신은 공평한 것 같았다.

"이제 휴가가 일주일도 안 남았는데 뭐 할 거야?"

"방콕!"

"아깝지도 않냐?"

아름이 밥을 먹으며 말했다.

"아니, 따뜻한 집이 최고다. 집 떠나면 개고생이야."

"이번에 빵 투어는 안 좋았어?"

"아니, 좋았어."

"아니야, 이상한 냄새가 나. 다운이가 집에만 있을 애가 아닌데?"

아름의 눈이 가늘어지며 다운을 살폈다.

"아니야, 그냥 그동안 못 쉬어서 그래."

"그거야, 네가 안 쉰 거고."

역시 아름은 그녀에 대해서 너무나 많은 것을 알았다.

"밥이나 드시지?"

"이거 이거 수상해."

하기야 수상할 만도 했다. 부산에 다녀오자마자 빵을 식탁에 한 아름 풀어놓고는 다운은 며칠 동안 방에서 나오지 않았었다. 도저히 나올 수가 없었다. 술에 취해 그것도 마크의 형과 잠자리를 하다니 정말로 제정신이 아니었다.

"나, 마크한테 청혼받았어."

기를 쓰고 밥을 먹인 이유가 있었다. 이 얘기를 하고 싶어서였을 것이다.

마크의 식구들을 만나고 나서 다운은 마크네가 얼마나 부자인지 아름에게 얘기를 했었다. 하지만 아름은 의외로 담담하게 받아들였다. 그건 마크의 재산이 아니라 그의 부모의 재산이라고 말이다.

아름은 확실하게 말을 했다. 마크가 좋은 거지 그의 재산이 좋은 게 아니라고 말이다. 지금은 마크 하나면 충분하다는 말도 했다. 진짜로 언니는 마크를 사랑하고 있었다.

"왜 얘기 안 했어?"

밥을 먹던 태호 삼촌이 숟가락을 그대로 든 채로 물었다.

"그냥."

"언제 했는데?"

"어제."

삼촌은 서운한지 축하한다는 소리도 없이 밥을 드셨다.

"그래서 승낙했어?"

"응."

"축하해, 언니."

"왜 이렇게들 남의 일인 것처럼 반응들이 시원치 않지?"

그도 그럴 것이 집안의 가장은 언니였다. 삼촌이 있기는 했지만 솔직히 삼촌도 언니를 의지했다는 걸 다운은 알고 있었다. 아름은 집안의 가장이나 마찬가지였다. 그녀의 빈자리가 걱정이 되는 건 당연한 일이었다. 축하해 줘야 하지만 이상하게 걸리는 게 많은 다운이었다.

"뭐야?"

삼촌과 다운의 반응에 아름이 기분이 안 좋은 것 같았다.

"말을 해? 마크가 마음에 안 들어?"

"그게 아니라. 언니가 떠난다는 생각을 하니까 서운해서 그러는 거야."

"……."

다운의 말에 아름이 답을 하지 못했다.

"삼촌도 그렇고. 솔직히 우리 집 대장이 다른 데로 간다는데 마구 좋아할 수는 없잖아."

"내가 무슨 멀리 가는 것도 아니고 서울에 있는데 뭐가 문제야? 일도 계속할 거고. 집안 살림이야 이제 다운이도 버는데 문제

없지 뭐."

이렇게 말은 하지만 아름의 눈가가 촉촉해지고 코끝이 빨개졌다.

"내가 평생 처녀 귀신으로 늙었으면 좋겠어?"

"응."

삼촌과 다운이 동시에 얘기를 했다.

"아휴~ 내가 말을 말아야지."

그렇게 말을 하면서도 아름은 수저를 들지 못했다. 아마도 다운과 삼촌의 마음을 알기 때문일 것이다. 그리고 자신의 빈자리가 얼마나 클지도 말이다.

부모님이 서울에 오시고 마크는 부모님을 피해 다니기에 바빴다. 별로 마주하고 싶지 않은 것 같아서 제임스도 아무런 말 없이 그냥 내버려 두었다. 한두 살 먹은 어린아이도 아니고 성인이었다. 스스로를 책임질 나이였다. 어머니의 과보호가 오늘의 마크를 만들었다는 생각이 강한 제임스였다.

아침부터 그의 스위트룸으로 오신 부모님은 한국지사 문제로 바쁜 그들을 찾아오셔서 벌써 30분째 아무 일도 못하게 만들고 계셨다.

"제임스, 마크하고 통화는 해봤니?"

속이 타는지 어머니가 아침저녁으로 마크에 대해 물으셨다.

"……."

『이모, 마크 형이 전화를 안 받아요. 그리고 회장님은 한국지사 문제로 너무 바쁘세요.』

니콜라스가 마치 보좌관처럼 제임스를 대신해서 말했다.

"그래도 동생인데 신경 좀 써주면 안 되니?"

『제가 매일 전화를 거는데 전화를 받지 않아요.』

"니콜라스, 너에게 하는 말 아니다."

어머니가 화가 나셨는지 목소리가 높아지셨다.

"여보."

아버지가 어머니를 달래셨다. 어머니의 마크에 대한 사랑은 유별났다. 어려서부터 몸이 약한 마크였다. 큰 수술도 두 번이나 받았고 5살 이전에는 매일매일 마크가 죽을까 봐 전전긍긍하셨다고 한다. 원래는 마크가 쌍둥이였는데 하나는 낳자마자 일주일 만에 인큐베이터에서 죽었고 마크만 살아남았다고 했다.

그래서 어머니의 마크에 대한 사랑이 남달랐다. 자신이 튼튼하게 낳아주지 못한 죄책감 같은 것이었다. 그렇다고 해도 마크의 모든 것을 감싸주는 것은 아니었다. 마약이나 폭력 사건에 휘말릴 때면 어머니는 야단 대신에 돈으로 모든 걸 해결하셨다.

이번에 한국으로 보낸 것도 A-mart에 억지로 근무를 시켰다가 근무한 지 한 달도 되지 않아 회사의 직원들과 마약 파티를 하는 바람에 부모님이 서울로 보낸 것이었다. 마약을 쉽게 구할 수 없고 또 혼자서 조금이라도 생각을 할 시간을 주기 위해서였다.

그렇게 걱정하던 아들이 의사 며느리까지 만나니 어머니는 너무나 궁금하신 것이다. 그 마음은 알지만 지금 마크는 무슨 이유에선지 부모님을 아직은 만나고 싶어하지 않는 것 같았다.

『어머니, 마크가 전화를 받지 않는데 저희도 방법이 없으니까 기다려 보세요.』

제임스가 드디어 입을 열었다. 제임스는 부모님에게도 그리 편한 아들이 아니었다. 한번 아니라고 하면 아닌 것이었다. 차갑고 냉정한 아들이었다. 어머니는 서운하신지 눈물을 보이셨다.

『어머니.』

"제임스, 나는 말이다. 마크만 잘된다면 아무 걱정이 없어."

『…….』

답이 나오지 않았다.

『어머니, 제가 연락을 해보도록 할게요. 지금 저희는 한국에 놀러 온 게 아닙니다.』

"알았다. 흑흑흑."

"여보, 울지 마요. 제임스가 알아서 한다잖아요."

"제임스는 언제나 회사 일만 신경 쓰지 언제 마크에게 신경 쓰는 거 봤어요?"

제임스가 제일 듣기 싫어하는 말이 드디어 어머니의 입에서 나왔다. 제임스의 표정이 굳어지고 있었다.

『마크 형, 도대체 왜 그렇게 전화를 안 받아?』

마크가 드디어 니콜라스의 전화를 받은 모양이었다. 어머니가 달려가서 니콜라스의 전화를 빼앗아 마크와 통화를 하셨다.

"마크? 어디니? 무슨 일이야? 왜 그렇게 전화를 안 받아?"

언제나 마크의 덫에 어머니는 걸려드셨다. 뭔가가 필요할 때면 마크는 항상 작은 사건을 터트렸다. 이번에도 분명히 뭔가를 요구할 게 있으니 작은 사고 하나를 쳤을 것이다.

"뭐?"

어머니가 휘청거리며 소파에 주저앉으셨다.

"병원?"

이번에는 의외의 장소였다. 한국의 마약법이 굉장히 엄하다는 걸 마크도 알기 때문에 약물 문제는 아닐 것이다.

"어느 병원이야?"

이때 니콜라스가 어머니의 전화를 빼앗아 들었다.

『어디 병원이야? 괜찮은 거야?』

니콜라스가 패닉 상태인 어머니를 대신해서 병원의 위치를 알아내는 데 성공했다.

『이모, 이모부 저랑 병원에 가시죠.』

니콜라스가 어머니를 부축해서 스위트룸을 나갔다.

『필립과 벤은 공사 진행 사항을 체크하고 있어. 금방 다녀올 테니.』

『네.』

니콜라스와 제임스, 그리고 부모님이 마크가 입원을 했다는 서울 중앙병원으로 향했다. 그들이 도착한 병원은 생각보다 크지 않은 곳이었다. 아니, 한눈에 보기에도 오래되고 낙후된 곳 같았다.

병실에 들어서니 마크가 침대에 누워 있었다. 제임스가 보기에는 그리 아픈 모습은 아니었지만 어머니에게 충격이었는지 아버지께서 어머니를 부축하셨다.

"마크, 괜찮은 거야?"

"……."

마크는 고개를 돌렸다. 그때 의사가 들어와 소란스런 가족들 사이에서 제임스를 보며 말했다. 아마도 그가 제일 눈에 띄었던 모양이었다.

"환자분과의 관계는 어떻게 되십니까?"

『형입니다.』

그가 영어를 하자 의사가 굉장히 당황하는 눈치였다. 그때 어머니께서 의사의 앞으로 나왔다.

"선생님, 우리 아이가 어디가 아픈가요? 아주 어렸을 때 심장수술을 2번 받았어요. 그때는 괜찮을 거라고 했는데……."

어머니가 말을 잇지 못하셨다.

"심장하고는 관계가 없습니다."

"그럼?"

의사가 조금은 망설이는 듯하다가 부모님께 말을 했다. 아마도 부모님께 말을 먼저 안 하고 그에게 하려고 했던 이유는 부모님이 들으면 충격이 클 내용이었다.

"사실은 손목 자상 때문에 입원을 하셨습니다."

"손목 자상이 뭐예요? 여보?"

아버지의 얼굴이 하얗게 변하셨다. 제임스는 자신도 모르게 마크에게 달려가 그의 손목을 살폈다. 자살을 시도하다니 이번에는 너무나 쇼크인 행동이었다.

"여보, 뭐냐고요?"

어머니가 화를 내시며 아버지께 물었다.

"손목을 칼로 그었다는군."

"……."

어머니가 그 자리에서 쓰러지셨다. 이번에는 의사가 놀라서 어머니를 다른 병실로 모시고 갔다. 모두가 어머니를 따라가는 바람에 병실에는 마크와 제임스만이 남게 되었다.

『도대체 무슨 생각이야?』

『…….』

마크는 무표정하게 앉아 있었다.

『원하는 게 뭐길래 이렇게 소란을 피우는 거지?』

제임스는 끓어오르는 화를 참으며 말을 하고 있었다. 부모님만 오시지 않았어도 마크는 그의 손에 거의 맞아 죽었을 것이다.

『말해!』

제임스의 목소리에 음산한 기운이 깃들어 있었다. 언제나 그는 마크에 대해 신경을 쓰지 않았다. 동생의 인생이기에 그가 터치를 하면 안 된다고 생각했다. 그건 어디까지나 그의 몫이었다.

하지만 지금은 그의 지나친 행동 때문에 가족이 마음의 상처를 받고 있었다. 이기적인 마크의 행동을 막아야만 했다.

제임스는 언제나 마크가 편안한 삶을 원한다는 것을 알고 있었다. 일은 하기 싫고 놀고는 싶은데 마음대로 돈은 쓸 수가 없고 그게 마크의 불만이라는 걸 누구보다 잘 아는 제임스였다.

『돈이라면 포기하는 게 좋을 거야. 아버지도 그것만큼은 어머니에게 굽히지 않으시니까. 나중에 두 분이 돌아가실 때 너에게 남겨주신 돈을 내가 주지 않을 거다. 네가 정신을 차리지 않는다면 말이야.』

『과연 그렇게 될까?』

동생의 눈빛이 달라졌다. 어리숙하고 술과 마약에 그저 여자들과 놀기만을 바라던 마크의 눈빛이 아니었다.

『난 내 몫의 돈을 바라는 거지 형의 재산을 원하는 게 아니야. 아 맞다. 내 지분이 경영권을 위협할 정도는 되지?』

만약에 아버지께서 형제에게 똑같이 주식을 양도할 경우 물론 지금 제임스가 가지고 있는 엄청난 주식의 양에 비교는 안 되지만 다른 대주주에게 넘긴다면 경영권에 심각한 타격을 입을 수도 있었다.

『내가 그렇게 되지 않게 그냥 내버려 둬.』

『마크.』

『난 한국에 있는 게 싫어. 너무 답답해. 그냥 편안한 미국이 좋아. 친구들도 있고 누가 간섭하지도 않고 말이야.』

『아름 씨는?』

마크의 입에서 비릿한 미소가 번졌다.

『아름이는 세상에서 가장 착하고 예쁜 여자야. 같이 데리고 가야지.』

마크가 아름을 좋아하기는 하는 것 같았다.

『하지만 아름이도 형처럼 너무 나를 조여온다면 그때는 모르지. 내가 어떻게 할지.』

마크가 왜 이렇게 변했는지 그는 알 수가 없었다. 마약이 그를 이렇게 만들었는지도 모른다. 제임스의 시선이 마크의 떨고 있는 손으로 향했다.

『아직도 코카인을 끊지 못한 거야?』

『한국을 우습게 보지 마. 여기서 코카인을 하면 추방이야.』

『그래서 한국이 싫은 거야? 약을 함부로 하지 못해서?』

『마음대로 생각해.』

마크의 눈빛이 싸늘했다.

『A-mart 한국지사에서 착실히 일을 한다면 내가 아버지의 유산에 대해서는 아무런 말을 하지 않을 테니까 몸이 회복되는 대로 호텔로 나와.』

『나는 말이야, 일이 적성에 안 맞아. 그리고 죽을 때까지 놀고먹고 해도 남을 돈이 있는데 내가 왜? 나는 형처럼 일하는 게 재밌는 사람이 아니라고.』

일하기 싫어하는 마크를 어떻게든 설득을 해야 하는데 이건 제임스의 스타일이 아니었다. 마크는 달랜다고 해결될 사람이 아니었다. 차라리 정신이 들게 때리고 싶었다.

『회장님!』

니콜라스였다.

『이모는 이제 괜찮습니다. 정신이 돌아오셨어요. 옆방에서 수액을 맞고 계십니다.』

『잠깐 다녀올 테니 마크 좀 잘 보고 있어.』

『네.』

답답한 마음이 드는 제임스였다.

『형, 괜찮아?』

제임스가 옆방에 있는 이모에게 가자 니콜라스가 걱정 어린 시선으로 마크를 바라보았다.

『무슨 생각으로 손목을 그은 거야?』

『별일 아니야.』

『별일 아닌데 손목을 그어?』

니콜라스의 머리가 복잡하게 돌아가고 있었다. 니콜라스가 기억하는 어린 시절의 마크는 오멘에 나오는 작은 악마 같았다. 모든 나쁜 일에는 항상 마크가 연관이 되어 있었다. 마크가 어릴 때 방 안에 가두는 바람에 밤에 불을 끄고 자지 못하거나 혼자서 방에 있지 못하는 트라우마가 생겼다. 그래서 언제나 그는 TV를 켜 놓고 자는 버릇이 생겼다.

형은 언제나 사람을 뒤에서 괴롭히기를 좋아했고 학교에서 일어나는 모든 사건에는 마크 형이 배후에 있었다. 그런 형을 언제나 감싸 안은 건 이모였다.

지금은 형이 또 다른 무슨 일인가를 저지를 것 같아서 불안한 니콜라스였다.

『형?』

『그냥 장난이었는데 일이 크게 돼버렸어.』

『장난?』

피식 웃는 그의 모습이 소름이 끼쳤다. 어릴 때 벤과 필립이 정성스럽게 조립한 레고를 발로 차버릴 때의 웃음이었다. 다른 사람들이 슬퍼하면 묘한 쾌감을 갖는 웃음 말이다.

니콜라스는 제임스가 제일 걱정이었다. 마크에게 온통 신경이가 있는 이모의 히스테리를 제임스 형이 감당을 할 것을 생각하니 벌써부터 머리가 복잡했다. 아무리 모든 일에 척척인 제임스이지만 모든 일이 한꺼번에 터지면 그로서도 감당을 하기 힘들기 때문이었다.

요즘 다운은 방 안에서 한 발짝도 나오지 않고 있었다. 방바닥에 본드 칠을 해놓은 것처럼 꼼짝을 안 하는 그녀를 보고 아름이가 잔소리를 해도 다운이는 한 귀로 듣고 한 귀로 흘려버렸다. 이렇게 노는 것도 이제 얼마 남지 않았다.

이제 전문의 과정에 들어가면 10시간이 기본인 신경과 수술의 연속이라는 얘기였다. 자야 한다. 이렇게라도 잠에 대한 소원을 풀지 못한다면 죽어서도 한이 될 것 같았다.

그녀가 잠 다음으로의 소원은 본의 아니게 이루어졌다. 처녀딱지를 떼는 것이었는데 언제 뗀지도 모르게 허망하게 떼어버렸다.

"젠장!"

베개에 얼굴을 묻고 속에서부터 쏟아져 나오는 욕을 한 보따리를 하고도 속이 풀리지 않는 다운이었다. 이상하게 언니의 대역을 한 날 그녀의 눈에 비친 마크의 형은 단순히 그녀의 이상형이라기보다 마치 운명 같았다.

그런데 그런 그와 잠자리를 하다니 이건 보통 운명은 아니었다. 다만 좀 심하게 꼬여 있어서 도저히 풀 수 없지만 말이다.

"아니야, 운명은 무슨 개뿔! 똥 밟은 거야!"

베개에 얼굴을 묻고 계속해서 소리를 지르고 있는 다운은 뭔가 이상한 기운을 느끼고는 뒤를 쳐다봤다.

"뭐 하냐?"

삼촌이 방문을 반쯤 열고는 그녀에게 물었다.

"노크 좀 해!"

"너 열 번이나 불렀거든."

"왜?"

"지금 아름이랑 일하러 나가니까 문단속 잘하고 있으라고."

"알았어."

괜히 삼촌에게 심통을 부렸다. 아무도 지금은 그녀의 복잡한 머리를 달래줄 수가 없었다. 잠만 잤다 하면 제임스와 침대에서 뒹구는 꿈만 꾸었다. 다운은 자신이 이렇게나 밝히는 여자인 줄은 몰랐었다.

삼촌과 아름이 나가는 소리가 들렸다. 속이 너무나 더워 찬물을 마시러 거실에 나온 다운은 멍하게 냉장고를 열고 서 있었다.

삑삑삑.

냉장고의 문을 닫으라고 소리가 계속 나고 있었지만 다운은 한참을 차가운 냉장고의 냉기를 쐬었다.

"아! 어쩌지?"

아름이 결혼을 한다면 한번은 그 집 식구들을 만나야 할 테고 제임스를 만날 것이다. 그날은 정말로 화장을 아름 언니와 똑같이 해서 맨얼굴의 그녀를 못 알아보게 해야 했다. 제임스가 알아보기라도 한다면 그녀는 망신을 톡톡히 당할 것 같았다.

언니가 결혼을 하면 마크의 무능력에 대해 걱정을 해야 하는데 지금 자신은 언니 걱정보다 제임스를 만날 걱정을 더 하고 있으니 정말로 큰일이었다.

"아니, 완벽하게 화장을 하고 가는 거야."

다운은 조금은 걱정스러웠지만 그렇게 마음을 달래기로 했다. 차가운 물을 마시니 조금은 정신이 돌아온 것 같았다. 부끄럽고 아직도 그때의 일을 생각하면 등골이 오싹해지기는 했지만 그녀도 제임스에게 관심이 없는 건 아니었다.

마크의 형만 아니었어도 걸릴 게 없이 한번은 그녀가 대시라도 해봤을 만한 남자였다. 하지만 언니와 족보가 꼬이는 건 싫었다.

"후~"

그나저나 마크와 언니기 결혼을 해도 되는 걸까라는 생각이 들었다. 마크는 세계적인 기업 A-mart의 차남이었다. 그렇다고 달라질 건 없지만 회장인 제임스와는 매우 다른 무언가가 있었다.

제임스가 책임감으로 똘똘 뭉친 사람이라면 마크는 자기만 아는 사람 같았다. 일을 안 해서가 아니라 마크는 뭔가 다른 어두운 느낌이 있었다. 솔직 담백한 언니와는 다르게 마크는 자신이 유리

한 일이라면 뭐든지 할 사람이었다.

가족들에게 아름의 직업을 솔직히 말하지 않고 의사인 동생의 직업을 말한 것도 그렇고 그런 것도 모자라 그녀를 아름으로 분장까지 시켜서 가족들에게 소개한 것도 그렇고 도저히 일반적인 남자라고는 보기 어려웠다.

그렇다고 돈도 많지 않은 아름을 상대로 돈도 많은 집안의 자식인 그가 사기를 칠 리도 없고 이해가 안 가는 부분이 많았다. 특히 그녀가 가장 기억에 남는 부분은 그가 직업을 가지라는 그녀의 말에 집안에 돈이 많은데 자기까지 무슨 돈을 버냐며 말하는데 소름이 돋았었다.

집에서 아무리 돈을 대준다도 해도 그래도 가장이 돈을 벌어야지 놀기만 한다면 그게 바른 가정이 될까라는 생각도 들었다.

더욱 문제는 그가 돈을 벌지 못한다고 해도 자신이 벌어 먹여 살리겠다는 언니가 더 문제였다. 이걸 환상의 궁합이라고 얘기를 해야 하는지 서로를 망치는 커플이라고 해야 하는지 걱정이었다.

"지금은 저래도 청혼까지 했는데 마크도 무슨 생각이 있겠지."

찬물을 마시며 그녀는 생각을 정리하고 있었다. 이건 수술할 때보다 더 신경이 쓰였다. 이건 누워만 있는 것이지 절대로 쉬는 게 아니었다.

"나의 섹시한 뇌야, 이제 그만 좀 쉬자."

그녀는 물컵을 싱크대에 넣어두고는 자신의 방으로 들어와 침대에 누웠다. 더 이상의 생각을 하지 않기 위해 귀에 이어폰을 꽂고 잔잔한 음악을 들으며 조용히 잠을 청했다.

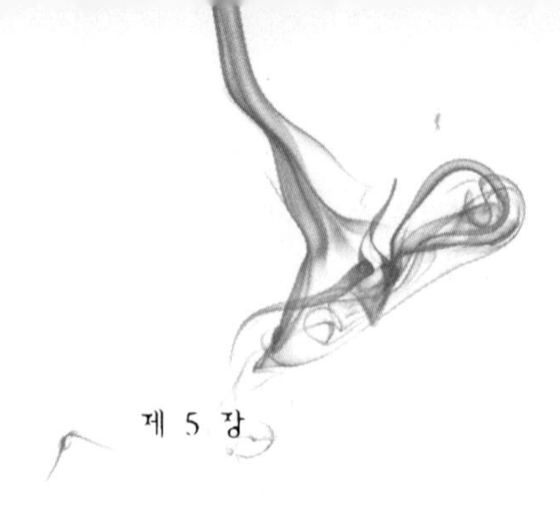

제 5 장

마크로부터 며칠째 연락이 없자 아름은 속이 까맣게 타들어가고 있었다. 이렇게 오래 연락을 하지 않을 사람이 아니었다. 아름은 아름다운 미모와 타고난 끼로 이태원의 남자들의 사랑을 한 몸에 받아왔다.

언제나 그녀의 대기실은 남자들의 장미로 가득했고 그녀는 그들이 보내준 꽃과 선물에는 한 번도 흔들린 적이 없었다. 그중에는 잘생긴 사람들도 있었고 굉장한 부자도 있었고 정치계의 거물들도 있었다. 하지만 그녀는 한 번도 그런 남자들에게 흔들린 적이 없었다.

마크는 특별히 잘생긴 것도 아니었고 특별히 부자도 아니었다.

지금 생각해 보면 마크는 그녀의 이상형은 아니었다. 아름은 이상하게 공무원 스타일의 반듯한 남자가 좋았다. 자신이 어둡게 자랐으니 남편이라도 돈은 많이 못 벌어도 반듯한 남자를 만나고 싶었다.

하지만 어느 날 바에 앉아서 아름의 무대를 너무나 뚫어질 듯이 쳐다보던 남자가 그녀의 닫힌 마음을 열었다. 그녀의 대기실에 꽃을 보낸 적도 없고 밖에서 만나자는 소리도 없었지만 마크는 일주일 내내 그녀의 무대를 같은 자리에 앉아서 보았다.

바텐더의 말로는 아름의 무대가 끝나면 그도 바를 나갔다는 것이었다. 그런 그가 너무나 궁금했던 아름은 일주일째 그녀를 보고만 가는 남자를 바의 입구에서 기다리다가 잡았다.

누가 먼저랄 것도 없는 거친 키스를 인사 대신 나눈 그들은 그 뒤로 계속해서 만남을 가졌다. 아름의 첫사랑이었다. 어른의 사랑을 노래하는 그녀였지만 본인은 정착 그런 정열적인 사랑은 처음이었다.

마크는 언제나 그녀만 보았고 그건 아름도 마찬가지였다. 데이트를 할 시간도 별로 없어서 얼굴만 보고 아쉬움의 키스를 나누는 게 다인 그들의 데이트였지만 아름은 정말로 행복했다. 다만 마음에 걸리는 게 있다면 그가 약을 먹는다는 거였다.

코카인 같은 마약은 아닌 것 같았지만 그는 마약의 중간 정도의 약인 엑스터시 종류를 먹는 것 같았다. 그녀와 차 안에 있다가 그가 약을 먹고 몽롱한 상태가 되면 그녀가 집으로 데려다주기도 한 적이 몇 번 있었다.

그것만 뺀다면 그는 정말로 나무랄 데가 없는 사람이었다. 이태원의 밤무대 가수로 있다 보면 그런 종류의 약들을 파는 사람 먹는 사람들을 자주 보곤 했다. 아무리 한국이라고는 하지만 외국인들이 많은 이태원은 한국 안의 외국 같은 곳이었다.

그는 심각해 보이지는 않았지만 그래도 그런 류의 약은 몸에 좋은 게 아니어서 그녀는 요즘에 말 못할 고민에 빠져 있었다.

"제인, 무대에 들어갈 차례야."

"네."

오늘 아름은 하얀색 롱드레스에 업스타일의 머리를 했다. 완벽한 베이글녀인 아름은 터질 듯한 가슴을 강조해 남자들의 시선을 사로잡았다. 아무런 무늬가 없는 드레스는 그녀의 가는 허리와 가슴을 강조할 뿐 아무런 장식조차 없었다. 하지만 그게 더 자극적인 섹시함으로 남자들의 시선을 사로잡았다.

화려한 조명 아래 그녀는 완벽하게 무대의 주인이었다. 곡이 끝나자 여기저기서 박수 소리와 휘파람 그리고 언제나 그렇듯이 앙코르를 요청하는 소리가 끊이지 않았다. 마지못해 앙코르 곡 하나를 더 부른 그녀는 무사히 무대를 마치고 돌아왔다.

다음 장소로 이동할 차례였다. 하룻밤에 여섯 군데를 돌아야 하니 그녀로서도 힘든 스케줄이었다. 2곡씩만 불러도 열두 곡이었고 앙코르 곡까지 하면 스무 곡에 가까웠다. 하지만 아름은 한 번도 힘든 내색 없이 견뎌왔다. 그건 너무나 훌륭하게 자라준 다운이 때문이었다. 다운을 생각하자 아름의 입가에 미소가 번졌다.

아름의 동생이 의사라는 걸 이태원 밤무대 일을 하는 사람이면 모르는 사람이 없었다. 그 정도로 다운은 아름의 자랑이었다.

다음 장소인 물랑루즈의 대기실에 도착한 아름은 핸드폰을 보고는 깜짝 놀랐다. 마크에게서 온 부재중 전화가 3통이 넘었다. 얼른 수화기를 든 아름은 마크에게 전화를 걸었다.

“여보세요?”

[왜 그렇게 전화를 안 받아?]

며칠 만에 듣는 목소리라서 그런지 퉁명스러운 그의 말도 신경이 쓰이지 않고 반갑기만 한 아름이었다.

“미안해요, 이동 중이었어요.”

[그래?]

“네, 무슨 일 있는 건 아니죠?”

[며칠 병원에 입원했었어.]

“왜요? 어디 아파요? 약 때문에 그런 거예요?”

말을 하고도 아차 하는 생각이 든 아름이었다.

[…….]

“미안해요. 내가 너무 걱정이 돼서…….”

[아니야, 괜찮아 연락을 안 한 내 잘못이지 뭐.]

말과는 다르게 수화기 너머의 목소리는 굉장히 차가웠다.

“이제 괜찮아요?”

[응, 괜찮으니까 전화를 했겠지.]

역시 그의 기분이 상한 것이었다.

[어머니, 아버지, 이모, 고모까지 식구들이 주르르 한국에 들어왔어.]

“네?”

[내 생각에 한 번 더 다운 씨에게 부탁을 해야 할 것 같아.]

“그냥 이번에는 제가 잘해볼게요.”

[뭐? 우리 아버지, 어머니가 그렇게 어수룩하신 분인 것 같아?]

“그런 말이 아니라 어차피 나중에 결혼을 하면 다 아시게 될 텐데 계속해서 거짓말을 하기에는 좀…….”

[아름이 요즘 많이 달라졌어. 나하고 결혼하기 싫어?]

“그게 아닌 거 알잖아요.”

[조금만 참자. 그러면 우리 둘이 행복하게 살 수 있어.]

“알았어요.”

[사랑해. 그리고 다운 씨에게 말 잘하고.]

“언제 만나는데요?”

[다운 씨 아직 휴가지?]

“네.”

[내일모레 저녁 식사하기로 했어.]

"알았어요."

[너무 마음 상해하지 마. 내가 잘할게.]

"네."

핸드폰을 한참을 놓지 못하고 있는 아름이었다. 다운이에게 미안한 부탁을 한 번 더 하려니 마음이 무거운 아름이었다. 지난번에도 하기 싫다는 거 억지로 시켰는데 이번에도 부탁하려니 미안한 마음이 들었다. 그리고 결혼 전에 이렇게 시댁 식구들을 속이는 게 아름은 영 내키지 않았다.

"제인, 다음이야."

"네."

그녀는 어느 때보다 무거운 마음으로 무대에 오를 준비를 하고 있었다.

붕대에 감겨 있는 팔을 물끄러미 바라보는 마크는 조용히 아름과 통화를 하고 수화기를 내려놓았다. 자꾸만 떨려오는 손을 다른 손으로 잡았다. 이번에는 무슨 일이 있더라도 미국에 들어갈 생각이었다. 한국은 약을 구하기가 너무나 불편했다.

그나마 이태원이 약을 구하기는 편했지만 코카인과 같은 강력한 약은 단속 기간에는 정말로 구하기가 쉽지 않았다. 미국에서 한국으로 온 이유는 부모님의 원조를 받을 수 있는 곳이 한국뿐이었기 때문이다. 약을 산다고 하면 어떤 부모가 돈을 주겠는가 말이다.

생활비는 생각보다 많지 않았다. 그래서 차를 산다고 돈을 받았고 차는 리스를 했다. 그렇게 몇 달을 버티다가 그다음은 집을 산다고 하고는 목돈을 받았고 집도 월세를 살았다. 어떻게 해서든 돈을 구해야 했고 그러면 약도 구할 수 있었다.

그러다가 중간에 이태원에서 한 마담을 알게 되었고 섹시한 여자를 소개해 달라고 하니 제인을 소개해 주었다. 약과 여자는 그에게 없어서는 안 될 소모품이었다.

제인이라는 가수를 봤을 때 그는 몇 번 만나고 말 여자는 아니라는 직감이 들었다. 매력적인 그녀는 솔직히 그의 마음을 사로잡았다. 약을 권하지는 않았지만 약을 권한다 해도 그녀는 움직일 여자가 아니었다.

동생이 의사라는 소리에 더욱 솔깃해서 아름을 유혹했었다. 혹시 의사인 동생에게서 몰핀이라도 구할 수 있지 않을까 하는 생각 때문이었다. 처음에는 단순하게 생각했던 만남이 그녀의 동생이 다른 사람은 구별조차 할 수 없는 쌍둥이라는 소리를 듣고는 상황이 많이 달라졌다.

부모님이 다시 그가 약에 손을 대지 않을까라는 걱정으로 그에게 주는 생활비를 다시 줄이셨기 때문이었다. 그는 자꾸만 코너로 몰렸고 이번에는 보다 적극적인 방법으로 그의 부모님을 속였다.

아름이 의사라고 말했던 것이다. 다행히 부모님은 속았고 다운의 도움으로 제임스마저 속았다. 다운을 안심시키기 위해 그는 다운에게 아름이랑 다르다고 안심을 시켰다. 아무도 구분하지 못하는 쌍둥이를 그가 무슨 수로 구분을 할 수 있겠는가 말이다.

아름은 충분히 매력이 있었고 자신을 사랑하는 데는 틀림이 없었지만 지금 자신에게 제일 중요한 것은 약이었다. 어려서부터 그는 제임스 형에 가려서 문제만 일으키는 말썽쟁이였고 그런 초라함을 약이 달래주었다. 약을 먹으면 그는 슈퍼맨이 될 수 있었고 누구보다 강한 자신감을 가질 수 있었다.

이번에도 형을 속여 다이아 반지값을 받아냈다. 사이즈가 큰 다이아몬드를 살 수 있는 큰돈이었다. 하지만 그는 알이 커다란 큐빅 반지를 샀다. 약값을 그런 쓸데없는 곳에 쓸 수가 없었다.

이번에 손목을 그은 것도 자신을 조여오는 형이 싫어서였다. 어머니에게 자신이 미치는 영향을 형에게 보여주고 싶었다. 그가 받을 수 있는 유산만 받는다면 그는 평생을 황홀하게 살 수 있을 것 같았다.

그가 약에 중독된 줄 알고 약장사들이 그에게 가격을 올려 부르기 시작했다. 이 좁은 한국 땅에서 빨리 벗어나고 싶은 마크였다.

오늘은 한 달에 두 번 아름이 쉬는 날이었다. 집 안의 화장대 앞에 앉아 있는 다운은 도살장에 끌려가는 가축이 된 기분이었다.

"왜 이렇게 떨어. 좀 가만히 좀 있어봐."

아름이 다운이 자꾸만 눈을 깜빡이자 뭐라 했다. 지금은 마크의 부모님만 만나는 자리라고는 하지만 제임스와 마주친다면 그녀는 아무 말도 못할 것 같았다. 결혼식장에서나 볼 줄 알았는데 이렇게 또 만난다면 진짜로 이번에는 연기를 못할 것 같았다.

"언니……."

그냥 확 말해 버릴까 생각하며 아름을 보자 손가락에 마크에게 받은 손톱만 한 다이아 반지가 끼워져 있었다. 어떻게 저렇게 좋아하는데 부탁을 안 들어줄 수 있겠는가? 속이 터져 나가는 다운이었다.

"왜?"

"아니야."

"싱겁기는."

아름이 열심히 메이크업을 하다가 다운에게 말했다.

"미안해."

아이라인을 열심히 그리던 언니는 이렇게 사과를 하고는 다시 마스카라를 다운에게 해주었다. 괜찮다는 말이 입 밖으로 나오지 않는 다운이었다.

정말로 괜찮지가 않았다. 떨리고 무서웠다. 제임스의 입에서 정다운이라는 이름이 꼭 나올 것만 같았다. 아니면 아, 그 술 취해서 나와 원 나잇을 했던 여자? 라던가 말이다.

"후~"

"웬 한숨이야?"

"어?"

자기도 모르게 다운의 입에서 한숨이 새어 나온 모양이었다.

"한숨."

"그냥. 난 화장하는 거 싫어하잖아."

둘러대기는 했지만 여전히 눈꺼풀은 마그네슘이 부족한 환자처럼 경련이 일었고 손은 수전증 환자처럼 계속해서 떨렸다. 그리고 다리는 불안증 환자처럼 정신을 못 차리고 흔들렸다.

짝!

아름이 신경이 쓰였는지 다운의 허벅지를 손으로 쳤다.

"좀 가만히 있어."

"미안."

"조금 있으면 마크가 올 거야. 약속 시간 늦겠다. 서둘러야겠어."

"오늘은 어디야?"

"오늘은 혜원이라는 한정식집이라는데 잘 모르겠다. 어른들이 오셔서 한정식집으로 잡은 거 같던데?"

"그래?"

"응."

아름의 얼굴에 약간의 서운함이 스쳤다. 이걸 모를 리가 없는 다운이었다.

"이번에는 언니가 그냥 가지."

"아니야, 이번에 마크가 병원에 입원했다는데 그 병에 대해서 나한테 물으면 난 대답을 못할 것 같아. 마크가 결혼 전까지만 조금 고생하자고 하더라."

"꼭 이렇게까지 해야 하는지 모르겠지만 난 언제나 언니 편이니까."

"고맙다."

마크가 오는 시간에 맞춰서 집 밖으로 나온 다운은 마크의 차에 올랐다.

"잘 지냈어? 처제?"

"네?"

그의 말에 기분이 좋아야 하는데 오늘은 왠지 소름이 끼쳤다.

"처제를 처제라 부르지 뭐라고 부르나?"

"그러네요."

억지웃음을 지으며 그에게 말을 한 다운이었다.

"병원에 입원하셨다면서요."

"어, 조금 다쳐서."

"네, 괜찮으세요?"

"그럼."

직업은 못 속인다고 그녀의 눈이 그의 왼쪽 팔에 가 있었다. 팔목에 붕대가 감겨져 있고 깁스가 아닌 걸로 봐서는 꿰맨 것 같기도 했다. 그리고 자꾸만 그녀는 요골동맥 자상 같다는 생각이 들었다. 말 그대로 손목을 칼로 그었다는 소리였다.

자살을? 설마 하는 생각이 들자 온몸에 소름이 돋았다. 뭔가 자꾸 마음에 걸리는 남자였다. 언니와의 결혼을 말려야 되는 건 아닌가라는 생각이 드는 다운이었다.

"생각은 해보셨어요?"

"뭘?"

"직장이요."

"그건 걱정할 필요가 없다고 내가 말했을 텐데……."

"하지만 언니와 결혼할 사람이 백수인 건 아니잖아요."

"난 백수가 아니라 재벌이지."

그는 너무나 거만하게 말을 하고 있었다.

"어디서 아름이 같은 밤무대 가수가 나 같은 재벌을 만나겠어."

정말로 정이 떨어지는 인간이었다. 언니에게 잘하니 참고는 넘어가지만 한 번만 더 언니를 무시하는 말을 한다면 그때는 가만히 안 있겠다고 다운은 마음을 먹었다.

커다란 한옥집에 도착하자 직원이 차 문을 열어주었다. 지배인의 안내를 받아서 들어간 곳은 5인용 예약실이었다. 아직 어른들이 오시지는 않았지만 5인이라는 건 제임스도 온다는 얘기였다.

그녀가 냅킨에 손을 닦고 있자 그가 그녀를 피해 은근슬쩍 약을 먹었다.

"무슨 약이에요?"

"어? 진통제. 이번에 다친 것 때문에."

뭔가를 감추고 있는 게 분명했다. 물 잔을 잡은 손이 떨리고 있었다. 이건 약물중독 반응이었다.

"마크, 미안한데 코끝에 검지손가락을 찍고 나의 손에 맞춰볼래요?"

"어?"

"손의 치료가 잘되었는지 확인하려고요."

그가 대수롭지 않다는 듯이 코끝에 검지손가락을 찍고는 그녀의 손가락에 찍기 위해 다가왔지만 결국은 그녀의 손가락을 비켜 나갔다. 일종의 약물중독 검사인데 그는 지금 약물중독 상태임이 분명했다. 마크에 대해서 좀 더 신중하게 알아볼 필요가 있었다.

"진통제 중에 맞지 않는 성분이 들어 있는 것 같아요."

"그래? 내가 의사에게 말하지."

드르륵.

미닫이문이 열리고 마크의 어머님의 얼굴이 먼저 보였다. 아들의 여자친구가 너무나 궁금했는지 긴장한 얼굴로 그녀를 바라보셨다. 다운은 그런 어머니를 속이는 게 너무나 죄송하다는 생각이 들었다.

"아들, 우리가 좀 늦었지?"

"어서 오세요."

어머니가 먼저 들어오시고 바로 뒤로 멋있는 나이 든 신사가 들어왔다. 마크의 아버지인 것 같았다. 돈과 명예가 주는 자신감이 마크의 아버지에게서 느껴지고 있었다. 겉으로 봐서만은 꽤 지위가 있는 사람들 같았다. 세계적인 A-mart의 전 회장의 위엄이 느껴졌다.

"안녕하세요."

그녀가 자리에서 일어나서 마크의 부모님께 정중하게 인사를 드렸다.

"어머니, 이쪽은 닥터 정아름이에요."

의사라는 직업을 먼저 말하는 게 굉장히 거슬리기는 했지만 어머니의 웃으시는 표정에 다운의 마음도 녹고 있었다. 그의 어머니가 갑자기 다운의 손을 잡자 다운은 놀라서 그의 어머니를 쳐다보았다.

"잘 부탁해요. 우리 마크가 부족한 게 많지만 내가 부족한 건 채워줄 테니까 걱정하지 말아요."

뭘 아들을 대신한다는 건지 모르겠지만 그리 기분이 좋지 않았다. 첫인상은 굉장히 좋았지만 왠지 그가 부모님을 의존하는 이유가 어머니의 과보호 때문은 아닌지 하는 의문이 들기는 했다.

“계속 서 있을 건가?”

아버지의 말에 모두가 자리에 앉았다.

“아버지, 우리 닥터 정 어때요?”

아주 다운이 의사라는 게 자랑스러운 듯 마크가 말했다.

“예쁘구나.”

“예쁘기만요? 실력은 얼마나 좋은데요. 한국에서 제일 똑똑한 사람들만 간다는 한국대 의대를 졸업하고 간이식외과 전문의인데요.”

“여보, 한국대 간이식외과라면 삼촌이 수술하신 곳이네요.”

어머니가 말하자 이 회장의 얼굴에 웃음이 가득했다.

“성공적이었지. 아마 한국대가 간이식으로는 세계 최고일걸.”

이 회장 또한 그녀가 자랑스러운지 목소리를 높여 말했다.

“이런 며느릿감이 그런 최고 병원의 의사라니 자랑스럽구나. 안 그래요?”

어머니는 계속해서 다운을 칭찬하기에 바쁘셨다.

“저도 우리 아름이가 자랑스러워요. 못하는 게 없어요. 영어도 원어민보다 잘해요.”

아주 이제는 대놓고 그녀의 스펙을 자랑 중인 그였다.

"결혼은?"

"제가 청혼했어요."

어머니의 좋아하시는 표정에 다운도 그냥 가만히 있었다. 왠지 어머니의 표정에서 안심이 되는 듯한 감정을 느꼈다.

드르륵.

드디어 올 것이 왔다. 최대한 시선을 피하기는 했지만 그에게서 느껴지는 기운이 장난이 아니었다.

"어, 형 왔어?"

"안녕하세요?"

눈도 마주치지 않고 인사말만을 한 다운의 손이 심하게 떨리고 있었다. 마음을 가라앉혀야 했다.

"몸은 괜찮은 거야?"

제임스의 말에 마크는 고개만 끄덕일 뿐 별말이 없었다.

"결혼식은 미국에서 할 거지?"

"그럼요, 아름이네는 부모님도 돌아가시고 해서 삼촌하고 동생만 데리고 가면 돼요."

언니의 의견은 묻지도 않고 그는 어머니에게 그냥 말하는 것이 분명했다. 언니는 영어도 못하는데다가 아무도 없는 미국에 그것도 뭔가 께름칙한 마크만 믿고 보낼 수는 없었다.

"그건 마크와 의논해 보겠습니다. 동생의 의견도 물어봐야 하고요. 동생도 일을 해서요."

"아니, 무슨 밤무대 가수가 일이야? 그냥 내가 하라는 대로 해. 며칠 일하지 못한 건 내가 줄 테니까."

기가 막혀 말이 나오지 않는 다운이었다. 언니를 이렇게 무시할 줄은 몰랐다.

"아름 양 동생이 가순가 봐요?"

"네, 굉장히 실력 있는 가수예요. 이태원에서는 최고의 재즈가수죠."

"멋져요."

어머니는 다운이 마음에 드셨는지 그녀의 모든 걸 감싸 안을 준비가 되신 것 같았다.

"그런 쓸데없는 소리는 나중에 하고."

그의 말에 다운은 눈물이 날 뻔했다. 언니가 노래로 그녀를 대학까지 보내서 의사로 만들었는데 그런 쓸데없는 소리라니. 언니만 아니면 자리를 박차고 나가고 싶었다. 마크는 다운이 언니를 위해서 이 자리에 끝까지 있을 거라는 확신을 가지고 있는지 말에 거침이 없었다.

"어머니, 그래서 저는 결혼을 빨리하고 싶어요. 아름이도 의사보다는 집에서 저와 같이 좀 쉬고 싶어해서요."

"그래?"

"네, 저희는 비버리힐즈에 집을 얻었으면 해요. 거기가 살기는 좋죠."

마크는 어느 때보다 진지하게 부모님께 앞날에 대한 계획을 말하고 있었다.

"그래야 아기도 빨리 낳고 조용하게 살 수 있을 것 같아요."

그가 초조한지 아까부터 테이블 아래에서 손을 계속 떨고 있었다. 다운의 시선을 느끼자 그가 다른 손으로 얼른 손을 감싸 쥐었다.

"아름 양은 어때요?"

"갑작스러운 얘기라 생각해 보겠습니다."

"뭐를 생각해. 그냥 내가 하자는 대로 해."

그가 감정 조절이 되지 않는지 갑자기 소리를 버럭 질렀다가 모두 다 놀란 표정으로 그를 보자 다운에게 바로 사과를 했다.

"미안해. 내가 요즘 몸이 좀 안 좋아서."

둘러대는 게 세계 챔피언감이었다.

"아버지, 그래서 말인데요. 미국에 집하고 차 그리고 다운이와 생활을 하려면 저에게 주실 유산을 미리 주시면 안 될까요?"

"뭐?"

부모님도 놀라신 눈치였다.

"제가 계획하는 일도 있고요."

"그게 뭔데?"

"아름이가 의사고 해서 전문 요양원이나 아예 휘트니스센터 같은 걸 해볼까 해요."

입만 떼었다 하면 거짓말이었다. 여기서 나가면 반드시 언니에게 말해줄 것이다. 절대로 이 결혼은 안 된다고 말이다. 속이 타서 옆에 있던 물컵에 물을 마시던 다운은 얼떨결에 제임스와 눈이 마주쳤다. 분명 그의 눈은 자신이 누군지를 알아보는 눈빛이었다.

분명 그의 짙은 눈동자는 다운을 알아보고 있었다. 아무리 언니의 모습을 흉내 내고 있어도 부모님조차 헷갈려 하는 그녀들이어도 마크가 아름을 알아보듯이 제임스는 그녀를 알아보고 있었다.

그 후로부터 다운은 그들이 무슨 말을 하는지 하나도 들리지 않았다. 떨리는 마음을 가라앉히느라 다운은 노력하고 있었다.

"동생이 어디서 일을 하지?"

"……."

아무런 말을 하지 않던 그가 갑자기 다운을 보며 물었다.

"형, 그냥 밤무대 가수야. 뭘 그렇게 신경 써."

"그래도 이제는 사돈인데."

"내가 알아서 할게."

마크가 서둘러 얼버무렸다. 여전히 제임스의 타는 듯한 시선은 다운에게 있었고 다운은 벌거벗겨진 기분이었다.

"아름 양은 한국대 신경외과에 근무를 한다고? 아름 양의 동생

이름은 뭐지?”

“…….”

입을 열 수가 없었다. 입을 열면 목소리가 너무나 떨릴 것 같았다. 마치 형사에게 취조를 당하는 기분이었다.

“아름다운이라고 해서 큰딸은 아름 둘째는 다운이라고 부모님이 지어주셨대.”

“어머, 너무 예쁘다. 쌍둥이면 더 예쁘겠다.”

어머니가 두 손을 모으며 말씀하셨다.

“내 소원이 딸 쌍둥이 낳는 거였는데…….”

갑자기 말을 흐리시는 어머니셨다.

“내가 마크의 바로 위에 형을 잃었거든. 마크는 쌍둥이였어요. 못난 엄마가 너무 약하게 낳아서 그런 거지 뭐.”

“아름이도 쌍둥이예요.”

마크의 말에 모두들 놀란 것 같았다.

“실제로 보면 더 똑같아. 아름이 지적이라면 다운은 좀 반대적이지. 퇴폐적이고 섹시해.”

“마크!”

그의 말에 다운은 정말로 화가 났다. 퇴폐적이라니.

“오, 미안. 이렇게 자매의 우애가 좋다니까.”

“트윈스?”

가만히 있던 제임스가 그녀를 무섭게 쳐다보며 말했다. 오늘 제임스는 마크와 같이 식사 내내 한국말을 했다. 자연스럽지 않아서 잘 쓰지 않는다고 했는데 그는 오늘 동생의 여자친구를 위해 노력했다. 한국적인 가족의 분위기를 망치고 싶지 않기 때문인 것 같았다.

"여보, 나는 우리 아름 양이 너무나 마음에 들어요. 우리 빨리 미국에 돌아가서 결혼식 준비를 해야겠어요."

"하하하, 우리 공 여사가 오랜만에 웃는군."

애처가 아버지는 어머니의 웃는 모습만 봐도 좋으신 것 같았다.

"마크의 유산 상속도 해야 할 것 같고, 결혼하면 이제 어른인데요."

"어머니!"

제임스가 어머니의 말을 잘랐다.

"유산에 관한 문제는 제가 아버지와 상의하도록 하겠습니다. 이건 회사 주식에 관한 일입니다."

"제임스, 이제 회사는 너무나 안정적이고 마크가 다른 데 주식을 팔 리가 없잖니."

"저는 마크가 회사의 일에 참여를 했으면 합니다."

"형, 나는 회사 일에는 관심이 없어. 그럴 능력도 안 되고. 회사는 형이 알아서 해."

불쌍한 표정을 지으며 마크가 말했지만 제임스의 굳은 얼굴은 펴질 줄을 몰랐다.

"제임스, 이번에는 네가 좀 져줘."

어머니는 여전히 마크의 편이었고 제임스는 마크를 믿지 못했다.

"좋은 집도 차도 사줄 수 있지만 아직 유산에 대한 상속은 이른 것 같습니다. 회사는 안정적이어야만 합니다. 무슨 일이 있어도 흔들리게 둘 수는 없습니다. 놀고먹으면서 부를 누린다는 것도 저의 상식으로는 이해가 안 갑니다."

제임스의 화가 터져 버린 것 같았다.

"형은 너무 형밖에 몰라. 어떻게 하나뿐인 동생에게 주식을 주지 않으려고 하는 거야?"

"그만!"

아버지가 호통을 치셨다.

"아름 양이 있는데 이게 무슨 짓들이야?"

조용한 사람이 화가 나면 더 무서운 법이었다. 모두가 다시 조용해졌다.

"내 생각도 아직은 마크가 유산 전체를 상속받을 단계는 아니라고 생각한다. 다만 아름 양과 결혼을 하고 A-mart의 한국지사든 미국의 본사에서든 성실히 일을 한다면 언제든지 유산의 30%는 마크의 몫이다."

마크의 얼굴이 굳어졌다.

"저는 50% 아닌가요?"

"제임스가 60%고 네 엄마가 10%를 받기로 했다. 엄마는 재산을 죽으면 사회에 환원하기로 이미 사인을 했다."

"어머니."

마크의 계획이 틀어지고 있는 게 분명했지만 억만장자인 아버지의 재산은 30%라고 해도 그 금액은 상상을 초월할 것이다.

"어머니께서 그런 결정을 내리신 줄 몰랐습니다."

제임스가 존경 어린 시선을 어머니께 보냈다. 다운이 보기에 마크를 감싸는 것을 빼고는 어머니는 분명히 훌륭한 분이셨다. 오늘 저녁은 마크의 계획대로 풀리지 않았고 그녀도 제임스에게 딱 걸린 느낌이었다.

껄끄러웠던 식사가 끝나고 그들은 한정식집 앞에서 헤어졌다.

"아름 양, 우리 또 만나요."

"어머니, 아름이 내일부터 병원에 출근입니다."

"그래? 아쉽지만 그럼 미국에서 결혼식 때 봐요."

다운은 대답 대신 고개만 숙였다. 제임스의 따가운 시선을 피하며 다운은 마크의 차에 올랐다.

"언니와 상의는 했어요?"

"뭘?"

"미국에서 결혼식을 하고 거기서 산다는 거 말이에요."

"아니."

"뭐요?"

마크는 알면 알수록 위험한 남자였다.

"언니도 알아요? 당신 약물중독인 거?"

"누가 그래? 내가 약물중독이라고."

"내가 의사인 걸 잊으셨나 봐요."

다운은 화가 나서 참을 수가 없었다. 언니는 어째서 이런 인간을 사랑하게 된 건지 너무나 속이 상하는 다운이었다. 그의 손이 아까부터 심하게 떨리고 있었다.

"도대체 무슨 생각인 거예요?"

"나는 아름이를 사랑해."

"정말요? 이런 게 당신이 말하는 사랑이에요? 어른들 앞에서 거짓말이나 하고."

"아름이를 사랑하지 않았다면 벌써 질펀한 파티를 한 후에 버렸겠지."

그의 말에 믿음이 가는 건 이번이 처음이었다. 마크는 많은 여자들과 마약 파티를 즐기고 버리는 그런 류의 인간이었다.

"언니를 당신에게 시집보낼 수는 없어요."

"과연 그럴까?"

끼익~!

그가 갓길에 차를 세웠다. 다운의 머리가 차장에 부딪쳤다.

"잘 들어둬. 날 돌게 만들지 마. 내가 아름이를 사랑한다면 하는 거야. 우리 사이를 갈라놓을 생각은 하지 마."

"마크, 당신은 미쳤어. 무슨 일이 있어도 막을 거야."

마크가 갑자기 다운의 목을 움켜쥐었다. 그리고 힘을 줬다. 다운의 얼굴이 점점 빨개지고 다운은 차의 문을 열기 위해 필사적으로 문고리를 잡았다. 그런데 갑자기 그가 그녀의 목을 놓아주었다.

"널 죽이지는 않을 거야. 죽이면 네 언니를 죽이지. 왜냐면 널 죽여봐야 도움이 안 되거든. 하지만 너의 언니를 죽이면 네가 슬퍼하겠지. 그리고 죄책감에 평생을 불행하게 살 거야."

그는 악마였다.

"나쁜 놈."

"그래야 얘기가 재밌잖아."

그의 악한 기운이 같은 공간에 있는 그녀마저 더럽히는 기분이었다. 그가 다시 운전대를 잡았다. 그리고 다시 그녀의 집으로 향하고 있었다.

"당신 정도의 능력이면 얼마든지 의사와 사귈 수도 있었을 텐데?"

"의사들은 귀찮아. 금방 너처럼 내가 약에 중독이 되었다는 걸 아니까. 그리고 훌륭한 집안의 딸들은 나에 대해서 벌써 다 알고 있거든."

"언니에게 일부러 접근한 거야?"

"아니, 아름이는 내가 첫눈에 반한 여자고 약을 같이하지 않은 유일한 여자야. 의사 동생이 있다는 건 알았고 쌍둥이라는 건 나중에 알았지."

"설마, 약을 사기 위해 지금처럼 일을 크게 만드는 거예요?"

"뭐, 아니라고는 못해. 난 한국을 빨리 떠나고 싶어."

그에 대해서 아름이에게 말을 해야 했다. 이 결혼은 기필코 막아야만 했다.

"우리 사이는 방해하지 마. 안 그러면 아름이가 위험해져."

그는 떨고 있는 다운을 집 앞까지 데려다주었다. 다운은 바로 택시를 잡아 이태원으로 향했다. 한시도 가만히 있을 수가 없었다. 언니에게 말을 해야 했다. 가만히 있다가는 정말로 언니가 위험해질 테니까.

언니의 스케줄을 모르는 다운은 우선은 몇 번 가본 적이 있는 물랑루즈로 향했다. 깊은 밤 더 화려해진 물랑루즈는 이태원의 상징인 바였다. 외국인들이 주 고객인 그곳에는 항상 사람들이 만원이었지만 오늘은 바깥까지 줄을 서 있었다.

덩치가 큰 기도 두 명이 앞에서 손님들을 통제하고 있었다. 그녀가 그들의 앞으로 가자 그들은 웃으며 그녀를 맞이해 주었다.

"제인, 아까 들어갔었는데 언제 나왔어?"

그녀를 아름으로 착각하는 거 같았다.

"뭐 좀 사러."

"오늘은 제인을 보러 온 손님들이 많아, 잘해."

"오케이."

이렇게 말하며 그들에게 윙크를 날리고는 안으로 들어간 다운이었다. 오늘은 언니가 메이크업을 해줘서 사람들이 다운을 아름으로 착각하고 있었다. 대기실로 들어간 다운은 다행히 메이크업을 하고 있는 아름을 발견했다.

"언니!"

"어, 다운아. 오늘 잘했어? 부모님은 어떠셔?"

메이크업을 하면서 말하는 언니에게 차마 말을 하기가 힘이 들었다. 언니의 눈에는 기대가 가득했고 언니의 손가락에는 프러포즈 반지가 끼워져 있었다.

"누가 제인이야?"

모두 다 지나가면서 한마디씩 했다.

"오늘은 바꿔서 노래 한번 불러보려고. 둘이 부르면 두 배는 더 벌겠지."

"부럽다."

대기실 사람들은 모두 화기애애했다.

"제인, 저기 저 남자가 아까부터 제인을 쳐다보는데 조심해. 이태원의 약장순데 질이 아주 안 좋아."

댄서 언니가 넌지시 아름에게 말해주고는 자리를 떴다.

"뭐야, 언니?"

"신경 쓰지 마, 이런 업소엔 저런 똥파리가 꼭 꼬이기 마련이거든."

다운은 불안해지기 시작했다.

"다운아, 여기 말고도 2군데 더 들러야 하는데 먼저 집에 가 있어. 응?"

"저기, 언니. 할 말이 있어."

"말해."

아름이 그녀의 말을 기다리고 있었다. 마주 앉은 둘은 꼭 거울을 보고 있는 것 같았다.

"제인, 다음 차례예요."

"네. 다운아, 얘기는 집에서 들을게. 끝나는 대로 바로 갈 테니까 기다려."

그렇게 말을 남기고는 아름이 무대로 나갔다. 검은색 드레스를 입은 아름은 물랑루즈의 여신이었다. 다운은 아름의 무대를 대기실 통로에서 보았다. 그리고 조용히 물랑루즈를 빠져나오려는 그때 누군가 그녀를 뒤에서 잡았다.

"정다운!"

제임스였다. 다운은 다리의 힘이 풀려 그대로 자리에 주저앉았다. 다행히 그가 주저앉는 그녀의 팔을 잡아서 완전히 바닥에 주저앉지는 않았지만 다운은 평생 이렇게 놀란 적이 없었다.

『정다운, 지금 무슨 짓을 벌이는 거지?』

『제임스, 저는 다운이 아니고 아름이에요. 다운이는 지금 노래를 부르고 있네요.』

어쨌든 기를 쓰고 거짓말을 해야 했다.

『그런가?』

『네, 뭔가 당신이 착각하고 있는 것 같아요.』

그가 다운의 손을 잡고 어디론가 끌고 가고 있었다.

『뭐 하는 거예요? 아파요.』

그의 낮은 목소리는 호러물에 나오는 뱀파이어의 차가운 목소리 같았다. 또 영어로 말하니 더 그렇게 느껴졌다. 그의 손에 이끌려 온 곳은 그의 차였다.

『타지.』

『싫어요.』

또다시 마크에게처럼 그에게도 생명의 위협을 느낄까 봐 다운은 그의 차에 타기를 거부했다.

『타는 게 좋을 거야. 안 그러면 억지로라도 구겨 넣을 테니까.』

그의 검은색 벤츠의 뒷좌석에 타자 그의 차가 바로 출발을 했다. 리무진에 처음 탄 다운은 그 안에 운전사와 차단막이 있다는 걸 처음 알았다. 온전히 밀폐된 작은 공간에 그와 단둘이 있게 된 다운이었다.

『제임스, 저는 아름이에요.』

『닥쳐.』

낮은 목소리가 조용히 차 안을 울렸다.

『당신이 왜 이러는지 모르겠어요. 마크에게 가면 확인해 줄 거예요.』

『닥치라고 했어. 내가 나랑 잔 여자를 제수씨로 들여야 하나?』

『…….』

『넌 아름이 아니야.』

『어떻게 그렇게 확신을 하죠?』

『네가 취해 있을 때 신분증을 봤거든.』

할 말이 없었다. 그는 정확히 그녀의 이름을 알고 있었다.

『아름과 다운은 정말로 똑같이 생긴 일란성 쌍둥이예요.』

『내 눈엔 달랐어. 첫날은 얼굴을 제대로 못 봤고 두 번째는 절대로 놓쳐서는 안 된다고 생각해서 가방을 뒤졌지.』

『술 취한 여자일 뿐인데 왜 놓쳐서는 안 된다고 생각했죠?』

다운이 제임스에게 따지듯이 물었다.

『이것 때문에.』

그가 그녀의 입술에 자신의 입술을 가져다 댔다. 뜨겁고 보드라운 그 느낌은 다운이 밤마다 꿈속에서만 맛보았던 천국의 맛이었다. 하지만 그의 입술에 허물어질 수는 없었다. 지금은 뛰는 심장보다 이 상황을 잘 모면하는 게 우선이었다.

그녀가 그의 입술에서 해방되고자 그의 벽돌보다 더 단단한 가슴을 손으로 쳤다.

"으읍."

입술을 떼어내고자 몸부림을 칠수록 그의 입술은 더욱 집요하게 그녀를 공략하고 있었다. 그는 혀를 사용해서 그녀의 굳게 다문 입을 열려고 노력하고 있었지만 그녀는 정말로 어금니를 꽉 깨물고 입술을 절대로 열지 않았다.

그의 단단한 손이 그녀의 턱을 감싸더니 꽉 움켜쥐자 그녀는 고통에 입술을 열었다. 그의 손이 그녀의 얼굴을 감싸 쥐었고 그녀는 그의 공격에 무너져 내렸다.

아무런 생각을 할 수가 없었다. 매일 밤 꿈꾸던 일이었다. 이게 현실인지 꿈인지 도저히 분간이 되지 않고 있는 그녀는 그의 혀의 놀림에 그대로 자신의 입술을 내놓았다.

그녀의 아랫입술을 빨아들인 그는 그녀의 입술에 대고는 가쁜 숨을 몰아쉬며 그녀에게 말했다.

『밤마다 이 입술이 그리워서 미쳐 버리는 줄 알았지. 그 꿈에서 깨어나기가 싫어서 어찌나 몸부림을 쳤는지 과연 네가 알기나 할까? 이 촉감이 그리워 밤마다 취한 여자를 탐했다는 죄책감도 뒤로하고 나는 매일 밤 스스로를 달래야 했어.』

그의 손이 그녀의 니트 안으로 들어와 그녀의 부푼 가슴을 쥐었다. 그리고 다시 그녀가 무어라 말을 하기 전에 입술에 입을 맞추었다.

그의 혀는 그녀의 입안 구석구석을 핥으며 돌아다녔고 그의 손은 그녀의 속옷을 풀어버리고는 그가 주는 쾌락에 이미 단단하게 솟은 그녀의 유두를 손가락으로 비틀고 있었다.

『이런데도 내가 정아름과 정다운을 구별 못한다고 할 텐가?』

그가 가쁜 숨을 몰아쉬며 말했다. 더 이상 할 말이 없어진 다운은 그가 하는 대로 따라갈 뿐 어떻게 뿌리칠 방법이 없었다. 이미 그녀의 몸도 그에게 철저하게 반응을 하고 있었다.

『기억하는 대로야.』

제임스가 다운의 니트를 목까지 끌어 올렸다. 베이지색 니트 안에는 풍만한 그녀의 가슴이 온전히 드러나 있었다.

『남자를 위한 가슴이야.』

그가 그녀의 가슴을 두 손으로 끌어모으며 양쪽을 한 번씩 입안으로 빨아들였다.

"으응~"

그녀의 입에서 절로 신음이 흘러나왔다. 그의 무릎에 걸쳐진 그녀의 몸은 마치 연체동물처럼 흐느적거리고 있었다.

평생에 이런 느낌은 처음이었다. 그는 계속해서 그녀의 가슴과 유두를 번갈아 빨아들이고 혀로 핥았다. 그가 그녀를 긴 의자 위로 눕히고는 치마 속의 스타킹과 속옷을 동시에 벗겨냈다.

『안 돼요.』

『쉬!』

그녀의 반항은 미흡했다. 그녀도 은근히 그가 해줄 다음의 애무를 기대하고 있었다. 거칠게 다가오는 그의 행위가 그녀를 몹시

뜨겁게 자극하고 있었다. 그가 그녀의 다리 사이로 손을 넣고는 그를 기다리며 움찔거리는 그녀의 은밀한 구멍에 손가락을 넣었다.

『하지 마요, 이상해요.』

그녀의 물 때문에 질퍽거리는 소리가 차 안을 울리고 있었다. 그의 손가락이 그녀의 질 벽을 긁어내리자 그녀는 부끄러운 줄도 모르고 다리를 더 벌리며 그의 손가락이 더 깊이 들어갈 수 있도록 본능의 몸짓을 했다.

『자꾸 이러면 더는 나도 못 참아.』

그의 속삭임에 정신이 번쩍 든 그녀였다. 그녀가 몸을 갑자기 굳히자 그가 웃으며 그녀의 질에서 손가락을 뺐다. 그리고 자신의 손수건으로 그녀의 질을 닦아주었다.

『다음은 우리가 처음 살을 맞댔던 곳에서 하지. 기억할지는 모르겠지만.』

그들이 향한 곳은 서울호텔이었다. 서울호텔이라면 그녀가 처음으로 블랙 아웃이 되었던 곳이었다. 제임스의 지금 말은 첫 번째가 부산이 아니었다는 얘기였다. 그렇다면 그녀가 처음 대학로에서 술에 취해 서울호텔까지 갔을 때도 제임스였다는 얘기였다.

이 기막힌 우연은 인연이라고 해야 할지 악연이라고 해야 할지 너무나 운명의 장난 같았다. 그럼 정말로 그와는 두 번을 함께한 것이었다. 어떻게 이런 일이 있을 수가 있단 말인가? 그녀는 서둘러 옷을 입기 시작했지만 아직도 조금 전의 일 때문에 온몸이 떨리고 있었다.

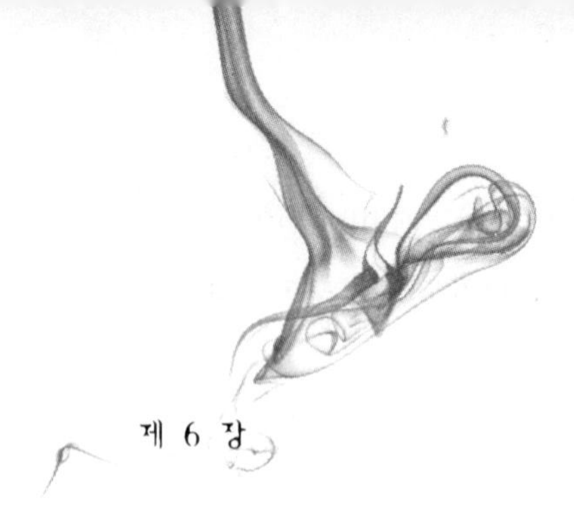

제 6 장

다운은 등 뒤로 닫히는 문소리에 놀라 몸이 굳어졌다. 사실은 등 뒤로 닫히는 문소리에 놀란 건지 다운의 앞으로 걸어가고 있는 남자의 넓은 등 때문인지 그녀는 한동안 멍하게 그렇게 문 앞에서 있었다.

『들어오지 않고 뭐 하나?』

다운은 떨리는 마음으로 그의 목소리가 들리는 곳으로 향했다. 서울호텔의 스위트룸이 두 번째인데 그녀의 기억에는 첫 번째의 기억이 아무것도 남아 있지 않았다. 그날 아침은 너무 놀라 현관문을 찾아 밖으로 나간 것만 해도 기특할 지경이었다.

오늘 보니 확실히 하룻밤에 몇백만 원씩 주고 잘 만한 곳이기는 했다. 한눈에 서울 시내를 내려다볼 수 있는 야경을 자랑하는 서울호텔이었다. 고급스러운 이태리 가구들이 귀족의 방을 연상시키고 있었다.

멋스러운 소파가 가운데 자리를 잡았고 오른쪽 끝에는 커다란 침대가 그리고 왼쪽의 끝에는 커다란 테이블이 있었다. 방금 전까지 일을 했는지 서류가 잔뜩 올려져 있었다. 다운은 시골에서 갓 상경한 아가씨가 서울의 친척집에 놀러 온 듯이 신기하게 사방을 보고 있었다.

『앉지.』

그의 목소리에 잔뜩 겁을 먹은 다운이었다. 사실은 그가 호텔 방으로 들어서자마자 자신을 덮칠 줄 알았다. 아무래도 한 달간 쉬면서 드라마를 너무 본 탓이었다. 현실과 드라마를 혼돈하고 있는 걸 보면 말이다.

그녀가 소파에 앉자 그가 차가운 얼음이 들어 있는 주스를 그녀에게 건넸다. 색으로 봐서는 레몬에이드 종류인 것 같았다.

『마셔, 레몬에이드야. 이걸 마시면 정신이 맑아지지.』

지금 상태로는 뭘 마셔도 정신이 맑지 않을 것 같았다. 제임스는 그녀의 맞은편에 앉았다.

두 사람의 눈이 처음으로 마주쳤다. 참 오묘하게 깊은 눈을 가진 남자였다.

각진 얼굴이 그의 남성스러움을 더욱 살려주었고 그의 꼭 다문 입술은 고집스러움을 말해주고 있었다. 오뚝한 코에 뭐 하나 나무랄 것이 없는 완벽하게 잘생긴 남자였다.

선하게 생기진 않았지만 그가 숨 막히게 멋지다는 건 인정하지 않을 수가 없었다. 그녀의 심장이 주책없이 거칠게 뛰고 있었다.

『술을 줘야 하나?』

그녀가 레몬에이드를 마시지 않고 멍하게 자신만을 바라보고 있자 그가 얄밉게 말을 했다. 덩치는 외국 방송에 나오는 흑인 운동선수같이 크고 다부지면서 입은 어찌 저렇게 얄미운 말만 골라서 하는지 다운은 약간 실망스러웠다.

『먹을게요.』

그녀가 레몬에이드를 거의 원샷을 하고 있었다.

『불편하면 한국어로 해. 알아들으니까.』

"저도 영어는 알아들으니까 그럼 저도 편하게 한국말로 할게요."

『왜 당신이 마크의 애인 행세를 하고 있지?』

"……."

방금 전에 차 안에서도 그런 일이 있었는데 아름인 척은 할 수가 없었다.

"저도 어쩔 수가 없었어요."

『어쩔 수가 없었다? 돈을 받고 의사인 척, 애인인 척 연기를 한 건가?』

상상을 해도 꼭 끝을 달리는 제임스였다.

“아니에요, 진짜 사정이 있었어요.”

『뭐지?』

그가 소파에 편하게 기대고는 굳은 표정으로 그녀를 바라보고 있었다. 다운은 말을 하려던 용기가 사라졌다. 그가 어떻게 해서든지 그녀를 안 좋은 쪽으로 몰고 가면 어떻게 하나 하는 두려움이 컸다. 언니의 일이 걸린 문제였다.

『왜 답이 없나?』

그의 목소리에는 화가 깃들어 있었다.

“죄송해요, 생각이 짧았어요. 아무리 언니의 부탁이라고 해도 들어주면 안 되는 거였는데. 하지만 언니나 저나 무슨 나쁜 마음이 있었던 게 아니니까 이해해 줘요.”

『나를 납득시키지 않으면 좀 힘들 것 같군.』

그의 말이 옳았다. 지금은 마크를 막는 게 더 중요했다. 언니가 마크를 사랑하는 건 알지만 마크가 약물중독자라면 언니의 불행은 불 보듯이 뻔했다.

“쌍둥이 언니가 있어요. 어렸을 때 부모님이 갑자기 돌아가시고 삼촌이랑 같아 살았어요. 삼촌은 색소폰 연주자였고 언니는 어려서부터 삼촌을 따라다니면서 노래를 불렀어요. 언니는 공부에는 취미가 없는 대신에 굉장히 매력적인 목소리를 가지고 태어났죠."

그는 가만히 그녀의 얘기를 들어주고 있었지만 여전히 표정은 무서웠다.

"전 아무런 재능이 없는 대신에 공부를 잘했죠. 언니가 고등학교도 졸업하지 못하고 노래를 부르며 돈을 버는 대신에 저는 죽어라 공부만 했고 언니와 삼촌을 기쁘게 하기 위해 의대에도 갔죠."

다운은 목이 타서 레몬에이드를 한 모금 마셨다.

"언니는 저를 위해 희생을 했고 전 그런 언니가 언제나 자랑스러웠어요. 힘들고 유혹이 많은 밤무대지만 언니는 삼촌의 보호 아래 나쁜 쪽으로는 빠지지 않았죠. 열심히 앞만 보고 달리던 언니가 어느 날 태어나서 처음으로 부탁이란 걸 했어요."

『부탁?』

"언니의 남자친구 형이 미국에서 오니까 그를 대신 만나달라는 거였어요. 자신이 의사라고 남자친구가 집안 어른들에게 말했다는 거예요. 처음에는 내키지 않았는데 나를 위해 살아온 언니를 위해 그 정도의 일을 못해주겠냐는 생각을 했죠."

『그게 얼마나 큰 잘못인지 몰랐나?』

"지금은 알죠. 얼마나 큰 잘못인지를 말이에요. 그리고 전 마크와 언니가 결혼하는 걸 반대해요."

『반대를 한다? 도와줄 걸 다 도와주고? 웃기는군.』

그가 그녀를 향해 비웃음을 지어 보였다.

"미안해요. 하지만 약물중독자와는 언니와 결혼시킬 수 없어요. 아무리 당신들 집이 엄청난 부자라고 해도 언니를 그런 사람에게 보낼 수는 없어요."

『약물이라고 했나?』

"네, 저녁 식사 전에 간단한 테스트를 해봤는데 그는 행동이 부자연스러울 정도의 약물중독 증세를 보이고 있었어요. 지금은 떨리는 손만 감추면 정상인과 차이가 없지만 저대로 내버려 둔다면 환각과 환청까지 들릴 거예요. 그러면 주변의 사람들이 위험해지는 거죠."

제임스는 약물중독이라는 말에 심하게 놀라지 않았다. 마치 알고 있는 것처럼 말이다.

"알고 있었군요."

『미국에 있을 때 마약 파티를 하고는 한국으로 도망을 쳤었지. 어려서부터 조그만 말썽을 부렸지만 그렇게 심하지는 않았어. 어머니께서 수습할 정도의 사건이었으니까.』

"도망쳤다면서요?"

『그건 파티에 사용한 약물 때문이 아니라 회사 일을 하기 싫어서 한국으로 도망을 쳤던 거야. 마크는 천성적으로 일하기를 싫어하지.』

팔은 안으로 굽는다고 제임스 역시 마크의 편을 드는 듯했다.

"어쨌든 언니와의 결혼은 안 돼요."

『우리 쪽에서도 마크가 거짓말을 했다는 게 알려지면 결혼은 하지 못할 거야.』

"언니에게 먼저 물어보고 당신에게 도움을 청하려고 했어요. 언니가 마크를 너무나 사랑한다면 저도 끝까지 말릴 수는 없으니까요. 언니가 상처받지 않았으면 좋겠어요."

『이기적이야. 당신 자매 때문에 상처받으실 우리 부모님은 생각을 안 하는군.』

그의 말이 백번 맞았다. 자신들은 마크가 뭐라고 했어도 이런 일을 해서는 안 되는 것이었다.

"제가 당신 부모님을 다시 뵙고 꼭 사죄를 드릴게요. 진짜로 악의로 그런 건 아니에요."

이렇게 술술 얘기를 하다 보니 마크가 그녀의 언니를 죽이겠다는 협박을 했다는 사실이 떠올랐다. 제임스와 차 안에서 갑작스럽게 키스를 하고 나니 다운의 머리가 잠시 정지가 되어 있었다. 이렇게 중요한 사실을 잊고 있었다니 말이다.

"저기, 사실은 언니를 만나기 위해 클럽에 갔던 건 당신의 부모님을 만난 얘기를 하러 간 게 아니었어요."

제임스가 그녀를 뚫어지게 보고 있었다.

"돌아오는 길에 마크가 저를 협박했어요."

『협박?』

"네, 언니에게 사실대로 말하겠다고 하자 저의 목을 졸랐어요."

아직도 발갛게 손자국이 남아 있는 목을 다운은 제임스에게 보여주었다. 그의 얼굴이 심하게 일그러졌다.

"다음번엔 저를 죽이는 게 아니라 언니를 죽이겠다고 했어요. 그럼 저는 평생 죄책감에 빠져서 살 거라고 말했고요."

『마크가 아주 쓰레기인 것처럼 말하는군.』

"당신도 역시 당신 동생이랑 똑같군요. 힘없는 사람이 말하면 깔아뭉개 버리는 우월주의자! 잠시나마 당신은 제정신이라고 생각했던 내가 바보였어요."

다운이 자리에서 일어났다.

『앉아.』

"어디다 대고 명령이에요?"

그녀가 뒤도 돌아보지 않고 현관을 향해 걸어갔다. 완전히 실망이었다. 동생이 목을 조르지를 않나 형은 사기꾼 취급을 하지 않나.

정말로 실망스러웠다. 그녀가 문고리에 손을 잡을 찰나 그녀의 몸이 공중으로 붕 떴다. 그가 그녀를 뒤에서 안아 올린 것이다.

"뭐 하는 거예요?"

『아까 말했지, 나머진 집에서 한다고.』

"제정신이 아니에요. 이거 놔요."

다운이 발버둥을 칠수록 제임스의 힘은 더 강해지는 것 같았다.

"이거 놔요. 소리 지를 거예요."

『마음대로.』

이렇게 강하게 나온다고 굽힐 다운이 아니었다. 배에 온 힘을 다준 다운은 소리를 질렀다.

"아아아아아~ 읍!"

그의 입술이 소리를 지르는 그녀의 입술을 막았다. 어찌나 거칠게 키스를 하는지 다운의 정신이 몽롱해져 갔다. 저항을 하며 그의 가슴을 밀어내던 다운의 손은 그의 가슴에 얌전히 놓여 있었다.

그러는 사이 그녀의 등에 푹신한 천이 닿았다. 침대인 것 같은데 그의 짙어진 눈동자를 보느라 신경이 쓰이지 않았다. 욕망으로 짙어진 그의 눈동자 안에는 온전히 그녀만이 가득했다.

『맨정신일 때는 어떨지 너무나 궁금하군. 아니면 술을 줘야 하나?』

그의 말이 너무나 얄미운 다운은 정신이 확 들었다. 하지만 차 안에서의 환희가 침대에서도 계속될지 궁금하긴 했다.

"내가 기억이 나지 않는 걸 보니 별로였나 본데. 술 한잔 마시고 할까요?"

다운이 한 방에 제임스를 보내 버렸다. 그가 으르렁거리며 짐승처럼 그녀에게 달려들었다. 커다란 침대와 제임스 사이에 다운이 갇혀 있었다.

『맨정신에 한번 해보도록 하지. 누가 더 오늘을 기억하게 될지는 모르지만.』

다운이 제임스의 셔츠를 당겨 그의 입술에 입을 살짝 맞추었다.

“기억하는 건 당신의 몫인 것 같아요.”

다운의 도발에 제임스의 입술이 거칠게 다운의 입술을 머금었다. 이건 키스라기보다 배고픈 늑대가 사냥감을 먹어 치우는 듯한 거친 키스였다. 입술이 그에게 먹히는 기분이었다.

바쁜 것은 그의 입술만이 아니었다. 그의 손이 차 안에서와 마찬가지로 그녀의 니트를 들어 올리고는 머리 위로 벗겨 버렸다. 브래지어에 그의 손이 닿자 이번에는 다운이 그의 셔츠의 단추를 풀기 시작했다.

그의 눈을 똑바로 보며 아랫입술을 살짝 문 그녀는 늑대를 유혹하는 암컷 늑대의 모습이었다. 발정기의 늑대들처럼 그들은 서로를 유혹하기 위한 강한 몸짓을 시작했다.

그가 그녀의 속옷을 다 벗겨내자 속도에서 밀린 다운은 괜히 지는 느낌이 들었다. 이런 작은 것 하나도 이기고 싶은 그녀는 그의 와이셔츠의 양쪽을 잡고는 거칠게 잡아당겼다.

팍!

생각보다 요란하게 단추가 사방으로 흩어졌다. 그도 놀랐는지 잠시 그녀의 가슴을 주무르던 손을 멈추었다. 그녀가 공격할 차례였다. 뭐든 잘 배우는 그녀였다. 하나를 가르쳐 주면 열을 아는 천재 다운은 잠자리 테크닉까지 그동안 열심히 공부를 했다.

뭐, 휴가였고 남는 건 시간이고 밤마다 그가 찾아와 그녀를 흥분시켰고 성인인 그녀는 조금이라도 자신의 욕구를 풀기 위해 솔직히 야한 동영상을 교본 삼아 거의 매일 보았었다. 이렇게 도움이 될지는 몰랐지만 말이다.

오늘 화끈하게 풀어버리고 다시는 제임스를 보지 않으면 그뿐이었다. 그리고 솔직히 이렇게 자신의 동생만 감싸는 그라면 그녀도 싫었다. 동생이 잘못했으면 동생을 혼낼 줄 아는 형이었다면 하는 실망감이 몰려들었다.

이왕 이렇게 된 거 기억도 나지 않는 오늘로 털어버리고 싶었다. 그녀가 이런 생각을 하는 동안 그는 그녀의 스커트와 스타킹 그리고 속옷을 동시에 내렸다. 열기에 사로잡힌 그의 행동은 거침이 없었다. 그리고 자신의 바지와 속옷도 벗어서 아무렇게나 던져버린 그는 그녀에게 달려들어 입술을 앗아갔다.

"읍!"

외마디 비명만이 지금 공격당하고 있는 그녀가 할 수 있는 유일한 일이었다. 한참을 혀로 그녀의 입안을 헤집던 제임스는 그녀의 목을 거쳐 그녀의 풍만한 가슴을 공격하기 시작했다.

그는 양쪽 가슴을 커다란 그의 손으로 모아 쥐고는 양쪽을 오가며 욕망으로 단단히 선 유두를 그의 축축한 혀로 핥기 시작했다.

"하아~"

도저히 자신의 입에서 나왔다고 하기엔 민망한 소리가 그의 애무에 연신 흘러나오고 있었다. 그녀의 가슴을 희롱하던 그의 혀가 점점 아래로 내려오고 있었다. 그의 혀와 입술이 이동하는 곳마다 그녀 살들은 흥분으로 붉어지고 있었다.

위험스럽게 입술이 점점 더 아래로 내려오고 그녀의 입술은 점점 마르고 있었다. 이렇게 안절부절못하는 게 다음에 그가 무엇을 할지에 대한 기대 때문인지 그 결과로 허물어져 버릴 자신에 대한 두려움인지 그녀의 몸이 이제는 흥분으로 가늘게 떨고 있었다.

"그만!"

자신도 모르게 그의 머리를 움켜잡고는 놔주지 않는 다운이었다. 그의 숨결이 지금 그녀의 검은 숲을 흔들고 있었다. 그가 아랑곳하지 않고 그녀의 검은 숲의 가운데를 손가락으로 가르고 들어왔다.

그녀가 쥐고 있는 머리카락이 아플 텐데도 그의 손은 여전히 그녀의 여성을 가르며 천천히 그 안으로 들어왔다.

"그만해요. 이상해요."

그가 그녀의 손을 자신의 머리에서 떼어내고는 그녀의 등 뒤에 바짝 붙어서 누웠다.

『지금이 세 번째인데 너무 부끄러워하는 것 아닌가?』

얄미운 말을 너무나 서슴없이 하는 그였다. 하지만 그가 이렇게 한마디를 툭툭 던질 때마다 그녀는 점점 더 그를 이기고 싶다는 강렬한 욕구가 생겼다.

그의 손이 그녀의 등 뒤에서 스르르 팔 사이를 가르고 들어와 가슴을 어루만졌다. 가슴을 손안에 가득 담고 주무르고 있는 그의 입에서 신음 소리가 흘러나왔다. 그리고 그의 커질 대로 커진 남성이 자꾸 그녀의 엉덩이를 찌르고 있었다.

그의 손이 점점 아래로 내려와 그녀의 검은 숲을 손으로 덮고는 주물주물거리고 있자 다운은 자신도 모르게 그의 남성을 자신의 엉덩이로 문지르기 시작했다. 본능적인 몸의 움직임이었다.

『좋은가?』

그가 그녀의 귀에 대고 속삭이자 다운은 손을 들어 그의 얼굴을 자신에게 당겨 키스했다. 뒤를 돌아 그의 입술에 달려들 듯이 키스를 하는 다운의 반응에 그도 한껏 흥분을 했다. 그가 다운을 자신의 아래로 위치를 재빠르게 바꾸고는 그녀의 얼굴을 보며 얘기했다.

『내가 더 기분 좋게 만들어주지.』

다운이 무슨 뜻인지 이해하기 전에 그는 다운의 다리를 벌리고 자신의 입술을 다운의 다리 사이로 넣었다.

"어머!"

놀란 다운이 다리를 오므리려고 하자 그가 힘으로 그녀의 다리를 단번에 벌리고는 그의 입을 크게 벌려 다운의 검은 숲 전체를 삼켰다.

"제임스, 이상해요!"

그가 쪽쪽 소리가 날 정도로 그녀의 여성을 빨아들이고 이런 생소한 상황에 놀란 다운은 그의 머리를 자꾸 밀어냈지만 그는 꼼짝도 하지 않았다.

이렇게 섹스라는 것이 상대방에게 자신의 모든 것을 드러내는 것인지 몰랐다. 그녀의 당황스러움은 그의 놀라운 혀의 움직임에 금방 환희로 바뀌었다.

부끄러웠지만 그만큼 자극적이었다. 그의 혀가 그녀의 질을 건드리고 있을 때 다시 한 번 놀라기는 했지만 그를 밀어내지는 않았다. 그가 얼굴을 들고는 다시 그녀의 입술을 찾았을 때 이번에는 그녀가 그를 밀어 침대에 눕게 만들었다.

그리고 열심히 야동을 본 것을 실전에 접목시키고 있었다. 그의 입술을 공격하던 그녀가 몸을 일으키더니 긴 머리를 쓸어 올렸다. 그녀의 육감적인 몸매를 감탄하듯이 쳐다보았다. 그의 감탄하는 표정이 그녀를 기분 좋게 만들었다.

그녀가 그의 남성을 엉덩이로 누르며 자신의 가슴을 주물렀다. 그가 침을 삼키는 것이 그녀의 눈에 띄었다. 그가 손으로 그녀의 허리를 쓸어 올리자 그녀가 그의 손을 치우며 자세를 고양이처럼 낮추고는 점점 아래로 내려가고 있었다.

그리고 그녀는 수술대 위에서나 보았던 남성을 그것도 크게 발기한 남성을 손으로 잡았다. 최대한 긴장하지 않은 척하며 다운은 그의 남성을 입안에 넣었다.

오늘이 지나면 언제 남자를 만날지 모르는 그녀였다. 뭐 병원의 노총각 선배들은 많았지만 솔직히 같은 직업의 남자는 싫었다.

그냥 생각 없이 본능에 충실하기로 한 그녀는 그의 남성을 깊게 빨아들였다. 그와 동시에 그의 입에서 신음 소리가 흘러나오고 있었다.

그녀가 흥분하면 내는 소리와 똑같은 소리였다. 그의 소리에 따라 그녀는 그의 남성을 빨다가 핥았다를 반복했다.

"어머!"

그가 갑자기 그녀를 들어 올렸다.

『이제부터는 내가 하지. 처녀 딱지도 뗀 지 얼마 되지 않은 주제에 이런 걸 어디서 배웠지?』

그가 으르렁거리며 그녀의 다리를 벌리고 자신의 중심을 그녀의 질에 맞추었다. 이미 흥건하게 젖어 있는 그녀의 질 입구는 끈적한 소리를 내며 그의 남성을 맞이할 준비를 하고 있었다.

"아아아~"

조금씩 힘 있게 밀고 들어오는 그의 커다란 남성 때문에 다운은 참을 수 없는 고통을 느끼고 있었다.

『조금만 참으면 괜찮아질 거야.』

이 방에 들어와서 그가 해준 가장 따뜻한 말이었다.

“악!”

그가 끝까지 들어왔을 때 그녀는 비명을 질렀지만 그의 말대로 그가 움직이기 시작하자 고통이 조금씩 환희로 바뀌어가고 있었다.

다운은 자신도 모르게 그에게 매달려 손톱으로 그의 등을 찌르고 있었다. 그러다 반복적인 그의 피스톤 운동에 어느 순간 그녀도 같은 리듬을 타고 있었다.

아픈데도 찌릿한 쾌감이 동반이 되는 아주 묘한 이상한 느낌이었다.

퍽, 퍽, 퍽.

그의 허리 짓은 굉장히 강했다. 모든 남자들이 이렇게 격렬하게 허리를 움직이지는 않을 것 같았다.

그의 힘에 밀려 그녀의 머리가 침대 헤드에 부딪치고 있었다. 하지만 욕망에 정신이 혼미해진 그와 그녀는 상관하지 않고 서로에게 매달렸다.

“아아아~”

한차례의 격정이 끝이 나고 그가 그녀를 소중한 보물을 안듯이 안아주었다. 둘은 말이 없이 한참을 그렇게 안고만 있었다.

『좋았나?』

"……."

『왜 말이 없지?』

"좋았어요."

별걸 다 묻는 남자였다. 부끄러움에 다운이 그의 옆구리로 파고들었다. 그가 그녀의 정수리에 입을 맞추었다.

"잘은 모르겠지만 굉장히 좋았어요."

"허허허."

그의 몸에서 웃음소리가 울려 그녀의 귀를 자극했다. 그러다 그가 숨을 고르게 쉬며 잠을 자버렸다. 그의 품에서 빠져나와 집으로 가야 하는데 그녀의 눈도 스르르 감기고 있었다.

검은색 드레스가 백옥 같은 제인의 피부를 더욱 하얗게 보이게 하고 있었다. 스탠드 마이크를 한 손으로 감싸 쥔 그녀는 물랑루즈의 여왕이었다. 얼빠진 남자들의 시선이 모두 다 제인을 향해 있었다. 공부 머리는 없는 아름이었지만 이상하게 모든 노래는 한 번 들으면 외워 버렸다.

더 신기한 건 팝송은 물론 샹송도 거의 원어민처럼 부르는 그녀였다. 사람들은 그녀가 외국에서 살다 온 줄 알고 있었다. 오늘따라 그녀를 바라보는 남자들이 바에 있는 남자들뿐이 아니었다.

다운을 집에 내려준 마크는 약을 사기 위해 물랑루즈로 향했다.

하지만 집에 간 줄 알았던 다운이 그의 뒤를 따라 들어오고 있었다. 다행히 다운은 그를 보지 못했고 그는 바의 어두운 자리에 자리를 잡았다.

"왜 여기에 있어?"

약장수 존이 그를 발견하고는 슬금슬금 다가왔다. 흑인 아버지와 한국인 어머니 사이에서 태어난 존은 한국에서 알게 된 친구였다. 솜씨가 좋아서 그와 1년이 넘게 거래를 하고 있었지만 아무런 문제가 없었다.

"아는 사람이 있어."

"그럼."

그가 아주 자연스럽게 몸을 틀어 가려고 하자 마크가 그를 잡아서 의자에 앉혔다. 그리고 테이블 아래로 돈을 쥐어주었다.

"빨리 줘."

그가 약을 건네며 말했다.

"다음엔 두 배야."

"안 돼. 돈이 없어."

"그럼 거래도 없어. 알았어?"

존은 언제 왔었는지도 모르게 사라져 버렸다. 약을 술과 함께 털어 넣은 마크는 멀리서 다운을 끌고 가는 제임스를 보았다.

무대에는 아름이 노래를 부르고 있었다. 다운이 똑똑한 머리로 말을 잘했으면 모르겠지만 어떻게 상황이 돌아가는 줄 모르는 마크는 불안하기만 했다.

아름의 반지를 사기 위해 제임스에게 받은 돈도 조금 있으면 떨어질 게 분명했다.

오늘은 아름과 담판을 지어야 했다. 몸을 숙여 다운과 제임스가 나가기를 기다린 마크였다.

약 기운이 몸을 타고 퍼지기 시작했지만 아주 많은 양을 먹지는 않아서 기분만 좋은 상태였다. 그리고 평소에 없는 자신감은 왜 이렇게 생기는지 약이 그에게 주는 행복은 정말로 대단했다.

"와우!"

저절로 탄성이 나왔다. 위스키를 한 모금 먹고 정신을 가다듬자 제인이 무대 뒤로 사라졌다. 귀찮은 삼촌이 나오기 전에 제인에게 문자를 보낸 마크였다. 물랑루즈 주차장에서 잠깐 보자고 말이다.

"마크."

그의 아름다운 여신이 그를 향해 미소를 지으며 오고 있었다. 아름을 볼 때마다 느끼는 것이지만 정말로 이름처럼 아름다운 여자였다.

직업이 의사처럼 번듯한 것이었다면 완벽한 그의 신붓감이었겠지만 다운을 보고 좋아하시는 부모님을 보자 마크는 아름이 자신에게는 한참 모자란 여자라는 생각이 들었다.

차라리 그냥 다운을 꼬실 걸 그랬나 하는 생각이 들다가도 똑똑한 여자들에게 느끼는 열등감을 생각하자 고개가 저절로 저어졌다.

"오래 기다렸어요?"

"아니, 타!"

"어, 어쩌죠? 다음 스케줄이 있어요."

"어딘데?"

"여기서 5분 정도 거리예요."

"데려다줄게. 삼촌 먼저 가 계시라고 해. 금방 데려다줄게."

"알았어요."

아름이 못 이기는 척 삼촌에게 문자를 보내는 걸 곁눈질로 보던 마크는 차에 시동을 걸고는 물랑루즈를 빠져나왔다.

"마크, 골목에서 우회전하면 돼요."

그는 그녀의 말을 무시한 채 직진을 하고 있었다.

"마크."

"알아, 할 말이 있어서 그래. 중요한 얘기니까 오늘 공연은 못한다고 전화해. 그래야 내일도 공연을 하지."

"내일은 쉬어요. 그래서 오늘은 꼭 해야 하는데……."

"제발, 부탁이야."

"알았어요."

그녀가 삼촌에게까지 전화를 다 하고 그에게 웃으며 말했다.

"전화 다 했어요."

"잘했어. 그럼 다운이에게 전화해."

"다운이요?"

"응, 내가 오늘 고마웠다고 얘기를 안 했거든."

아무런 의심이 없이 아름은 다운에게 전화를 걸었다.

"안 받네, 안 받을 애가 아닌데?"

"그럼 문자를 남겨. 나와 함께 있다고."

"네."

옆으로 본 아름의 얼굴이 아름답다고 생각하는 마크였다. 하지만 아름다움은 오래가지 않는다. 그건 사랑도 마찬가지다. 그래서 그는 자신에게 영원할 쾌락과 사랑을 줄 약을 선택하기로 결정했다. 그러면 다운을 잘 이용하지 않으면 안 된다. 마크의 손이 가늘게 떨리고 있었다.

"오랜만에 외곽으로 나오니까 좋네요."

아무런 의심 없이 차 밖을 바라보며 좋아하는 아름을 마크는 비웃듯이 바라보고 있었다.

기분 좋은 무게감에 다운은 미소를 지으며 눈을 살며시 떴다. 밤새도록 제임스가 그녀를 따뜻하게 안고 잤다.

약간의 어색함에 몇 번인가 눈을 떴지만 다운은 몸을 빼지는 않았다. 자꾸만 마음이 가는 남자였다. 언제 이렇게 멋진 남자를 만날 수 있을까라는 생각을 솔직히 했다. 다운은 지극히 현실주의자였다.

운명도 사랑도 믿지 않았다. 그런 것은 다 갖추고 태어나 삶이 얼마나 치열한지를 모르는 사람들의 것이었다. 그녀처럼 하루를 환자들과 처절하게 보내는 사람들에게는 상상조차 못할 일이었다.

피곤했는지 잠이 깊이 들어 있는 그를 다운은 마지막으로 정성스럽게 하나하나 뜯어보며 머릿속에 기억하고 있었다. 참 잘생긴 조각 같은 얼굴이었다.

눈을 뜨고 있을 때도 카리스마를 분출하는 사람이 눈을 감고 있으니 한없이 편안해 보였다. 손을 들어 만지고 싶을 정도로 말이다.

『다 봤나?』

그의 갑작스러운 목소리에 다운이 깜짝 놀라 얼른 눈을 감았다. 그러자 이번에는 그의 손이 그녀의 얼굴을 쓰다듬었다.

『오늘은 도망가지 못하게 안고 있었더니 그대로 있군. 다음에도 이래야 되겠군.』

그의 다음이라는 말에 그녀의 심장이 마구 뛰기 시작했다.

『아직도 자는 척할 텐가? 그럼 할 수 없지.』

그가 그녀의 얼굴을 들고는 자신의 입술을 겹쳤다. 다운은 눈을 뜨지는 않았지만 그의 키스에 열렬하게 반응을 하고 있었다.

『모닝 키스가 이렇게 사람을 흥분시키는지 몰랐군.』

그가 이렇게 말하며 그녀의 얼굴을 쓰다듬었다. 다운이 눈을 뜨며 그를 쳐다봤다.

“흥분은 새벽부터 하고 있던데요?”

그녀가 일어나려고 하자 그가 다시 그녀를 침대에 눕혔다.

『다 알면서 가려고? 어림없지.』

“씻고 해요.”

『그럼 같이 씻을까?』

“그건 아니라고 봐요.”

그녀가 고개를 저었다. 그러자 그가 침대에서 벌떡 일어나 다운을 번쩍 안아 들었다.

“당신 변태예요?”

『아니, 지극히 정상인 성인 남자.』

그들은 샤워실에서 두 번의 사랑을 나누었다. 지친 그녀를 먼저 씻긴 후에 그녀를 침실로 내보내고 그가 샤워를 하고 있었다.

다운은 자신의 전화기를 들었다. 어제 어른들을 만나는 자리라서 무음으로 바꿔놓은 걸 깜빡한 그녀였다. 부재중 전화가 온지도 몰랐었다.

언니의 전화였다. 문자도 들어와 있었다. 지금 마크와 함께 있다는 내용이었다.

혹시나 하는 마음에 그녀가 아름에게 전화를 걸자 마크가 전화를 받았다.

[일찍도 전화를 하는군.]

“어디예요? 언니랑 같이 있어요?”

[어.]

“언니는요?”

[자.]

불길한 예감에 손발이 떨리기 시작했다.

[걱정 마, 수면제를 먹고 아주 편하게 깊이 잠이 드셨으니까.]

그의 목소리가 전화기 너머에서 불안하게 흔들리고 있었다.

[어디야?]

“집이에요.”

[거짓말.]

그가 떠보는 것 같았다.

“진짜예요. 지금 제가 거기로 갈 테니까 꼼짝 말고 있어요.”

마크가 다운에게 주소를 문자로 전송해 주었다.

“언니의 털끝 하나도 건드리지 마요. 그랬다가는 당신은 유산의 유 자도 못 받을 줄 알아요.”

이건 진심이었다.

[빨리 와.]

다운은 그가 샤워실에서 나오기 전에 재빠르게 옷을 입고는 도망치듯이 호텔을 나왔다. 오늘은 이러지 않을 줄 알았는데 결국은 또 이렇게 나오게 되었다.

눈에 띄는 택시에 몸을 실은 다운은 가까운 옷가게에 가서 다른 옷으로 사 입은 다음에 다시 택시를 잡아타고 의정부로 향했다.

심장이 자꾸만 줄어드는 느낌이었다. 언니가 제발 무사해야 할텐데 마크가 약물중독이 확실하다면 환각 상태에서 무슨 일을 벌일지 몰랐다.

"아저씨, 멀었어요?"

운전기사 아저씨를 재촉한 다운이었다. 빨리 언니에게 가야 했다. 한참을 달려 그녀는 의정부 외곽의 한 허름한 모텔에 도착을 했다.

똑똑똑.

"마크."

그녀의 목소리에 마크가 문을 열고 그녀의 손을 잡아당겼다.

"언니!"

작은 모텔 방에는 침대와 TV, 작은 냉장고가 전부였다. 언니는 허름한 침대에 미동도 하지 않은 채 누워 있었다. 혹시나 하는 마음에 그녀는 심박 수와 눈동자 등을 살폈다.

"역시 의사라 다르군."

그가 자신의 떨리는 손을 불안하게 만지며 그녀에게 말했다.

"도대체 뭐 하는 짓이에요?"

다운이 그를 째려보며 말하고 있었다.

"수면제만 먹여서 아름이는 괜찮아, 나중에는 뭘 먹일지 모르겠지만 말이야."

그의 입가가 비열한 웃음으로 물들었다.

"원하는 게 뭐예요? 언니와의 결혼이에요? 아니면 A-mart의 막대한 유산인 거예요?"

"글쎄, 그 둘 다 아니라고는 말 못하지."

말을 하면서도 마크의 손이 불안하게 떨리고 있었다.

"왜 그러는 거예요? 마크, 약이 필요한 거예요?"

"……."

"필요하다면 내가 도움이 될 수 있어요."

"무슨 도움?"

"당신은 손 떠는 거 이외에는 보통 사람과 다를 게 없어 보여요. 약물중독 초기 단계인 것 같은데 몇 주만 입원을 하면 정상인 상태로 돌아올 수 있어요."

다운의 말이 끝나기가 무섭게 그의 손이 심하게 떨리고 있었다. 좀 전까지도 괜찮았던 눈동자도 초점을 급격히 잃어가며 좌우로 심하게 움직이고 있었다. 그의 변화를 살피며 다운이 약간 더 그를 자극했다.

"요즘은 요양 시설도 좋고……."

"닥쳐."

그가 가벼운 경련 증상을 보이며 점점 흥분을 하고 있었다.

“네가 뭘 알아? 약을 달라고 하면 꽁꽁 묶어놓고 주사나 놓고 더 반항을 하면 때리기나 하고 좁은 방 안에 갇혀서 아무것도 못 하는 마음을 알기나 해?”

마크는 심한 약물중독이었던 게 분명했다. 지금은 약을 약한 걸 쓰는지 겉보기에는 멀쩡했지만 과거에 그의 증상은 상당히 심했던 것 같았다.

“형이 나를 앰뷸런스에 태워 보냈어. 웃으면서 말이야. 내가 죽기를 바란 것 같아.”

“마크!”

다운이 심하게 몸을 떠는 마크를 의자에 앉혔다.

“진정해요. 당신 말이 다 맞아요.”

마크가 손을 벌벌 떨고 다리도 풀려서 경련을 하고 있었다. 다운은 마크의 넥타이를 풀고 단추도 풀었다. 그리고 그의 벨트도 풀어서 숨을 편하게 쉬도록 했다.

“마크, 심호흡을 해요. 빨리!”

다운이 소리를 지르자 그가 심호흡을 했다.

“됐어요. 조금 있으면 괜찮아질 거예요.”

이제는 다운의 다리도 풀리는 것 같았다.

10분쯤 시간이 흐르자 그의 호흡이 다시 정상으로 돌아오고 있었다.

"왜 날 도와주지?"

"난 의사예요."

"그렇군."

그가 자리에서 일어나 자신의 옷을 정돈했다.

"우리를 어떻게 할 거죠? 그리고 당신이 원하는 게 진짜로 뭐죠?"

"……."

"A-mart의 막대한 유산으로 평생 약이나 먹으면서 당신만의 천국에서 사는 건가요?"

"맞아, 나는 그냥 나대로 살게 내버려 두면 돼."

"돈만 주고요."

"빙고!"

"우리를 놔줘요. 당신의 계획에는 언니가 필요 없잖아요. 얼마든지 방법은 있어요."

"아니, 계획이 바뀌었어. 나는 아름이와 결혼해서 안정된 삶을 보여준 다음에 나의 상속분을 받으면 돼."

"아뇨, 제임스가 아름이 밤무대 가수라는 걸 알아요."

그녀의 말에 마크가 다시 의자에 주저앉았다.

"그럼, 어떡하지? 아름이가 필요 없어진 거야? 아니지, 부모님은 아직 모르잖아. 그렇다면 내 유산의 지분을 제임스에게 조금 주고 입을 다물게 하면 돼."

"과연 제임스가 그렇게 할까요?"

"그럼, 나한테 어쩌라고? 자꾸 나를 자극해서 좋을 건 없을 텐데?"

"제가 도울게요. 제임스를 설득해 볼게요."

"무슨 수로?"

"그건 저에게 맡기고 이 일이 성공을 한다면 언니를 놔주세요."

마크의 시선이 다운에게 향했다. 똑똑하니까 의사까지 할 것이다. 한번 믿어보는 것도 그렇게 나쁘지는 않았다.

"제임스가 말을 끝까지 듣지 않는다면 어머니를 통해서라도 해결해 볼 테니까 걱정하지 말아요."

그가 떨리는 손으로 알약을 입으로 털어 넣었다. 다운은 그 모습을 보며 냉장고에서 생수통을 꺼내 그에게 건네주었다.

"마셔요."

그가 물을 단번에 비웠다.

"이제 제발 나를 믿고 이 방에서 나가요. 언니가 일어나면 우리도 택시를 타고 갈 테니까요."

"허튼 생각을 하면 곤란해."

"알았어요."

그가 계속해서 뒤를 돌아보며 방을 나갔다. 그가 갔는지 다운은 문을 열어보고는 그가 앉아 있던 의자에 앉았다. 그리고 누워 있는 아름을 향해 말했다.

"언니, 이제 일어나도 돼."

아름은 아까 그녀가 들어와서 아름을 살필 때부터 깨어 있는 상태였다.

"언니."

다운의 말에 아름의 눈에서 눈물이 흘러내렸다. 다운이 아름을 안쓰러운 눈으로 바라보았다.

"어쩜 그렇게도 남자 복이 없어."

"……."

대답은 없었지만 아름의 두 손이 떨리고 있었다. 충격이 큰 모양이었다. 이러다가는 언니가 더 마음을 다칠 것 같았다.

"언니."

다운이 떨고 있는 아름을 안아주었다. 상처받은 작은 아기 새같이 언니는 온몸을 떨며 흐느껴 울었다.

크게 울면 좋을 것을 어릴 때부터 아름은 이렇게 소리 죽여 우는 버릇이 있었다. 모든 걸 참는 듯한 울음에 다운의 억장이 무너져 내렸다.

"크게 울어, 차라리 크게 울라고!"

다운이 소리쳤다. 속이 상했다. 왜 자꾸 언니에게만 이런 일들이 생기는지 다운은 운명의 장난에 화가 날 뿐이었다. 정신을 먼저 차린 다운이 아름에게 앞으로 계획을 차근차근 말해주었다.

"마크는 약물중독자라서 자극을 하면 위험해. 일단은 그가 원하는 대로 해주는 척이라도 해야 해."

"……."

마크라는 말이 나오자 언니는 더욱 몸을 격하게 떨었다.

"내 말 들어?"

"응."

언니의 목소리가 촉촉하게 젖어 있었다. 아름 언니를 생각하니 가슴이 무너져 내리는 다운이었다.

"괜찮아, 더 좋은 사람이 있을 거야. 마크는 잊어."

"마크 때문에 우는 거 아니야."

뜻밖의 말에 다운은 놀란 눈으로 언니를 보았다.

"그럼?"

"네가 나 때문에 위험해질까 봐 걱정이지."

언니의 말에 다운도 마음이 아팠다. 이럴 때 쌍둥이 동생을 생각하는 언니의 말이 왜 이렇게 가슴을 후벼 파는지 알 수가 없었다.

"걱정하지 마, 나 똑똑한 거 알지? 잘 해결할게."

언니를 다시 품에 안아 다독이며 다운이 말했다.

"미안해. 흑흑흑."

언니는 그렇게 한참을 울고 나서야 정신을 차렸다.

"어떻게 하려고?"

"나도 생각해 봐야지."

"내가 아는 마크는 자신을 위해서라면 뭐든 할 사람이야. 내가 사랑했던 사람이지만 생각해 보면 아주 무서운 사람이야. 우리 둘을 바꿀 생각을 한 거 봐봐."

"내가 걱정인 건 언니야."

"어?"

아름이 다운을 의아한 표정으로 쳐다보았다.

"언니는 다 좋은데 사람을 너무 믿어서. 그리고 마크를 진심으로 사랑했는데 이번 일로 마음을 다칠까 봐서."

"걱정하지 말고 네가 하고 싶은 대로 해."

"괜찮겠어?"

"정신이 들고 둘이 하는 얘기를 듣고는 마크에 대한 환상이 깨져 버렸어. 나는 자상하고 착한 남자라고 생각했고 약도 금방 끊을 수 있을 거라고 생각했어."

아름의 눈가가 다시 촉촉해졌다.

"언니."

"내가 사람 보는 눈이 없는 거 너도 알잖아. 그래도 나 금방 잊는 장점도 있어."

"알았어."

다운이 아름을 안아주었다. 세상에 둘뿐인 자매였다. 다운은 무슨 일이 있어도 아름을 지키리라고 마음먹었다.

"그냥 경찰에 신고하면 안 될까?"

아름이 갑자기 생각이 난 듯이 말했다.

"증거가 없잖아. 언니를 때린 것도 아니고 언니가 제 발로 모텔에 들어왔을 거고."

"그렇네."

"일단은 여기서 나가서 천천히 생각을 해보자."

마크가 서두르지 않았으면 좋겠는데, 라는 생각이 들었다. 택시로 돌아오는 내내 다운은 말없이 마크를 떨쳐 버릴 방법을 생각하고 있었다.

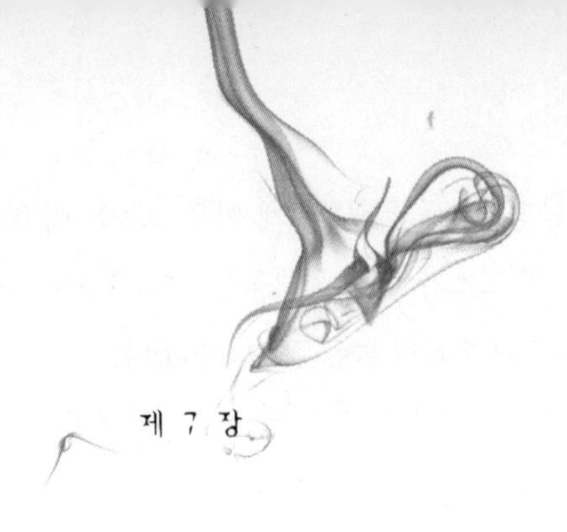

제 7 장

물랑루즈의 밤은 화려함과 쓸쓸함이 공존하는 곳이었다. 쇼가 시작되는 시간이면 예쁜 쇼걸들의 캉캉춤이 펼쳐지며 마치 파리의 어느 술집 같은 느낌을 주는데 그 시간이 지나고 깊은 시간이 찾아오면 남자들만의 짙은 슬픔이 바 안을 적시고 있었다.

짙은 색소폰 소리와 함께 제임스와 니콜라스, 그리고 벤과 필립이 바에 들어섰다. 웨이터가 그들을 스캔한 후에 가장 좋은 자리로 앉히고는 최고급의 양주를 그들에게 권했다. 제임스가 오랜만에 회사의 부하 직원이자 사촌 동생들을 데리고 회식을 했다.

흔하게 있는 일은 아니지만 그들의 보스의 통이 얼마나 큰지 아는 그들이었다. 그래서 오늘은 작정을 하고 먹고 마셨다. 서울의 큰 한정식집에서 배부르게 먹은 그들은 숙소로 향할 줄 알았는데 그들의 보스가 술집에 그들을 데리고 와서 최고급의 위스키까지 시켜주니 솔직히 놀란 건 사실이었다.

『회장님, 오늘이 무슨 날인데 이렇게 위스키까지…….』

『편하게들 먹어. 이런 날도 있어야지.』

『넵.』

각자의 잔에 위스키를 따르고 건배를 하던 그들의 시선이 갑자기 한곳으로 고정이 되었다. 샹송을 멋들어지게 부르는 아주 고혹적인 여자 때문이었다. 검은 펄 드레스를 입고 웨이브진 머리를 어깨까지 풀어 내린 그녀는 새하얀 피부와 풍만한 가슴, 그리고 가는 허리로 또 한 번 남자들의 시선을 사로잡았다.

『저기…….』

벤이 손가락으로 여자를 가리켰다.

『그러니까…….』

이번에는 잘 놀라지 않는 필립까지 가세했다.

『어떻게 된 일이에요?』

니콜라스가 제임스에게 물었다.

『똑같지?』

『너무요.』

제임스가 위스키를 털어 넣었다.

『마크의 여자친구의 쌍둥이 자매야.』

『진짜 매력적인데요?』

니콜라스가 자기도 모르게 중얼거리고 있었다.

제임스는 연속해서 위스키를 털어 넣었다. 아침에 사라진 다운을 생각하면서 말이다. 무슨 여자가 아침이면 도망가기에 바빴다. 원래 그런 스타일인 건지 아니면 그를 유혹하기 위한 의도적인 행동인지 몰라도 그녀는 매번 그를 놀라게 만들었다. 솔직히 유혹하기 위한 것이라면 확실히 성공하기는 했다.

그녀와 그렇게 헤어진 지 이틀이 지났지만 그는 아직도 자신의 몸이 그녀를 애타게 그리워한다는 것을 알고 있었다. 그래서 오늘은 진짜 아름을 만나서 다운의 연락처를 알아갈 생각이었다.

술이 들어가니 더욱더 다운이 그리워지는 제임스였다. 제임스가 웨이터를 불렀다. 그리고는 손에 팁을 주며 아름을 테이블로 불러달라고 했다. 큰손님의 부탁에 웨이터는 팁을 받기는 했지만 그녀가 올지에 대해선 자신이 없는 모습이었다. 얼마의 시간이 흐르고 웨이터의 손에 거의 끌려오다시피 한 아름이 그들의 테이블에 앉았다. 아름은 그냥 손님인 줄 알고 차가운 표정으로 그들을 보았다. 사촌 동생들은 미모의 그녀가 오자 모두 자리에서 일어나 그녀를 맞았다.

"저는 테이블에 오지 않아요. 그럼 이만 실례할게요. 즐거운 시간 보내세요."

그녀가 일어나려고 하자 제임스가 한마디로 그녀를 앉혔다.

"내가 마크 형이오."

"네?"

아름의 얼굴에 순식간에 굳어졌다. 그래도 굉장히 아름다운 여자이기는 했다. 다운보다는 못하지만 말이다. 그의 말에 당황한 것도 잠시 그녀가 위스키 병을 들어 그에게 잔을 권했다.

"그럼 귀한 손님이네요. 우리 아름 언니도 아시고."

그녀가 그에게 위스키를 따르며 다운인 척했다. 그가 이 사실을 모르는 줄 아는 모양이었다. 잔을 받아 단숨에 들이켠 그였다.

"오늘은 부탁이 있어서 실례를 무릅쓰고 왔소."

"한국말을 잘하시네요. 전혀 못한다고 들었는데."

"다들 조금씩은 하지. 한국인 2세들인데 부모님께서 다 한국말만 하시거든."

"아!"

"마크를 만난 적은 있소?"

"네, 그럼요."

아름의 미모에 반한 사촌들은 그녀에게서 눈을 떼지 못하고 있었다.

"사실 오늘 부탁은 아름의 연락처를 알기 위해서요."

"왜요?"

"결혼에 관해 어머니께서 의논하실 게 있으시다고."

"아."

아름은 의심 없이 그에게 다운의 전화번호를 적어주었다.

“지금 휴가가 끝나서 바쁠 거예요. 우리나라 환자는 다 한국대 신경외과에만 가나 봐요. 저도 전화를 열 번쯤 하다가 열 받으면 포기하죠. 그럼 다음날에는 와요.”

“고맙소.”

“뭘요, 그럼 잘 놀다가 가세요.”

그녀가 몸을 일으켜 왔던 곳으로 사라졌다.

『회장님, 굉장한 미인이에요. 아름 씨도 예쁘지만 드레스에 화장 조명까지 더하니 진짜 고혹적인데요.』

니콜라스는 완전히 아름의 미모에 넘어간 것 같았다. 제임스는 잠깐 자리에서 나와서 아름이 준 전화번호로 다운에게 전화를 걸었다.

Rrrrrrr.

[여보세요.]

잠에 취한 다운이 그의 전화를 고맙게도 한번에 받았다.

『자나?』

[…….]

그의 목소리에 놀랐는지 그녀가 단번에 대답을 하지 못하고 있었다.

『아름에게 졸라서 겨우 번호를 받아냈지. 약간의 거짓말과 함께.』

[지금 어디예요?]

『물랑루즈. 지금 어디인가?』

[집이요.]

『병원 아닌가?』

[전문의는 수술이 없으면 퇴근이란 걸 하죠.]

그녀의 말에 졸음이 묻어났지만 그는 지금 당장 다운을 보고 싶었다.

『내가 지금 그리로 가지.』

[네? 지금 몇 신 줄 알아요? 난 내일 출근해야 해요.]

『잠깐이면 돼. 주소 이 번호로 보내.』

제임스의 입가에 미소가 번졌다. 그 어떤 여자도 그를 이렇게 떨리고 설레게 만들지 못했다. 그래서 이렇게 나이가 먹어도 그때그때의 짧은 만남만을 즐길 뿐 그는 여자를 찾아 이렇게 밤에 움직이는 스타일이 아니었다. 문자가 바로 오자 그는 물랑루즈에 사촌들을 남겨두고 계산만을 한 채 다운의 집으로 향했다.

다운의 집은 오래된 아파트였다. 나무들도 많고 놀이터도 있었지만 커다란 저택에 사는 그에게는 비좁은 장소였다. 다운의 아파트 동 앞에 차를 세운 그는 다운이 나오기를 기다렸다. 평소의 그녀의 모습도 궁금한 그는 다운이 어떤 모습으로 나올지 궁금했다.

다운은 역시 기대를 저버리지 않았다. 검은색의 털이 복슬복슬한 패딩에 달린 모자를 뒤집어쓰고 트레이닝 바지에 슬리퍼를 끌고 그에게 오고 있었다. 그가 차에서 내리자 그를 보고는 다운은 자신의 옷을 내려다봤다.

"이건 좀 반칙인데요?"

『뭐가?』

"누구는 리무진에 멋진 양복이고 누구는 슬리퍼에 트레이닝복이니까요."

『하하하, 그런가? 춥군. 타지.』

그녀가 몹시 추웠는지 그의 차에 냉큼 몸을 실었다. 앞의 운전석에 차단막이 쳐져서 그들의 공간은 지극히 독립적이었다.

"무슨 일 있어요?"

얼굴이 빨갛게 언 그녀가 눈을 동그랗게 뜨고 그를 보았다. 그가 고개를 저었다.

"그런데 왜 물랑루즈까지 가서……."

그의 손이 그녀의 차가운 두 볼을 잡고는 기습적으로 입술을 탐하는 그였다. 마치 굶주린 듯이 그녀의 입술을 빨아대는 그 때문에 그녀의 정신이 쏙 빠져나가 버린 듯 그의 입술의 움직임을 따라 하지 못하고 있었다. 그가 그녀의 얼굴을 놓자 정말로 다운은 넋이 빠진 모습이었다.

"이건 진짜로 반칙이에요. 놀랐잖아요."

『반칙은 당신이 했지. 이번에도 나를 혼자 두고 사라졌더군.』

"이제 사라지는 데 익숙할 때도 된 것 같은데 말이에요."

『반항하는 건가?』

“아니요, 이렇게 꾸미지 않은 모습은 보이기 싫어요.”

『난 당신의 이런 자연스러운 모습이 좋은데?』

그녀의 얼굴에서 갑자기 웃음기가 사라지더니 그의 얼굴을 잡고는 입을 맞추었다.

“보고 싶었어요.”

그녀의 한마디에 제임스의 모든 게 무장해제가 되어버렸다. 그리고 발정난 짐승처럼 그녀에게 달려들었다. 그녀의 입술을 빨아들이고 그녀의 패딩과 트레이닝복도 모두 벗겨 버린 그는 갑자기 운전기사에게 인터폰을 하더니 차를 출발시켰다.

“어디로 가게요?”

걱정이 되었는지 다운이 물었다.

『천국으로.』

그가 그녀의 입술을 깨물며 거칠게 들어오고 있었다. 자신의 이성을 이렇게 무너뜨릴 수 있는 여자가 있다는 게 그의 피를 끓어오르게 만들고 있었다. 그녀의 입술이 그녀의 혀가 주는 쾌감은 그의 인생에서 찾아볼 수 없었던 것이었다.

언제나 바삐 쫓기며 사는 그에게 이런 육체적인 만족은 없는 일이었다. 아니, 금기시된 일이었다. 깊이 빠져서 사업에 방해가 될 것 같은 그 어떤 것도 그는 하지 않았다.

A-mart를 위해 그는 젊음을 불태웠었다. 하지만 지금 그는 자

신의 품 안에서 신음하고 있는 여자라면 A-mart보다 더한 기쁨을 그에게 줄 것 같았다. 그녀의 손이 자연스럽게 그의 버클에 가 있었다. 풀 듯 말 듯 그의 애를 태우며 걸쳐 있는 그녀의 손을 치우고 그가 자신의 버클을 풀어버렸다.

『나 말고 과외 수업을 받나 보군.』

"저의 과외 샘이 있기는 하죠."

『뭐?』

그녀의 말에 그가 발끈했다. 한 번도 여자에게 다른 남자의 얘기를 들어본 적도 없지만 관심도 없었던 그였다. 그 순간의 욕정만 풀면 그뿐이었는데 지금 그는 이 여자의 말 하나에 자신의 기분이 좌우되고 있음을 느꼈다.

그의 몸이 굳어지자 그녀의 손이 그의 가슴을 쓸어내렸다.

"나의 과외 샘은 네모난 상자 안에 있어요. 그 안에서 나에게 신세계를 보여주죠. 그래서 당신에게도 써먹을 수 있고."

아무것도 걸치지 않은 다운이 그의 리무진의 긴 좌석에 누웠다. 그리고 손가락을 까딱이며 그에게 오라는 신호를 보냈다.

『여우가 다 됐군.』

그녀가 그를 향해 다리를 벌렸다.

"포르노 배우가 다 됐죠. 당신만을 위한."

그녀의 다리 사이를 본 순간 그는 또다시 이성을 잃었다. 다운은 확실히 그를 다룰 줄 아는 여자였다. 그가 바지만 내리고 그녀의 다리 사이에 자리를 잡았다. 그리고 자신이 보기에도 심하게 커진 자신의 남성을 그녀의 질에 넣었다.

"아앗~ 하앙."

그녀의 입에서는 연속해서 신음 소리가 흘러나왔고 그녀의 질에 자신의 남성이 들어가자 그의 입에서도 신음이 흘러나왔다.

퍽, 퍽, 퍽.

리무진 안에는 그들의 살 부딪치는 소리가 요란하게 들렸다.

"아~ 미치겠어요."

그의 리듬에 맞춰서 요사스럽게 허리를 흔들던 그녀가 말했다. 미칠 것 같은 건 그도 마찬가지였다. 그의 거친 허리 짓이 계속되는 동안 그녀도 그와 같이 움직였다. 만약 그가 그녀의 첫 상대가 아니었다면 그는 다운이 많은 남자들을 상대한 여자로 생각했을 것이다.

그녀의 놀라운 학습 능력은 비단 공부뿐만이 아니었다. 그의 질이 그의 남성을 계속해서 조이고 있었다. 그도 더 이상은 참을 수가 없었다.

『다운, 이제 더 이상 못 버틸 것 같아.』

그가 이렇게 말하고는 그녀의 몸 안에 처음으로 자신의 분신들을 쏟아부었다. 너무나 황홀하고 너무나 좋았다. 그는 평생 처음으로 여자의 몸 안에 사정을 했다. 이상하게 그녀에게는 체외 사정이 옳지 않은 것 같았다.

겨울인데도 둘의 몸은 땀으로 뒤덮여 있었다. 차 안에 준비가 되어 있는 물티슈로 그녀의 몸을 닦아준 그는 다운을 꼭 끌어안아 주었다.

"숨 막혀요."

그녀가 뭐라고 하든 그는 지금의 그녀를 놓을 수가 없었다. 이 감았던 눈을 뜨면 꼭 사라져 버릴 것 같았다.

『사라지지 마.』

"알았어요."

그가 그녀를 살며시 놓고는 입술에 다시금 키스를 했다. 그녀가 그를 보며 살며시 웃어주었다.

"나 옷 입고 싶어요."

그의 발밑에 옷들을 가리키며 그녀가 말했다.

『난 한 번 더 하고 싶어. 우리 호텔로 갈까?』

"아뇨, 내일 출근해야 해요. 내일은 수술 스케줄이 없으니까. 내일 봐요. 내가 끝나고 호텔로 갈게요."

『알았어.』

그는 그녀의 말에 세상을 다 얻은 기분이었다.

"나 옷 안 줄 거예요?"

『그대로가 좋은데?』

"뭐라고요?"

그녀가 눈을 흘겼다. 그 모습이 너무나 매혹적이어서 제임스는 한동안 다운에게서 눈을 떼지 못했다. 다운이 옷을 입을 동안 제임스는 운전사에게 인터폰을 해서 다운의 아파트로 다시 차를 돌렸다. 옷을 다시 입은 다운은 비너스에서 다시 에스키모가 되었다.

그가 말없이 다운을 안았다. 다운도 이렇다 할 말 없이 자신의 집에 도착할 때까지 조용히 있었다. 차가 멈추었다. 헤어지기가 싫었다. 제임스는 다운의 입에 살며시 입을 맞추었다.

"내일 봐요."

그녀가 이렇게 말하고는 차에서 내렸다. 다시 잡고 싶은 마음이 굴뚝같았지만 제임스는 간신히 그녀를 보냈다. 내일을 기대하며 말이다.

집으로 돌아온 다운은 한없이 울었다. 아직 공연을 하느라 돌아오지 않은 아름과 삼촌이 몹시도 보고 싶었다. 그와 헤어지고 돌아오는 내내 다운은 쓸쓸함을 느꼈다. 그리고 아름을 지켜야 하는 막막함도 함께 그녀를 괴롭혔다.

내일은 무슨 일이 있어도 제임스에게 마크의 얘기를 꺼내야 했다. 아름의 결혼을 막고 마크로부터 아름을 지켜야 하는 게 지금 다운의 일이지 제임스와 사랑놀음을 할 때가 아니었다.

오늘은 그의 갑작스러운 연락에 너무나 당황한 다운이었다. 내일 그를 찾아가기로 생각했기 때문이었다. 자꾸 그에게 향하는 마음이 그녀를 복잡하게 만들고 있었다.

"후, 정다운 정신 차려."

그녀는 옷을 벗고 샤워를 시작했다. 그와의 일을 씻어버리고 내일의 일을 생각하고 싶었기 때문이었다. 따뜻한 물줄기 아래에서 그녀는 한 가지를 느꼈다. 그녀는 제임스를 잊을 수 없다는 사실을 말이다.

샤워를 하고 나오자 시간이 3시를 가리켰다. 집으로 아름과 삼촌이 들어왔다.

"여태 안 자고 뭐 했어?"

"어, 책 좀 읽느라고."

아름이 가방을 거실에 아무렇게나 팽개쳐 두고는 다운의 손을 잡고 다운의 방으로 들어갔다.

"오늘 마크 형이 와서 네 전화번호를 묻더라고. 결혼에 관해서 물을 게 있다고."

"아까 전화가 와서 내일 만나기로 했어."

"어떻게 할 거야."

"마크에 관해서 내일 진지하게 얘기를 해보려고."

"오늘 마크가 어제 일이 미안하다고 공연 전에 찾아왔었어. 그런데 오늘은 마크의 눈빛에서 살기가 느껴져서 무서웠어."

아름의 얼굴에서 두려움이 느껴지자 다운이 아름을 안았다.

"언니, 너무 불안해하지 마. 언니는 내가 지켜."

"네가 생각해 주는 거 아니까 너무 무리하지는 마. 왠지 위험하다는 생각이 들어서 말이야."

"괜찮아."

"쉬어, 내일 출근하잖아."

"알았어."

아름이 방을 나가며 말했다.

"아침에 밥 먹고 가. 물랑루즈 주방장이 누룽지하고 반찬 몇 가지 챙겨줬어."

"응."

아름이 나가고 다운은 쉽게 잠을 이룰 수가 없었다. 어설프게 했다가는 마크를 요양원에 넣을 수도 감옥에 보낼 수도 없었다. 괜히 마크의 원망을 사서 보복이라도 당하면 그것도 안 되는 일이었다.

다운은 쉽게 잠을 이루지 못했다.

아침 일찍 출근한 다운은 오전에 교수님과 함께 외래 진료를 보고 거의 파김치가 되었다. 수술도 힘이 들기는 했지만 역시 사람을 상대하는 게 더 힘이 들었다.

거의 파김치가 되어 있는 그녀를 기쁘게 하는 건 인턴이나 레지던트 때와는 다르게 수술이 잡혀 있지 않은 날은 퇴근을 할 수 있기 때문이었다. 하지만 오늘은 이런저런 생각이 많아서 퇴근 시간이 되어서도 특별히 기쁜 마음은 없었다.

교수님이 가방을 정리하시다가 마시고 다운을 보시며 말씀을 하셨다.

"정 선생, 요즘 좋은 일 있어?"

갑작스런 교수님의 말에 다운은 영문을 몰라 교수님을 멍하게 쳐다봤다.

"네?"

평소에 농담을 안 하시기로 유명한 교수님이었다.

"안경을 벗으니까 사람이 달라 보여서. 아주 예뻐졌어."

"감사합니다."

"좋을 때야."

교수님은 이렇게 말씀을 하시고는 진료실에 빠져나가셨다. 기분이 나쁘지는 않았지만 너무 꾸미고 다닌다고 생각하실까 봐 걱정이 되기는 했다. 그래 봐야 바뀐 건 안경 하나지만 말이다.

"칭찬이에요. 뭘 그렇게 신경을 쓰고 그러세요."

친한 후배가 그녀의 표정을 보고 말했다.

"그렇겠지?"

"네, 진짜 안경 벗으니까 선배 용 됐어요."

"고맙다."

이렇게 말한 다운은 서둘러 가방을 정리하고는 병원을 나와 택시를 탔다.

"서울호텔이요."

택시 운전사 아저씨에게 목적지를 말한 다운은 창밖을 보았다. 익숙한 길이었고 거의 매일 다니는 길이었지만 오늘은 긴장을 해서 그런지 모든 게 낯설었다.

Rrrrrrrr.

갑작스러운 핸드폰 소리에 다운은 깜짝 놀라 수화기를 들었다. 액정 화면에는 마크라고 쓰여져 있었다. 겁이 나기는 했지만 그래도 다운은 전화를 받았다.

"여보세요?"

[무슨 전화를 이렇게 안 받아?]

화가 머리끝까지 난 듯 마크가 소리를 질렀다.

"휴가가 끝났어요. 병원이에요."

[병원에서는 전화도 못 받아?]

"오늘은 진료를 하루 종일 봐서요."

[어디야?]

"지금 서울호텔에 가는 길이에요."

[……]

그가 갑자기 말을 멈추었다. 아마도 형을 만나러 간다는 걸 안 모양이었다.

"제임스를 만나서 우선은 얘기를 해보려고요."

[무슨 얘기? 내가 협박하고 있다는 얘기?]

“그런 게 아닌 거 알잖아요?”

마크가 경계를 하고 있는 것 같았다.

[내가 지금 어디에 있는 줄 알아?]

“어딘데요?”

[물랑루즈 앞이야. 아름이 방금 들어가는 걸 봤지.]

그가 지금 또다시 그녀를 위협하고 있었다.

“알았어요. 언니에게 손끝 하나라도 댄다면 그때는 나도 가만히 있지 않아요.”

[그건 다운이 하기에 달렸지.]

“당신의 일이잖아요. 왜 우리가 해결을 해야 하죠?”

[혼자보다는 여러 명이 함께하는 게 낫지.]

“아니죠, 혼자서는 해결을 못하는 거죠.”

다운도 화가 머리끝까지 났다.

[닥쳐! 나도 더 이상은 못 들어주겠어. 나야 힘들게 살 바에는 죽는 게 나아. 나의 저승길에 아름이와 함께하면 그뿐이야.]

그의 섬뜩한 말에 다운은 수화기를 든 손에 힘이 빠졌다.

[기회는 많지 않아. 잘하는 게 좋을 거야. 난 지금도 살고 싶지는 않거든.]

사이코 같았다. 아무리 약물중독 환자라지만 이렇게까지 약에 미쳐서 사람이길 포기하지는 않을 것 같은데 정말로 이해가 되지 않았다.

[제임스를 만나고 나서 전화해.]

그리고는 마크가 전화를 끊었다. 불안한 마음이 더해진 다운의 눈에 서울호텔이 보이기 시작했다. 언제나 참 멋있다는 생각을 한 호텔인데 오늘은 서늘한 기운이 돌았다. 무서웠다.

호텔에 도착해서 그의 방문 앞에 서기까지 다운의 머리는 슈퍼컴퓨터보다도 더 빠르게 움직이고 있었다. 잘못하면 언니가 위험해질 수도 있었다. 하지만 지금은 사실대로 이 모든 걸 말하는 게 중요할 것 같다는 생각이 들었다.

제임스의 도움이 절실하게 필요한 순간이었다. 과연 그가 도와줄까? 정말로 머리가 복잡했다. 문 앞에서 그에게 전화를 걸었다. 그가 단번에 전화를 받았다.

"여보세요?"

[벌써 도착했나?]

"네, 문 앞이에요."

[뭐?]

찰칵!

문이 열리고 전화기를 든 그가 그녀의 앞에 서 있었다. 둘의 눈이 허공에서 마주치자 그가 그녀의 손을 잡고는 안으로 힘차게 끌어들였다.

쿵!

벽에 부딪히는 소리인지 그녀의 심장이 쿵 하고 떨어지는 소리인지 알 수가 없는 소리가 들리고 그가 그녀를 그와 벽 사이에 가두고 바라보고 있었다.

"제임스."

"쉬."

그의 눈동자가 점점 욕망으로 인해 짙어지고 있었다. 숨이 막히는 침묵이 흐르는 동안에도 제임스의 눈에는 그녀의 얼굴이 가득했다.

"제임……."

침묵을 깨려고 말을 한 것이 그의 욕망에 불을 붙이는 꼴이 되어버렸다. 그의 혀가 다급하게 그녀의 입술을 가르고 들어왔다. 이곳에 들어오기 전까지의 고민이 그녀의 머릿속에서 사라졌다. 아무것도 없는 백지장 상태가 되어버린 다운은 그의 키스에 매달렸다.

그의 목에 팔을 감고 그의 입술이 주는 달콤함에 정신을 잃어가고 있었다. 순간 그녀의 몸이 공중으로 들여 올려졌다. 다운은 그에게 안겨 이동하는 순간에도 그의 입술을 놓지 않았다. 이렇게 그녀를 불태울 수 있는 남자가 있을까?

그가 그녀를 침대 위에 내려놓았다. 푹신한 감촉이 그녀의 등 뒤에 닿았다. 그들의 입술은 떨어질 줄을 몰랐다.

제임스의 손이 그녀의 코트의 단추를 푸느라 정신이 없었다. 성급한 십대들의 키스도 아니고 그들의 키스는 어른들의 키스라고 하기에는 너무나 서로에게 열정적이었다.

그녀의 코트의 단추가 풀어지자 그는 그녀의 니트를 들어 올려 가슴을 입에 물었다. 욕망으로 인해 꼿꼿해진 그녀의 유두를 빨며 그는 정신없이 그녀의 가슴을 탐했다. 그가 힘 조절을 못해서 가슴이 찌릿하게 아팠지만 다운은 이 순간이 너무나 행복했다.

그의 손이 그녀의 스커트를 들추려고 하자 다운은 갑자기 여기의 온 이유가 생각이 났다. 이러고 있을 때가 아니었다.

"잠깐만요."

그녀가 그를 저지했다.

"할 말이 있어요."

『조금 있다가 하면 안 될까?』

그의 목소리가 갈라지며 욕망에 들떠 있는 소리를 내고 있었다. 미안했지만 지금은 어쩔 수가 없었다. 다운은 그를 살며시 밀어내고는 몸을 일으켰다.

"미안해요."

제임스도 아무런 말 없이 몸을 일으키더니 룸 안에 있는 미니바로 향했다. 술 생각이 나는 모양이었다.

그가 바에 있는 동안 그녀는 코트를 벗고 옷의 매무새를 정돈했다. 그리고 욕실 옆에 있는 파우더 룸에서 자신의 흐트러진 머리를 정돈했다.

그의 앞에서는 항상 깔끔하고 아름다운 모습이고 싶었다. 거울 속의 그녀는 단정하게 포니테일로 머리를 묶고 투명한 피부는 방금 전의 열기로 인해 보기 좋게 붉게 상기되어 있었다.

그녀가 파우더 룸에서 나오자 그가 그녀를 위해 와인을 한잔 따라주었다.

『무슨 일이지?』

"아까는 제가 너무 흥분해서. 키스하기 전에 먼저 말했어야 했는데 당신의 현란한 키스 때문에 머릿속이 너무 하얗게 변해서……."

그녀는 사실대로 말했다. 그의 키스는 정말로 그녀의 생각을 마비시킬 만큼 현란한 기교를 가지고 있었다.

『칭찬으로 받아들이지.』

제임스의 목소리는 차갑기 그지없었다. 그가 이 상태라면 그녀의 말이 먹힐 리가 없지만 지금은 언니의 안전이 제일 중요했다.

"마크 얘기예요."

『마크가 언니와 결혼을 안 하겠다고 하던가? 나에게 들켜서?』

제임스는 상황에서 아주 벗어난 얘기를 하고 있었다.

『걱정하지 말라고 해. 그 정도는 얼마든지 비밀로 해줄 테니까. 다만 어머니에게는 나중에라도 사실대로 말하는 편이 나을 거야.』

제임스의 생각에는 마크가 언니와 결혼을 너무나 하고 싶어하는 줄 아는 것 같았다.

『아름을 직접 만나보니 상당히 매력이 있는 사람이었어. 남자라면 한번 승부를 걸어볼 만한 여자라고 해야 하나? 어쨌든 그건 마크의 복이니까. 성격도 그리 나빠 보이지 않고.』

"언니는 착한 사람이에요."

『그런 것 같더군. 반대도 하지 않지만 굳이 지원사격을 해주고 싶은 마음은 없어.』

그가 와인을 한번에 마셔 버렸다.

"내 말은 안 듣고 싶나요? 오늘은 그것 때문에 온 게 아니에요."

『그럼, 마크에 대해 할 말이 뭐지?』

그는 건성으로 그녀의 말에 답했다.

"생각보다 마크의 약물중독이 심해요."

『…….』

"A-mart의 주식도 그래서 필요로 해요."

『A-mart의 재산이 얼마나 많은지 알고나 있나? 어마어마하지. 당신이 생각하는 부의 기준이 얼마일지는 모르겠지만 그것보다 1,000배는 더 많을 거야.』

"알아요. 당신들이 얼마나 부자인지."

그녀의 말이 삐뚤어지게 나가고 있었다.

『그런데 그깟 마약을 하자고 자신의 어마어마한 유산을 달라고 하나?』

그는 동생이 그런 의미에서 유산을 상속받으려 한다는 걸 생각도 안 해본 것 같았다.

"며칠 전에 당신과 자고 난 다음날 제가 사라졌었죠."

『그야 항상 그러지 않았나?』

동생의 얘기에 그가 기분이 많이 상한 것 같았다.

"그날 오전에 언니를 납치해서 데리고 있다는 전화를 받았어요."

『뭐? 자신의 애인을 납치했다고? 웃기는군.』

"그래서 그곳으로 가느라고 정신없이 여기서 빠져나갔던 거예요. 의정부의 모텔로 갔더니 언니가 침대에 누워 있었고 그는 손을 떨며 약물중독 증세를 보이고 있었어요."

『…….』

"어머니께서 그날 저를 보시고 마음에 들어 하시는 걸 보고는 힘을 얻은 것 같아요. 어머니가 조금만 도와주시면 자신이 평생 편하게 마약과 함께 천국을 맛보며 살 수 있을 거라고요."

그녀의 눈에 눈물이 차올랐다.

"저는 솔직히 그가 약에 취해 있든지 뭘 하든지 관심이 없어요. 하지만……."

『하지만?』

"언니를 인질로 잡고 있어서 저도 어떻게 할 수가 없어요."

『거짓말도 잘하는군. 당신의 언니는 어제도 바에서 노래를 했다고!』

그의 목소리 톤이 높아졌다.

"당신이 내 말을 안 믿어준다면 나는 언니를 데리고 경찰서로 갈 거예요. 당신의 동생을 고발하고 우리는 신변 요청을 해야겠죠."

그녀의 말에 그의 눈동자가 흔들렸다.

『나에게 뭘 원하지?』

"동생의 상황을 객관적으로 봐주길 바라요. 그냥 약물중독자로 얼마나 많은 사람에게 해를 입힐지."

『그다음은?』

"병원으로 보내서 치료를 받게 해야 해요. 감옥에 다녀와 봤자 고쳐지기보다는 마음의 상처만 깊어져서 다른 사람들에게 더 공격적인 성향이 되죠."

『내가 치료 시설에는 안 보낸 것 같나?』

"미국에 있을 때 보낸 것 알아요. 마크가 아주 이를 갈고 있더라고요."

제임스가 초조한지 소파 주위를 서성이며 걸었다.

"당신의 도움이 필요해요. 언니의 안전도 보장이 되어야 하고요. 그리고 마크의 상태가 아주 안 좋아요."

『내가 돕지 않겠다면?』

"당신은 동생을 잃게 될 거고. 사랑도 잃게 되겠죠."

『마크를 미국에서 한번 치료 시설에 보낸 적이 있지. 난잡한 마약 파티를 부모님 집에 있는 수영장에서 벌였지. 그 파티에서 한 스트립걸이 물에 빠져 익사를 했어. 모두가 약에 취해 그날의 일을 기억하지 못했고 경찰은 집 안의 CCTV를 모두 회수해 갔지. 하지만 이상하게 수영장을 비추는 CCTV는 모두가 사라졌지. 결국은 그 아가씨는 사고사로 끝이 났지만 아직도 사라진 CCTV가 사라진 부분이 석연치는 않아. 그냥 느낌에는 어머니의 힘이 들어가지 않았을까 생각은 하고 있지.』

"그래서 치료 시설의 치료는 잘되었나요?"

『너무나 화가 난 아버지와 나는 약물중독 치료로 유명한 병원에 마크를 그날로 보내 버렸지. 결국에는 두 달이 안 돼서 어머니가 빼내셨어.』

"어쩌죠? 오늘 당신을 설득하지 못하면 언니가 위험해요. 지금 내가 여기 온 줄 알고 언니를 지키고 있거든요."

『뭐라고?』

"내가 당신을 설득해서 유산을 받게 되고 미국으로 돌아가서 사는 게 그의 꿈이라고 했어요."

『일이 심각하군.』

제임스가 서성이기 시작했다.

『경찰은 안 돼. 한국의 상황에서 아직 개업도 하지 않은 A-mart의 후계자가 마약으로 말썽을 피운다면 아버지의 소원인 고국에서의 오픈은 힘이 들지도 몰라.』

"그럼 어쩌죠?"

『일단은 생각을 해봐야지.』

제임스가 그녀의 말에 심각성을 깨달은 것 같았다.

Rrrrrrrr.

"마크예요."

그사이 불안한 마음을 못 참고 마크가 전화를 했다. 다운은 얼른 스피커폰으로 돌리고 통화를 했다.

"여보세요?"

[어디야?]

"호텔이요."

[아직도 얘기해?]

"네, 당신이 돈도 못 벌고 있어서 불안해서 결혼을 못하겠다고 했어요."

[뭐? 미쳤어?]

"내 얘기 들어봐요. 그래서 유산을 상속해 준다면 당신과 미국으로 가서 산다고 했더니 제임스가 생각해 보겠다고 했어요."

[제임스가 생각해 보겠대?]

"언니는요?"

[물랑루즈에서 끝이 나고 다른 곳으로 이동했어.]

"당신은요?"

[따라가고 있지.]

"왜요?"

[왜요? 그걸 몰라서 물어? 네가 허튼짓할까 봐 그러지. 시키는 대로 잘해. 안 그러면 네 언니는 죽어.]

"사람이 그렇게 쉽게 사람을 죽일 수는 없어요."

매우 화가 난 다운이 소리치며 말했다.

"제발 죽인다는 소리 좀 그만해요."

[사람 죽이는 거 그거 별거 아니야. 알아?]

"설마, 당신 사람 죽여봤어요?"

[미국에 있을 때 수영장에서 스트립걸을 하나 보내줬지. 약을 도통 먹지를 않아서 말야. 마음에 들지 않았거든.]

제임스의 얼굴이 하얗게 질려 버렸다.

[어머니가 다 처리를 해주긴 했지만 말야. 하기야 나도 약에 취해서 제정신이 아니었거든. 하지만 그 느낌은 아직도 흥분이 돼. 사람 죽일 때의 느낌 말야.]

"당신은 미쳤어."

[그래, 나는 미쳤으니까 더 이상 건드리지 말고 시키는 일이나 잘해.]

다운이 전화를 끊고 나자 제임스가 소파에 힘없이 주저앉았다. 아마 그녀의 말에 설마설마했었을 텐데 이렇게 듣고 나니 충격이 심한 모양이었다.

“괜찮아요?”

『아니.』

“이제 언니하고 저는 어쩌죠?”

제임스가 생각을 하는지 눈을 감았다. 답답했는지 와이셔츠의 단추를 풀어버린 그는 한참을 그렇게 앉아 있었다.

그의 맨가슴과 운동으로 단련이 된 그의 근육들이 그녀의 시선을 사로잡아 그녀도 눈길을 다른 곳으로 돌렸다. 정신을 집중해서 해결책을 찾아야지 남자의 몸에 침을 흘리고 있을 때가 아니었다.

“무슨 방법이 없을까요?”

그가 드디어 눈을 떴다.

『일단은 마크를 안심시켜서 미국으로 보내야 할 것 같아.』

“과연 믿고 혼자서 움직일까요? 언니가 인질이 된다는 걸 알고 있는 이상 언니와 같이 움직이려 할 거예요.”

『일단은 언니도 함께 움직이는 걸로 하자고.』

“그럼 언니가 위험해요.”

그가 의자에서 일어나 그녀의 옆에 앉아 그녀의 어깨를 감쌌다.

『언니의 안전은 내가 책임져.』

“그다음은요?”

『일단은 한국에서보다 미국이 약물중독자들을 위한 시설이 좋고 또 어머니 때문에 병원에서 나온다고 해도 한국에 마크의 입국 금지 요청과 미국에서 출국 금지 요청을 동시에 해놓으면 안심할 수 있을 거야.』

"그게 그렇게 쉽게 될까요?"

『내가 힘을 써봐야지.』

"말대로만 된다면 좋겠지만 말이에요."

다운이 그의 어깨에 기댔다.

『너무 걱정 말아. 내가 있잖아.』

그의 말이 그 어느 때보다 다운에게는 힘이 되었다.

"그럼 나는 뭘 하면 되죠?"

『날 위로부터 해줘야지.』

"……."

그의 입술이 그녀의 입술을 덮었다. 정열적인 키스가 아닌 정말로 위로의 키스였다. 다운은 그의 셔츠 사이로 손을 넣어 그의 맨 가슴을 만졌다. 그의 요동치는 심장 소리가 그녀를 기쁘게 하고 있었다.

서로의 뜨거운 혀가 얽히며 잠시나마 근심으로부터 해방을 시켜주고 있었다.

"으음, 이래도 되는 건가요? 우리?"

『지금은 당신이 필요해.』

그가 그녀의 니트를 머리 위로 벗겨냈다. 지금은 다운도 그가 몹시 필요했다. 그의 격정적인 위로가 절실히 필요한 다운이었다.

다운이 갑자기 그의 셔츠를 급하게 벗겨 버리고 자신의 모든 옷을 순식간에 벗어버렸다.

"날 좀 안아줘요. 아무 생각도 나지 않게."

그녀가 그에게 달려들었다. 그도 그런 그녀를 기꺼이 받아들였다.

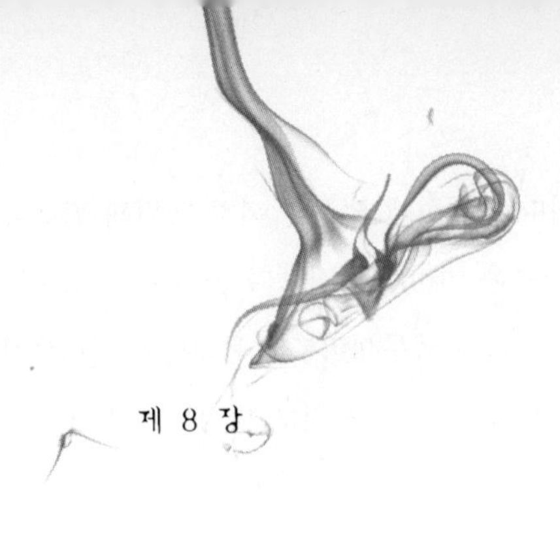

제 8 장

의대에 들어가면서부터 처음으로 그녀는 일요일이 휴일이라는 사실을 오늘 경험했다. 언제나 병원에서 악착같이 모든 일을 하며 경험을 쌓아온 그녀였다.

선배들의 땜빵은 기본이요, 교수님들의 논문에도 솔선수범을 해서 참여하고 뭐든지 공부에 관한 것이라면 피 터지게 노력을 했던 그녀에게 일요일은 별 의미가 없었다.

그리고 오늘은 휴일이 아니라 거의 공포에 가까웠다. 지난밤에는 오늘이 오지 않기를 기도까지 한 다운이었다. 그제 밤에 제임스에게 어떻게 할지 계획을 들은 다운은 오늘 마크를 만나기로 했다.

이따가 점심때 의심을 피하기 위해 집으로 마크를 초대하기로 한 다운은 머리가 복잡했다. 아무것도 모르는 삼촌은 조카사위가 온다고 하니 꼭두새벽부터 목욕탕에 다녀오시고 지금은 주방에서 요란한 소리가 나는 걸로 봐서는 음식 준비가 한창이신 것 같았다.

"다운아!"

아름 언니가 방으로 들어왔다. 어제 대충 얘기는 해주었는데 언니도 마음이 복잡한 것 같았다. 게다가 다니던 업소에는 당분간 나오지 못할 수도 있다고 말을 해야 하니 그것도 복잡했다.

"내가 잘할 수 있을까?"

언니의 목소리가 가늘게 떨리고 있었다.

"그럼."

"마크와 아무렇지 않은 척하고 만나는 게 싫다."

"알아."

"마크의 눈도 마주치지 못하겠어. 게다가 요즘은 손을 더 떨고 많이 불안해해."

마크의 상태가 점점 안 좋아지는 것 같았다. 서둘러야 했다.

"일단은 언니가 마크를 안심시켜. 알았지? 꼭 참아야 해."

"알았어. 그런데 삼촌에게는 말하면 안 돼?"

"삼촌은 포커페이스가 안 되는 분이니까 모르는 게 나아."

"그래도 속이는 것 같아서."

"언니, 지금은 언니의 안전이 제일 우선이야. 알겠지?"

"응."

다운은 손님 맞을 준비를 했다. 형부를 이렇게 맞고 싶지는 않았다. 언니의 행복을 언제나 바라는 다운이었다.

상이 다 차려지고 점심시간이 되었다.

딩동!

문이 열리고 드디어 마크가 집으로 들어왔다. 손에는 언니를 위해 준비한 꽃다발이 들려 있었다.

"마크!"

언니가 저렇게 연기를 잘하는 줄 다운은 상상도 하지 못했다. 거의 버선발로 마중을 나가는 언니를 보며 다운은 가수를 시키지 말고 연기자를 시켰어야 했다고 속으로 생각했다.

"안녕하십니까?"

마크가 삼촌을 보자 정중히 인사를 했다. 다운도 마크를 보며 어색한 표정으로 겨우 인사를 건넸다.

"어서 들어오게."

삼촌이 음식 솜씨를 발휘해서 모처럼 상다리가 부러지게 차리셨다. 식구들이 둘러앉자 식탁이 더욱 풍성하게 보였다. 이게 진짜 형부가 오는 날이라면 얼마나 좋을까라는 생각이 든 다운이었다.

하지만 지금 이 순간 제일 미안한 건 삼촌이었다. 삼촌은 정말로 마크를 조카사위로 알고 극진하게 대접을 하고 있는 중이었다. 돌아가신 부모님을 대신하는 마음으로 마크에게 정성스런 음식을 대접하고 있는 삼촌에게 너무나 미안했다.

"마크라고 했나?"

"네."

"그래도 자네가 한국말을 해서 다행이네. 난 영어를 전혀 못하거든."

마크에게 술을 따라주시며 조용한 분위기를 삼촌이 조금은 띄워보려고 노력 중이셨다. 언니도 별말이 없었고 다운도 특별히 할 말이 없었다.

"아니, 왜 이렇게들 조용해. 귀한 우리 이 서방을 앞에 두고."

"마크, 이거 먹어요. 삼촌이 잡채 하나는 정말 끝내주게 만들어요."

언니도 아무것도 모르는 척 천연덕스러운 연기를 했다.

마크도 별 탈 없이 사람들과 어울리고 있었다. 하지만 숨길 수 없는 건 그의 손 떨림이었다. 삼촌도 술을 따르시다가 수전증이 있냐며 농담을 던지셨지만 마크는 전혀 웃지 않았다. 다운이 중간에서 화제를 돌리는 바람에 그의 손 떨림은 더 이상 문제가 되지 않았다.

하지만 복병은 따로 있었다. 그가 알코올에도 약하다는 걸 이번에 알게 된 다운이었다. 눈이 점점 풀리기 시작하는 마크였다. 소주 한 병이 그의 치사량일 줄은 아무도 몰랐다. 갑자기 꼬꾸라진 그를 보며 다운은 의사로서의 처치를 해주었다. 이 발작은 소주와 함께 마약을 타 마신 것 같았다.

삼촌에게는 술을 못 마셔서 그런다고 말을 하고는 다운은 다른 방에 들어가 제임스에게 전화를 걸었다.

"제임스, 마크가 집에서도 약을 먹고 지금 쓰러졌어요."

제임스에게 대강의 상황을 얘기한 다운은 일정을 좀 더 앞당겼으면 좋겠다고 말했다. 어른들이 내일이면 미국으로 들어가시니까 일주일 후로 날을 잡자고 했다.

앞으로 넉넉잡고 열흘 정도면 그가 미국으로 들어간다. 무조건 이번에 그를 보내 버리고 치료 시설에 보낼 수만 있다면 다운은 영혼이라도 팔고 싶은 심정이었다.

아름이 걱정이 되었는지 다운이 있는 방으로 들어왔다.

"괜찮을까? 경찰에 차라리 신고를 하는 게 나을 것 같은데?"

"A-mart 한국지사 오픈에 타격이 될 수 있다고 차라리 미국에서 처리를 하겠다고 하는데 우리가 조금만 참자. 서로가 좋아야 하니까."

"형이 그렇게 말해?"

"응, 마크의 어머니가 마크를 보통 감싸고도는 게 아닌가 봐."

"왜?"

"웬만한 사건에서 아들을 못 빼낸 적이 없대. 변호사도 최고로

만 쓰는 것 같아."

"돈이 많으니까."

아름이 풀이 죽어서 말했다.

"어쨌든 제임스가 우리 편이니까 알아서 잘해줄 거야."

"그 사람 믿어?"

"응, 안 그러면 진짜 우리는 방법이 없어."

저녁이 되어서야 마크가 눈을 떴다. 미안하다고 사과를 하는 그의 얼굴을 한 대 치고 싶었다. 어쩌다가 저런 인간에게 걸려서 이렇게 불안해해야 하는지 다운은 생각을 할수록 화가 났다.

마크를 돌려보내고 다운은 제임스에게 전화를 걸었다. 너무나 힘든 하루를 보낸 그녀였다. 전화를 하자마자 제임스가 '내가 그쪽으로 가지.' 라고 말했다. 다운이 뭐라고 말할 새도 없이 출발을 해버린 제임스였다.

지난번의 트레이닝복 차림은 아니지만 다운은 편안한 복장으로 그의 차에 올랐다.

"당신은 리무진만 타요?"

『국제 면허를 따지 않았으니 운전을 할 수가 없지. 다른 나라에서는 지리를 모르니 그냥 그곳에서 운전하시는 분들의 도움을 받는 게 더 편하고.』

"그렇군요."

『불편한가?』

"전 이런 생활에 익숙하지가 않으니까요."

제임스가 다운의 얼굴을 쓸어내렸다. 제임스의 눈 안에 다운이 가득했다. 서로에게 끌리고는 있고 선도 넘었지만 다운은 제임스에게 더 다가갈 수가 없었다.

『뭐가 그렇게 생각이 많지?』

우리요, 라고 말하고 싶었지만 차마 입이 떨어지지가 않았다.

『오늘 많이 힘들었나 보군.』

다운이 말없이 그의 어깨에 얼굴을 기댔다. 따뜻하고 듬직했다. 지금 이 순간은 마크도 언니도 잊고 오로지 제임스만을 생각하고 싶었다. 마크를 미국으로 보내고 나면 다운도 제임스와는 이별인 것이다.

부모님께 아름인 척한 그녀를 받아주실 리가 없었다. 그리고 그녀도 평생 죄스러운 마음으로 그들을 보고 싶지는 않았다.

그냥 지금의 이 좋은 감정도 추억이 될 날이 있겠지, 라는 생각이 들었다. 그가 없어도 그녀의 삶은 정신없이 바쁠 것 같았다.

『오늘따라 조용하군.』

"조용한 여자가 매력 있지 않아요?"

『아니, 나는 다운처럼 열정적인 여자를 좋아하지.』

"그래요?"

그녀가 제임스의 얼굴을 만지며 조용히 속삭였다.

"키스해 줄래요?"

제임스는 기꺼이 그녀의 입술을 탐했다. 다운에게는 제임스와 함께 있는 1분 1초가 소중했다. 모조리 기억하고 간직하고 싶었다. 다운의 눈에서 눈물이 흘러내렸다. 다운은 제임스를 사랑하는 자신을 지금 자각하고 말았다.

오늘도 리무진은 둘만의 뜨거운 열기로 가득했다.

서울 시내가 한눈에 내려다보이는 오피스텔은 모든 게 다 갖춰져 있었다. 올 화이트 톤의 붙박이식 가구와 소파에 침대까지 정말로 없는 게 없이 다 갖춰진 곳이었다. 마크는 집을 살 돈으로 이곳에 월세를 얻고 그 나머지 돈으로 약을 사버려서 가지고 있는 돈을 거의 다 탕진을 한 상태였다.

물론 그 후에 자동차다 생활비다 해서 형에게 돈을 받고는 있지만 그가 부자인 줄 알고 달려드는 약장사들은 이제 그에게 다른 사람의 몇 배나 되는 돈을 요구하기 시작했다.

아름의 프러포즈 반지는 정말로 자신이 생각해도 창피하기는 했지만 다이아 가격이 웬만한 차 한 대라고 생각해 주는 형 덕분에 이번에는 잘 쓸 수가 있었다. 나중에 아름이 다이아가 아닌 큐빅이라는 걸 알게 되었을 때는 좀 미안한 일이지만 말이다.

하자만 그 돈도 이제는 그에게 부르는 게 값인 약을 사기 위해 그 돈도 얼마 남지 않았다. 빨리 미국으로 가야 조금 더 다양한 약을 조금 더 저렴하게 살 수가 있을 텐데…….

또 돈 걱정이 들자 마크는 서랍 안의 코카인 가루를 코로 흡입했다. 얼마 가지고 있지 않은 마법의 가루였다. 그를 아무런 걱정 없이 만드는 마법의 가루도 이제는 다 떨어져 가고 있었다.

약 기운이 퍼지자 침대에 누워 길게 숨을 들이쉰 그였다. 미국의 집에 수영장에 누워 썬 텐이나 즐기고 싶은 마크였다. 약 기운이 온몸에 퍼지며 기분이 나른해지고 있었다. 지금 그의 옆에 여자가 있으면 더없이 좋겠지만 지금은 참아야 하는 그였다.

"후~"

미국에서는 '아이스(필로폰)'를 하고 여자 스트립걸과 수영장 물속에서 성관계를 나누다가 여자를 목 졸라 죽인 적이 있었다. 지금 생각해 보면 그의 인생 중에서 가장 짜릿했던 경험이었다.

마크는 지금 그날의 수영장에 와 있었다. 코카인의 환각은 필로폰보다 덜했다. 한국에서는 뿅 간다는 의미로 히로뽕이라고 불리는데 그 느낌은 그를 활활 타오르게 했고 그를 영웅으로 만들었다.

눈앞에 스트립걸들이 춤을 추고 있었다. 마음에 드는 여자를 아무나 잡아 밤새도록 섹스를 하면 되었다. 하지만 여자는 그가 주는 주사를 맞지 않았다. 서로 좋자고 하는 건데 말이다.

『맞으라고, 이년아!』

그날처럼 마크는 침대를 허우적거리며 연신 죽은 여자의 환상에 소리를 질러대고 있었다. 침대를 발로 차는 그의 몸부림은 약이 빠르게 퍼져 나갈수록 움직임이 줄어들었다.

"히히."

웃음이 나왔다. 기분이 하늘을 날 듯이 좋아지고 있었다. 돈 걱정도 없었다. 잠도 오지 않았고 그냥 이렇게 구름 위를 날아다니는 기분이 그를 행복하게 하고 있었다.

얼마나 그렇게 있었을까? 갑자기 속이 뒤집어지고 있었다. 머리가 깨질 듯이 아팠다. 약에서 깨어날 때의 이 느낌은 너무나 더러웠다. 그래서 약을 끊을 수가 없는 마크였다.

떨리는 손을 잡으며 마법의 가루가 있는 곳으로 갔다가 그는 알약을 먹었다. 이렇게 며칠을 밥도 먹지 않고 잠도 자지 않은 채 집안에만 있었더니 살이 엄청나게 빠지고 있었다.

"씨발."

물을 마셔도 토할 것 같은 몸 상태인 그는 미국으로 갈 때까지만 잠시 약을 하지 않기로 마음을 먹었다. 며칠만 참으면 평생을 즐기면서 살아갈 수 있었다.

다운은 모든 게 잘돼가고 있다고 했지만 미국으로 들어갈 때까지는 안심을 할 수가 없었다. 어머니는 이미 미국으로 출발을 하셨고 그들의 결혼을 서둘러 준비를 하신다고 말씀하셨다.

"일주일?"

미국으로 들어가려면 일주일이 남았다. 다운은 혼자서 먼저 들어가라고 하지만 절대로 그럴 수는 없었다. 아름이 오지 않는다면 모든 게 소용이 없기 때문이다. 그 정도로 머리가 나쁘지는 않았다.

그때였다. 그의 옆에 물을 뚝뚝 흘리며 서 있는 여자가 있었다.

『뭐야? 너, 너, 너는…….』

멕시코계의 죽은 스트립걸이었다. 한번도 그의 옆에 나오지 않았는데 오늘 처음 그의 눈에 보이는 여자는 그를 매우 무서운 눈으로 째려보고 있었다.

『왜 왔어? 넌 죽었잖아?』

여자가 아무 소리 없이 무서운 얼굴로 그에게 서서히 다가왔다.

『뭘 하려는 거지? 오지 마.』

수영복을 입은 스트립걸의 얼굴이 점점 일그러지더니 괴물의 얼굴로 변해가고 있었다.

『오지 마!』

마크는 손에 잡히는 대로 여자에게 던지기 시작했다. 여자가 가까이 오는 게 무서웠다. 이렇게 무서운 얼굴은 태어나서 한 번도 본 적이 없는 마크였다.

『아아악~』

그의 비명 소리에도 여자는 그를 향해 달려들었다. 여자를 피해 도망을 다니던 마크는 여자를 피하다 소파에 걸려 넘어졌다. 얼굴에 뭔가가 흐르는 느낌이 났다. 피였다.

『오지 마!』

마크가 여자에게 애원을 해봤지만 여자는 자꾸만 그에게 다가 왔다. 마치 그를 서서히 죽이려는 듯이 말이다.

아침부터 병원이 발칵 뒤집어지고 있었다. 중환자들의 고통을 덜어주기 위해 준비해 둔 몰핀의 개수가 비어 있었다. 조제실에 들른 사람들이 모두가 호출이 되었고 CCTV까지 판독해 가면서 더 정신이 없었다.

"뭔 일이데. 한 번도 이런 적이 없었는데……."

점심시간의 모두의 반찬거리는 사라진 몰핀이었다.

"소문에는 이번에 그만둔 조제실의 김 약사라고 하는데 조제실에 김 약사가 어디 한둘이야?"

병원의 규모가 워낙 크기 때문에 마약류의 약은 보관하는 곳이 따로 있었다. 그곳에서 도난당한다는 건 거의 내부자들이 아니면 상상을 할 수 없는 일이었다.

"밥이나 먹어."

다운은 동료 의사인 정은에게 이렇게 말했다. 정은은 바쁜 병원 생활을 하면서도 남의 일에 유독 관심이 많은 사람이었다.

"그래도 미스터리하잖아. 그냥 의사인 우리도 함부로 만질 수 있는 게 아닌데 말이야? 거기다가 왜 이 시점에서 그곳에 들어가기 편한 약사가 그만둔 것일까?"

"소설 써?"

다른 동료도 정은의 계속되는 수다가 듣기 싫은 모양이었다.

"그냥 남의 일에 신경 꺼."

다운이 한마디를 더 하자 괜히 지기 싫어하는 정은이 말을 이어 갔다.

"조제실의 김 약사의 애인이 예전에 대상포진에 걸려서 몰핀을 주사 맞은 적이 있대, 대기업에 다니고 굉장히 멋있는 사람이라서 다들 기억한다고 하더라고. 그런데 그 사람이 몰핀에 맛을 들여서 대상포진도 아닌데 이 병원, 저 병원 돌아다니면서 그 약을 구했다나 봐."

방금 전과는 다르게 모두가 정은의 이야기에 귀를 기울였다.

"원래 대상포진이 고통이 심하잖아. 그러다가 자신의 여자친구인 김 약사에게 마구 졸랐다나 봐. 병원까지 찾아와서 김 약사에게 행패를 부리는 걸 본 사람이 있대."

다운은 갑자기 입맛이 뚝 떨어졌다. 이때 마크가 생각나는 건 어쩌면 당연한 일일지도 몰랐다. 지금 그녀도 김 약사처럼 마크에게 시달리고 있었다. 물론 그녀에게 몰핀을 가지고 오라고는 안 하지만 정말로 비슷한 상황에 다운의 맥이 풀려가고 있었다.

Rrrrrrrr.

양반은 되기가 어려운 인간인 것 같았다. 액정 화면에 마크가 찍혔다. 다운은 조심스럽게 전화를 받았다.

"여보세요?"

[살려줘.]

"여보세요?"

[살려줘.]

마크의 목소리가 거의 죽어가고 있었다.

"마크! 어디예요?"

[집, 살려…….]

전화가 끊기고 다운의 얼굴이 하얗게 되자 모두가 놀란 얼굴로 그녀를 보았다.

"나 잠깐만 어디 좀 다녀와야겠어."

"어? 무슨 일이야?"

"교수님께는 집안에 급한 일이 생겨서 간다고 좀 말해줘. 다시 돌아올 수 있으면 올게."

"알았어."

정은이 옆에 있어서 다행이었다. 입이 싸기는 해도 뭔가를 교수님께 둘러댈 때는 정은이 최고였다.

다운은 의사 가운만을 입고 마크의 집으로 향했다. 택시를 타기는 했는데 주소를 모르는 그녀였다. 자는 아름을 깨워 주소를 물어본 다운은 택시기사에게 서둘러 가달라고 얘기를 했다.

종로에 있는 한국대 병원에서 강남인 마크의 집까지는 거리보다는 차가 너무 막히는 구간이었다. 택시 안에서도 발을 구르는 그녀 때문에 아저씨가 비상등을 켜고 움직이기 시작하셨다. 그건 다 그녀의 의사 가운 덕분이었다.

혹시나 하는 마음에 다운은 제임스를 불렀다. 그의 도움이 필요한 상황이었다.

집의 비밀번호를 아는 언니 덕분에 그녀는 쉽게 집 안으로 들어갈 수 있었다. 문을 열자마자 다운은 자신의 눈을 믿을 수가 없었다. 온통 어질러진 집 안은 전쟁터에서 폭격을 맞은 것보다 더한 모습이었다.

깨진 유리가 바닥에 많아서 다운은 신발로 유리들을 밀어내며 마크를 찾고 있었다.

"마크?"

얼마 지나지 않아 소파 뒤편에 쓰러져 있는 마크를 발견한 다운이었다.

"마크? 정신 차려요."

머리가 심하게 찢겨져 있어서 봉합이 필요한 상황이었다. 그녀의 손에 마크의 피가 묻었다.

"마크!"

"살려줘."

"알았으니까 정신 좀 차려봐요. 머리가 찢어지고 영양이 부족해서 그렇지 심하지는 않아요."

의식은 있는 것 같았고 얼마나 굶었는지 며칠 사이 많이 말라 보였다. 아마도 약만 먹은 채 아무것도 먹지 않고 버틴 모양이었다.

"여자가 자꾸 쫓아와."

"누가요?"

"뒤에…… 수영복을 입은 괴물이……."

아직도 환각 상태인 듯했다.

"저리 가!"

마크는 그동안 얼마나 소리를 질렀는지 목소리조차 나오지 않고 있었다. 다운은 우선 정신을 차리고 제임스에게 전화를 걸어서 상태를 얘기하고는 봉합할 수 있는 도구와 수액 그리고 영양제 등을 사오라고 말을 했다.

지금으로서는 그녀가 할 수 있는 게 아무것도 없었다. 일단은 몸이 더 이상 다치지 않게 주변의 유리들을 치우기 시작한 다운이었다.

"다운!"

제임스가 니콜라스와 함께 도착을 했다. 니콜라스가 잘 챙긴 덕분에 다운은 무사히 마크의 얼굴을 봉합할 수가 있었다. 그의 하얀 침대가 피로 물들기는 했지만 지금 마크는 수액과 영양제를 동시에 맞으며 잠을 자고 있었다.

그동안 니콜라스는 마크의 집을 치우고 있었다. 그녀의 수술이 끝나갈 때쯤 니콜라스도 거의 집을 정리했다. 얼마나 소란을 피웠는지 경비실에서 올라오고 난리였던 것 같았다. 다행히 오랜 시간 소란을 피우지는 않은 모양이었다. 경찰까지 오지 않은 걸 보면 말이다.

『형수님, 어떻게 된 일입니까?』

『저도 잘 몰라요, 살려달라는 전화를 받고 와보니 이런 상황이었어요.』

『많이 놀라셨죠?』

하지만 지금의 표정은 니콜라스가 더 놀란 것 같았다. 차갑기 그지없는 제임스 형이 다운을 아주 다정하게 안고는 위로를 해주고 있으니 놀랄 만도 했다. 다운이 니콜라스의 표정을 읽고 제임스에게서 떨어졌다.

『고마워요. 제임스, 니콜라스.』

『뭘요, 저희가 더 감사하죠. 형수님 아니었으면 마크 형 큰일 날 뻔했어요. 역시 의사 여자친구가 좋네요.』

다운은 말없이 미소만 지었다.

『병원에 돌아가 봐야 해요. 그냥 뛰어나왔거든요.』

『내가 다운을 데려다주고 올 테니까 니콜라스가 마크를 좀 봐주고 있어.』

『네.』

마크의 집에서 나와 그의 리무진에 탄 다운은 제임스의 품에 안겨 있었다.

『미안해. 이런 일까지 하게 해서.』

"저는 괜찮은데 마크가 걱정이에요. 생각보다 심해요. 그리고 환각에 시달려요."

『무슨?』

"자신이 죽인 스트립걸이 보이나 봐요."

다운은 그 생각을 하자 오싹해져서 제임스의 품으로 파고들었다.

"그냥 경찰에 신고를 해서 빨리 치료를 받게 하는 게 나을 것 같아요. 안 되겠죠? 저러다가 언니라도 다치게 할까 봐 걱정이에요."

『알았어. 의식이 돌아오는 대로 바로 미국으로 보낼게.』

"고마워요. 회사에는 지장이 없었으면 좋겠지만 마크의 상태가 좋지 않아요. 어머니께도 사실대로 얘기를 하는 게 좋을 것 같아요."

제임스의 표정이 어두웠다. 아무리 미운 짓만 하는 동생이지만 그의 친동생이었다. 두 번씩이나 가기 싫다는 치료 시설에 보낸다는 게 그로서도 좋은 일은 아닐 것이다.

오늘따라 말이 없는 제임스는 그녀를 병원에 내려주고는 다시 마크의 집으로 출발했다. 다운은 마크 때문에 점점 더 불안해져만 갔다.

제임스는 누워 있는 마크를 내려다보았다. 며칠 사이에 딴사람이 된 듯 동생은 마르고 지쳐 보였다.

미국으로 돌려보내면 어머니가 어떻게 하실지 불 보듯이 뻔한 상황이었다. 그렇다면 지금 그의 손을 들어줄 사람은 아버지뿐이었다.

『니콜라스, 먼저 돌아가. 오늘은 내가 마크와 있을 테니.』

『아니요, 저도 여기에 있겠습니다. 조금 더 정리를 해야 할 것 같아요. 어쩜 그렇게 죄다 빼가지고 집어 던졌는지…….』

니콜라스가 자리에서 일어났다.

『고맙다. 그리고 비밀이다.』

『회장님, 아니, 형!』

웬만한 개인적인 자리가 아니고서는 니콜라스의 입에서 형이라는 소리는 나오지 않는데 니콜라스가 그를 형이라 불렀다.

『이거…….』

그가 보기에도 뭔지 분명히 알 만한 것들이었다.

『서랍마다 들어 있었어. 코카인도 대마초도. 솔직히 알약도 많은데 뭐가 일반 약인지 뭐가 마약인지 알 수가 있어야지. 아까는 형수가 있어서 아는 체도 못했고. 형수도 알 거야. 의산데…….』

『마크를 미국으로 보내야 할 것 같아.』

『내 생각도 그래. 하지만 저 상태로 들어간다면 이모가 가만히 있지 않을 텐데?』

제임스도 어머니가 제일 걱정이었다. 마크를 사랑하는 어머니의 방법이 제임스는 마음에 들지 않았다. 무조건 감싼다고 해결이 될 일이 아니었다.

『그렇다고 시간을 끌다가 한국에서 사고라도 치면 A-mart는 한국지사고 뭐고 포기하고 가야 할걸? 한국이 얼마나 보수적인 나라인지 알잖아. 물론 마크가 A-mart에서 일을 하고 있지는 않지만 혈육이라는 이유로 기업 이미지에는 치명적인 사유가 될 수가 있거든.』

니콜라스의 생각도 그와 같았다.

『이모부께서 한국에 A-mart를 세우시고 싶어하시는데 타격이 되게 할 수는 없어.』

제임스의 머리가 바쁘게 돌아가고 있었다.

『혹시 지난번 미국의 집에서 일어났던 일에 대해 우리가 정보를 얻을 수 있는 방법이 없을까?』

『그 일은 사고였잖아.』

니콜라스도 뭔가가 짚이는지 그를 쳐다봤다.

『어쩌면 어머니를 묶어둘 방법이 될 수도 있어.』

제임스의 얘기를 누구보다도 잘 알아듣는 니콜라스였다.

『네.』

『무슨 수를 써서라도 최대한으로 빨리 보고해. 그리고 준비가 되는 대로 무조건 마크를 미국으로 입국시킬 테니까 그것도 준비를 하고. 알았나?』

『네, 회장님.』

제임스는 마크가 잠들어 있는 침대에 다시 돌아와서 의자를 놓고 앉았다. 어릴 적부터 어머니의 품 안에서 곱게 자란 마크였다. 이렇게 삐뚤어질 수 있다는 게 제임스는 신기할 지경이었다.

제임스가 마크의 손에 묻어 있는 피를 소독약으로 닦아주자 뭔가를 느꼈는지 마크가 눈을 떴다.

『제임스?』

『그래.』

한숨이 절로 나오고 화가 머리끝까지 난 제임스였지만 최대한 흥분하지 않으려고 노력하고 있었다.

『아름이 어떻게 할 줄을 몰라서 연락을 했더라. 병원에는 갈 수가 없으니까. 여기서 대충 꿰매고는 병원으로 다시 돌아갔어.』

『형, 미안해.』

『…….』

『그냥 이제는 나도 식구들에게 민폐가 되지 않게 미국으로 돌아가서 아름이랑 결혼해서 조용히 살려고.』

『아름이를 그렇게 생각하는 녀석이 이러고 있어? 네가 지금 상태로 가정을 꾸릴 수 있다고 생각해?』

『물론, 난 행복하게 아주 잘살 거야.』

『뭐?』

『언제나 형만 옳다고는 생각하지 마. 나도 형보다 나을 때가 있지. 아마도 어머니를 닮아서 그런가 봐. 히히히.』

니콜라스가 달려와 제임스를 잡았다. 그 모습을 보고는 마크가 비웃음을 지었다.

『걱정하지 마. 내가 미국으로 돌아가서 결혼을 하고 유산을 받게 된다면 평생 형 얼굴을 볼 일은 없을 테니까.』

아주 힘없는 작은 소리로 말하는 마크의 소리가 악마의 속삭임처럼 소름이 끼쳤다.

『약은 언제부터 한 거야?』

『오늘 처음 했어. 가지고 있던 거니까 그냥 했는데 오랜만에 했더니 몸에 확 퍼지더라고. 걱정하지 마. 난 다시는 마약은 안 해.』

마크가 모기만 한 소리로 말했다. 처음에는 기운이 없어서 그런 줄 알았는데 듣다가 보니 그의 목이 쉬어 있다는 걸 알게 되었다. 얼마나 몸부림치고 소리를 질렀으면 말이다.

『결혼은 할 거야?』

『그럼. 내가 누구 좋으라고 안 좋은 모습만 보이겠어. 나도 이제부터 잘살아봐야지.』

『아버지가 네게 주식을 양도하실 것 같아?』

『물론 아버지는 나에게 주식을 주실 거야.』

『어머니를 너무 믿지 마라. 어머니도 사람이야. 어쩔 수가 없을 때가 있기 마련이거든.』

제임스의 소리에 마크가 또다시 비웃었다.

『형은 몰라. 어머니가 얼마나 대단한 사람인지 말이야. 어머니가 못할 일은 세상에 아무것도 없더라고.』

아무래도 미국에서의 일을 얘기하고 있는 것 같았다. 어머니의 무서운 자식 사랑이 마크를 점점 더 괴물로 만들어가고 있었다.

『마크, 나는 네가 조금은 평범하게 살았으면 좋겠다.』

마크가 그를 이상하다는 눈빛으로 쳐다봤다.

『형, 우리는 태어날 때부터 특별한 사람들이야. 알아? 평범하게 살고 싶어도 가진 게 너무나 많은 사람들인 거지. 축복일까? 불행일까?』

마크는 쉰 목소리로 그에게 말했다. 그의 모습을 보고 있으니 마크는 많이 가진 사람에게 그만한 책임이 있다는 걸 모르는 게 안타까웠다.

진짜로 어머니의 잘못만 있는 것일까? 아니면 마크는 태어날 때부터 그런 인성을 가지고 태어난 것일까? 마크의 모습을 보면 볼수록 한심한 생각이 드는 제임스였다.

어떻게 해서든 마크를 어머니의 보호에서부터 벗어나게 해서 제대로 된 치료를 받게 해야 한다는 생각이 절실하게 들었다.

자신의 품속에서 두려움에 떨던 다운을 생각하니 더 미칠 것 같았다. 지금은 미국에서의 사건의 제대로 된 진상을 알게 되는 게 더 중요해졌다.

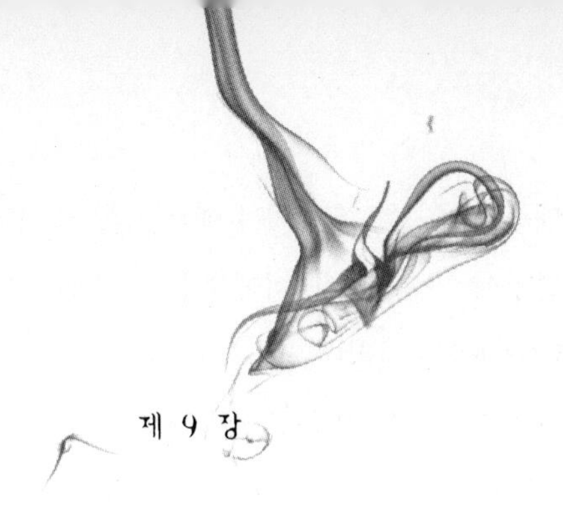

제 9 장

아침부터 분주한 다운의 집이었다. 삼촌은 갑작스러운 아름과 다운의 출국에 어찔 줄을 몰라 하고 있었다.

"야, 갑자기 결혼을 한다고 가방만 싸면 어떻게 해. 준비를 해야지. 폐백도 그렇고 신랑 예물도 그렇고."

다운은 병원에 일주일간의 휴가를 겨우 얻었다. 생전 그런 일이 없이 열심히 생활을 한 덕분에 교수님께서 특별히 휴가를 주셨다. 집안에 중요한 일이 있다고 둘러대고는 말이다.

"나는 언제 출발하며 돼?"

삼촌의 말에 아름과 다운이 서로의 얼굴을 쳐다보았다.

"삼촌, 내가 가서 전화할 테니까 기다리고 있어."

"대충은 얘기를 해야 바에 얘기를 할 거 아냐?"

"알았어. 가서 시어머니에게 물어보고 바로 말해줄게."

역시 아름은 둘러대기에 선수였다.

"시어른들 말씀 잘 듣고. 알았지?"

"알았어."

삼촌이 짐 정리에 정신없는 아름과 다운을 사이에 두고 앉아서 울기 시작했다.

"아이고, 불쌍한 우리 형. 아름이 결혼하는 것도 못 보고……."

삼촌의 울음에 답답한 아름과 다운은 서로의 얼굴을 쳐다보며 고개를 가로저었다. 일단은 마크를 건드리지 않게 내일 출발하기로 했다. 일주일이면 준비가 될 것 같다고 한 게 벌써 한 달에 가까운 시간이 소비가 되었다. 2월의 매서운 바람이 그녀의 마음에도 불어오고 있었다.

"별일 없겠지?"

"그럼, 제임스가 다 알아서 처리해 주기로 했어."

"우리 정말 내일 미국 가는 거야? 이거 즐거운 마음으로 가야 하는데 좀 무섭다."

아름의 말에 다운은 마음이 아팠다. 언니의 소원은 미국 무대에서 노래를 부르는 것이었다. 말 그대로 미국은 언니의 동경의 대상이었다. 그런 미국을 이런 일로 간다는 게 다운은 마음에 걸렸다.

한 달 전 마크가 사고를 친 이후에 제임스를 한 번도 보지 못한 다운이었다. 보고 싶은 마음이 굴뚝같았지만 굳이 연락은 하지 않았다.

자존심이라기보다 그와 연락을 하면 괜히 안 좋은 소리를 들을 것 같은 불안감에 다운은 일이 해결이 될 때까지 가만히 지켜보기로 했다.

다행히 언니도 마크와 잘 만나지 않았고 모두가 조용한 나날을 보내다가 며칠 전에 마크로부터 이번 주말에 미국을 떠난다는 말을 듣고 부리나케 준비 중이었다.

여권은 대부분 미리 제임스가 신경을 써줘서 만들었고 마크가 모든 건 미국에서 준비를 하면 된다고 언니에게 말해서 그들은 정말로 준비를 따로 할 게 없었다.

"다운아, 네가 같이 가줘서 너무 고마워."

"아니, 괜찮아."

아름이 다운을 안아주었다.

"별일 없도록 하늘에 계시는 엄마가 지켜주실 거야."

비버리힐즈의 한 고급 주택을 둘러보는 공순자 여자의 눈길이 매서웠다. 모두에게 허허거리며 웃는 모습이어도 공순자 여사는 불모지 미국에서 신랑과 함께 A-mart를 키워낸 사람이었다. 회사가 급성장하면서 회사 일보다는 집안일에만 전념을 하는 그녀지만 부동산을 보는 그녀의 안목은 탁월했다.

"어때, 명자야?"

동생을 데리고 와서 계약할 집을 보여주는 공순자의 모습이 즐거워 보였다.

"마크가 결혼하는 게 그렇게 좋아?"

"응, 이제는 좀 철이 든 것 같아. 그리고 우리 아름이가 의사라서 더 마음에 들어."

"왜? 병원이라도 하나 차려주게?"

"못해줄 것도 없지. 하지만 마크를 돌보는 게 더 중요해."

"언니는 며느리를 들이는 거야? 주치의를 맞이하는 거야?"

공순자의 발걸음이 분주했다.

"언니, 뭐 해?"

"수영장이 있는 집을 마크는 좋아해. 그래서 수영장을 좀 둘러보려고."

"마크, 마크만 좋아하지."

솔직히 마크가 아무리 제임스보다 못한 아들이라고 감싼다고 해도 언니는 너무 심하다 싶게 마크를 챙겼다.

"언니, 자꾸 그러면 제임스가 싫어해. 마크도 다른 사람들 보기에 마마보이 같고 말이야."

"시끄러워, 자꾸 그러면 나 혼자 다닐 거야. 이제 웨딩 준비하려면 얼마나 시간이 걸리는 줄 알아?"

"애들은 언제 온대? 그래도 아름이가 원하는 드레스랑 해서 같이 고르려면 시간이 꽤 걸릴 건데."

"상관없어. 이미 다 내가 정했으니까. 둘 다 사이즈만 재면 돼."

명자는 언니의 지나친 간섭에 학을 떼었다.

"언니, 정말 궁금해서 그러는데 왜 그렇게 마크에게 집착을 하는 거야?"

"내가? 언제?"

"언니는 못 느껴?"

"뭘?"

신혼집을 나온 공 여사가 기사를 출발시켰다.

Rrrrrrrr.

"여보세요?"

제임스가 웬일로 평일에 전화를 했다. 그것도 지금 LA에 있는 A-mart에 와 있다는 내용이었다. 갑작스럽게 미국으로 온 것도 이상한데 급하게 회사 근처에서 보자고 했다.

"제임스가 뭐래? 무슨 일인데 표정이 안 좋아, 언니?"

"아니, 미국에 왔다고. 조금 있다가 얼굴 좀 보자고."

"그래? 결혼식 때문에 들어왔나 보지."

불길한 마음이 드는 순자였다. 뭔가가 개운치가 않았다.

"언니가 결혼해? 뭘 그렇게 예민해서 그래? 진짜 제임스가 아들은 맞아?"

열 달을 배 아파서 낳은 정말로 훌륭한 아들이 제임스였다. 남편의 성격보다도 더 완벽한 완벽주의자 아들에겐 어느 순간부터 엄마라는 존재가 필요 없었다. 글을 읽기 시작하면서부터는 책에만 매달려 살았고 아이인데도 본인 스스로를 잘 관리를 한 아이였다.

반면에 마크는 어려서부터 뭐든지 그녀의 손이 가야만 하는 아들이었고 어쩌면 그녀가 과보호를 해서 마크가 우유부단해졌는지도 모른다. 하지만 마크는 그 누구보다도 착한 아들이었다. 그리고 마크에게는 아픔이 많았다. 그녀는 그래서 마크를 감쌀 수밖에 없었다.

"나도 같이 갈까?"

"아니, 중요한 말인지 혼자 오래."

"그래?"

"응."

명자를 집에 내려다 주고 순자는 제임스가 있는 LA의 A-mart로 향했다. 뭐 그렇게 먼 거리가 아니어서 생각보다 일찍 도착한 순자는 오랜만에 A-mart를 둘러보았다.

그들이 이민을 와서 가장 먼저 A-mart를 세운 곳이 바로 이곳이었다. 그 당시는 슈퍼마켓에 불과했는데 지금은 지구촌 어디에나 A-mart가 있었다.

그녀는 손님처럼 매장을 둘러보았다. 딱히 뭘 사려고 들어온 건 아니었으니까 말이다. 그때 제임스에게서 전화가 왔다.

"어디로 가면 되지?"

그녀는 사무실로 오라는 제임스의 얘기를 듣고 A-mart의 지점장실로 갔다. 하지만 그곳에는 제임스가 없고 대신에 니콜라스가 제임스가 있는 근처의 사무실로 그녀를 데리고 갔다.

A-mart와 약간 떨어진 곳의 작은 사무실은 마치 영화에 나오는 탐정 사무실 같았다. 그냥 집에서 보면 될 것을 사람을 이리저리 왔다 갔다 시키는 게 솔직히 마음에 들지 않는 순자였다.

사무실 안으로 들어가자 제임스가 소파에서 일어나 그녀를 맞이했다. 제임스의 주변에 몇 사람들이 있다가 그녀가 들어서자 모두 사무실에서 나갔다.

"제임스, 잘 지냈니?"

언제나 순자는 제임스에게 할 말이 '잘 지냈니?' 가 다였다. 그만큼 제임스는 혼자서 다 잘하는 아이였기 때문이다. 오늘은 단둘이 있다는 게 오히려 순자에게는 답답함이 몰려드는 일이었다.

『네, 어머니.』

오늘따라 제임스의 무언가가 그녀를 불안하게 만들고 있었다.

제임스의 전용기로 이동하는 내내 아름 언니는 창밖을 보느라 정신이 없었다. 마크는 그 후로 다행히 약을 복용하지 않아서 상태가 많이 호전이 되어 보였다. 아마도 니콜라스와 제임스가 그를 잘 지킨 것 같았다.

마크는 말이 없이 계속해서 뭔가를 생각하는 듯 보였다. 그가 말이라도 하면 좋겠는데 이 무거운 침묵이 오히려 다운은 무서웠다.

"밖에 뭐가 보이기는 해?"

"아니, 구름뿐이네. 너무 높아서 아무것도 안 보여."

최대한 아무렇지 않은 척하려고 노력하는 다운의 얼굴에 약간의 경련이 일었다. 그걸 본 아름이 다운의 손을 잡으며 살며시 미소를 지어 보였다.

"어머니가 의심할지 모르니까. 둘이 바꿔."

여태까지 조용히 있던 마크가 낮은 목소리로 한마디를 했다.

"네?"

"내 말 못 들었어? 둘이 바꾸라고."

굉장히 신경질적인 말투였다.

"알았으니까 좀 쉬어요."

아름 언니가 조용히 그를 달랬다. 마크는 어떻게 해서든지 이 결혼을 성사를 시키면 유산이 자신에게 온다고 생각하는 모양이었다. 한 번도 자신의 손으로 무언가를 이루거나 부모님에게 칭찬을 받아본 적이 없는 그가 의사 부인을 둔 것은 대단히 만족스러운 일인 듯했다.

아마도 미국에서의 모습이 저랬다면 분명히 그는 상류층의 여자들에게 인정받지 못하는 남자였을 것이다.

사람이라는 게 다 같은 상황에서 태어날 수는 없지만 마크는 너무나 좋은 환경에서 자랐는데 왜 저런 생활을 해야 하는지 다운은 이해가 되지 않았다.

"아름!"

마크가 아름을 불렀다. 아주 이제는 대놓고 명령을 하는 것 같아서 다운은 기분이 좋지가 않았다. 언니에게는 지난번 그의 집에서 있었던 약물 사건에 대해서는 얘기를 하지 않아서 언니의 공포감은 다운보다는 덜했다.

"이리 와!"

아름이 그의 옆의 좌석에 앉았다.

"왜요?"

"다른 생각하지 말고 잘해."

"다른 생각이라뇨?"

"도망칠 생각 말이야."

마크가 불안한지 언니에게 도망치지 말라고 말했다.

"내가 왜 도망을 친다고 생각해요. 난 당신을 좋아해요. 그리고 결혼도 할 거고."

"그래, 앞으로는 일을 하지 않아도 편하게 살 수 있어."

"고마워요."

아름이 그의 손을 잡자 그가 아름을 당겨서 입술에 키스를 했다. 아름이 지금 어떤 느낌일지 다운은 알 것 같았다. 아마도 입안을 헹구고 싶은 마음일 것이다.

언니는 그의 옆에 계속해서 앉아 있었다. 그가 언니의 손을 잡고 놓아주지 않기 때문이었다.

다운은 살며시 눈을 감았다. 제임스와는 한 달째 아무런 소식을 주고받지 않았다. 마크의 일이 있던 날 병원으로 자신을 데려다주던 제임스는 한없이 다정했고 동생의 상황에 미안해했다.

뭘 특별히 그에게 기대를 한 것은 없지만 그래도 한 번은 전화라도 줄 줄 알았는데 그는 너무나 매정했다. 그러는 사이 다운은 제임스에 대한 그리움에 가슴 아픈 시간을 보냈다. 언니의 일도 힘들었지만 정작 다운을 괴롭힌 건 마크가 아닌 제임스였다.

그와의 관계는 이미 결론이 지어진 상황이나 마찬가지였다. 깊은 관계는 될 수가 없었다. 하지만 그의 품 안에서 그녀는 태어나서 처음으로 자신이 여자임을 느꼈다. 눈물이 차올랐지만 다운은 꾹 참았다. 지금 눈물을 흘린다는 건 안 그래도 예민한 마크를 건드리는 일일 뿐이었다.

창밖으로 푸른 하늘이 가득했다. 그녀의 복잡한 마음과는 다르게 하늘은 구름 한 점 없이 깨끗했다. 그녀의 머리도 하늘처럼 맑기를 그녀는 기도했다.

블라인드 사이로 햇볕이 들어오고 있었다. 작은 책상 두 개와 손님들이 앉을 수 있게 배려한 소파가 다인 사무실에는 유독 캐비닛이 많았다. 방대한 양의 서류를 보관하는지 모두가 두꺼운 자물쇠가 달려 있었다.

뭔가 비밀스러운 분위기의 이곳이 순자는 마음에 들지 않았다. 더욱 그녀의 신경을 거슬리게 만들고 있는 건 자신을 이 자리에 부른 제임스였다.

아까부터 아무런 말을 하지 않고 있는 제임스는 생각이 많아 보였다.

“무슨 일이라도 있는 거야?”

『마크가 지금 한국에서 제 전용기를 타고 오고 있어요. 아름 씨하고 동생 다운 씨도 함께 오고 있어요.』

갑자기 경직이 되어 있던 순자의 표정이 밝아졌다. 이런 말이라면 전화로 얘기를 해도 됐을 텐데 오늘은 제임스가 그녀를 이렇게 놀라게 할 줄은 몰랐었다.

“언제 도착하는데?”

『2시간이면 공항에 도착할 거예요.』

“그래? 그러면 얼른 집으로 가서 준비를 해야겠다. 아니다. 메이드에게 먼저 얘기를 해야겠어. 손님들 오신다고.”

『어머니, 손님들은 모두 호텔에 묵기로 했습니다.』

“그래?”

실망이었다. 마크를 모처럼 집에서 보나 했는데. 그리고 아름에게 마크가 뭘 좋아하고 어떻게 자랐는지도 알려줘야 하는데 오늘은 제임스가 손님들을 호텔로 보낼 예정이니 다음을 기약할 수밖에 없었다.

"그럼, 저녁은 같이 먹는 거야?"

빨리 마크를 보고 싶은 순자였다.

『아니요, 오늘은 일정이 그렇게 안 될 것 같아요. 다들 한국에서 오느라 시차 적응도 안 될 거고.』

"서운하네."

『제가 오늘 어머니를 뵙자고 한 건 마크가 오기 때문에 만나자고 말씀드린 거예요.』

"당연하지 이제부터 결혼을 준비해야 하는데."

제임스가 그의 옆에 있던 봉투를 어머니에게 건넸다.

"뭐니?"

순자는 의아한 표정으로 봉투를 열어보았다. 봉투 안에는 마크의 몇 년 전 사진이 가득했다. 사진은 마크가 저지른 사건 현장들의 것이 대부분이었다.

약을 하고 멍한 눈빛으로 권총을 들고 있는 사진, 친구의 얼굴을 거의 묵사발로 만들어놓은 사진, 그리고 야구 방망이로 남의 차를 파손한 사진들이었다.

하나같이 경찰보다 먼저 그녀가 손을 써준 사진들이었다. 이 일은 그녀의 남편인 이수철 회장도 모르는 일이었다.

"이게 무슨 사진이야?"

순자의 목소리가 떨리고 있었다.

『어머니께서 해결해 주신 사건들의 사진들이죠.』

"사건?"

제임스는 이 사진들을 가지고 그녀가 아닌 마크를 위험에 빠뜨리려고 하고 있었다. 순자의 심장이 오그라드는 것 같았다. 불쌍한 마크를 제임스가 형이 되어가지고 공격을 하려고 하고 있었다. 안 될 일이었다. 어떻게 해서든지 제임스를 막아야 한다는 생각뿐이었다.

"이 사진들을 나에게 보여주는 이유가 뭐지?"

『마크를 치료하게 어머니께서 도와주셨으면 합니다.』

"치료? 어렸을 때 장난 좀 친 걸 가지고 이제 와서 치료?"

순자는 제임스의 행동에 화가 나기 시작했다. 팔은 안으로 굽는다고 했다. 동생의 허물을 덮어줘야지 형이 되어가지고 동생의 허물을 이용해서 동생을 치료 시설로 보내려고 하다니 이해가 되지 않았다.

"도대체 뜬금없이 결혼하겠다고 미국으로 오는 동생에게 이러는 이유가 뭐야?"

제임스는 이번에는 다른 서류 봉투를 어머니에게 내밀었다.

"이건 또 뭐야?"

『이번에 한국에서 있었던 일입니다.』

그녀가 봉투의 사진을 보자 그녀도 알고 있는 마크의 집 안의 모습이었다. 다만 난장판에 정신이 없는 모습이어서 그렇지 말이다.

다음 장에는 피를 흘리고 누워 있는 사진과 그다음 장은 아름이 마크의 머리를 꿰매고 있는 장면이었다. 옆에 제임스가 있는 걸로 봐서는 누군가가 더 있었다. 그녀의 마음을 알았을까. 제임스가 같은 방에 니콜라스가 있었다고 얘기를 했다.

"왜 이렇게 다친 건데?"

강도라도 당했을까 봐 걱정인 순자는 제임스를 쳐다봤다.

『다음 장을 보시면 아시겠지만 집에서 발견된 코카인 가루와 마약으로 보이는 알약들이 발견이 됐고 그리고 마크는 지금 환각 상태에서 본인이 자해를 한 거예요.』

"거짓말!"

『어머니!』

믿을 수가 없었다. 약을 하기는 했지만 자해를 한 적은 한 번도 없었다.

"마크가 그럴 리가 없어. 마크를 몰라? 마크는 착한 아이다."

『어머니, 마크는 아이가 아닙니다. 자신을 책임져야 하는 어른이라고요.』

"책임은 내가 지면 되는 거야. 그리고 제임스 너처럼 집안의 장남이 지면 되는 거고. 마크가 편하게 사는 게 싫은 거야? 아니면 마크가 A-mart의 주식을 갖는 게 싫은 거니?"

숙자는 마크가 자신의 품 안에 있다고 생각했다. 그래서 무조건 마크를 보호해야 한다는 생각이 강했다. 제임스가 이런 식이라면 더했다.

『어머니, 저는 마크의 주식이 없어도 A-mart의 경영권에 아무런 지장이 없습니다.』

"그거야 뚜껑을 열어봐야 되지 않겠니?"

이제는 제임스가 미웠다. 하나뿐인 동생을 이런 식으로 대하다니 용서가 되지 않았다.

"그렇게 경영권이 튼튼한데 왜 그렇게 마크를 치료 시설에 못 보내서 안달인 거냐?"

『마크는 제 동생이니까요. 안 그러면 감옥으로 보냈겠죠.』

"뭐? 이제 아주 못하는 말이 없구나."

순자의 화가 머리끝까지 났다.

『도대체 무슨 이유로 그렇게까지 마크에게 희생을 하십니까? 마크도 이제 어른입니다.』

"아니, 마크는 아직 아이다."

순자의 생각은 변함이 없을 것이다. 아무리 제임스가 방해를 한다고 해도 그녀는 꼭 마크를 지킬 것이다. 이게 아무리 맹목적인 사랑이라고 해도 어쩔 수가 없었다.

『마크가 치료 시설에 들어가게 어머니께서 3년만 참아주신다면 제가 꼭 마크를 치료해 보도록 하겠습니다. 3년 후에는 마크는 분명히 달라져서 나올 겁니다.』

"아니, 더 망가질 게다. 지난번의 치료소에서도 마크는 분명히 망가졌다."

『그거야 몇 달도 안 돼서 어머니께서 빼내서 그런 것 아닙니까?』

"아니다. 다 네 탓이야. 그때 마크가 그 시설에 들어가지 않았다면 약도 많이 줄였을 거고 한국에도 가지 않았겠지."

순자는 제임스가 원망스러웠다. 그때 마크가 치료사들에게 끌려가는 모습은 순자의 가슴속에 상처로 남아 있었다.

『어머니, 정말로 마크를 치료 시설에 보낸 이유를 모르셔서 그러십니까?』

"일단 다 필요 없고 마크는 절대로 치료 시설에 보내지 않을 거다. 3년? 3년 후에는 정말로 마크를 내보내 주기는 할 거냐?"

어머니의 언성이 점차 높아지고 계셨다. 정말로 이렇게 하고 싶지는 않았지만 제임스는 어머니에게 테이프를 건넸다.

"이건 또 뭐야?"

어머니의 음성이 극에 달했다. 마치 테이프의 존재도 싫다는 듯이 말이다.

『이건 그날 수영장의 CCTV 녹화 테이프입니다.』

"거짓말!"

『이건 그날의 테이프를 복사해 논 겁니다. 원본은 다른 사람이 가지고 있으니까요. 하지만 녹화가 되어 있는 건 똑같겠죠.』

순자의 얼굴이 하얗다 못해 파랗게 질려가고 있었다.

『내용은 어머니도 아실 내용이고 절대로 세상에 나와서는 안 될 것이죠.』

"협박을 하는 거냐?"

『제가 어떻게 어머니에게 협박을 합니까? 어머니께서 그날 밤 차라리 마크를 경찰에 넘기셨으면 오히려 마크가 그렇게 삐뚤어지지는 않았을 겁니다. 이제는 마크가 어린아이가 아니란 걸 좀 아시고 마크가 얼마나 큰 죄를 저질렀는지도 아셔야 해요.』

"……."

순자의 손이 떨려오고 있었다. 그날 밤 수영장에서의 일이 기록된 모든 것을 순자의 손으로 직접 태워 버렸다. 세상에는 아무것도 남아 있지 않았다. 제임스가 그날의 테이프를 가지고 있을 리가 만무했다.

"틀어봐."

『보시기 괴로우실 텐데요.』

순자는 갑자기 확신이 들었다. 제임스가 그녀를 떠보고 있는 것이었다.

"틀어. 만약에 이 테이프에 그날의 일이 녹화가 안 되어 있다면 마크를 그만 놔줘."

『좋습니다. 그렇다면 그날의 일이 녹화가 되어 있다면 저는 마크를 경찰에 넘길 겁니다.』

"좋다."

제임스는 분명히 떨고 있었다. 아무리 혼자서 컸다고는 하지만 그녀가 낳은 아들이었다. 그의 행동만 봐도 어느 정도의 심리 상태는 알 수 있었다.

제임스가 테이프를 비디오 플레이어에 넣었다. 작은 모니터에 민망스러울 정도의 나체 파티가 벌어지고 있었다. 그것도 그녀가 살던 집의 수영장이었다. 아꼈던 집이었지만 사고 후에 그녀는 이사를 했다.

마크가 나체의 여자를 수영장 안으로 끌고 들어갔다. 몹시 화가 난 듯했다. 그리고는 여자를 물속으로 밀어 넣고 있었다.

"그만!"

제임스가 화면을 중지시켰다. 잊고 싶은 일이었다. 분명 그날 마크는 약에 취해서 한 여자의 생명을 빼앗았다.

『어머니, 마크는 치료가 필요합니다.』

"……."

순자는 더 이상 할 말이 없었다. 아무리 그래도 살인죄로 감옥에 들어가느니 3년간 치료를 받는 게 더 나은 건 사실이었다. 그때 바깥에서 니콜라스가 서류를 가지고 들어왔다.

『여기 서명하시면 됩니다.』

순자가 의아한 표정으로 제임스를 보았다.

『3년간 성실히 치료를 받은 후에 회복이 되면 사회에 복귀시키겠다는 내용입니다. 만약에 치료가 더 필요할 경우는 연장을 시킬 수밖에 없다는 내용과 함께 어머니께서 일체의 간섭을 하지 않으시겠다는 서류입니다. 만약에 어머니의 다른 행동이 포착이 된 순간 마크의 테이프는 세상에 공개가 된다는 내용입니다.』

"제임스, 꼭 이래야겠어?"

『어머니, 마크가 저지른 건 용서받을 수 있는 일이 아닙니다.』

"제임스, 내 주식을 너에게 양도하면 마크를 봐주겠니?"

순자의 말에 제임스의 표정이 굳어졌다. 마크를 보호하는 엄마의 입장을 제임스는 잘 이해하지 못하는 것 같았다. 이 세상에서 마크를 보호해 줄 사람은 자신뿐이었다.

"제발 이 엄마를 봐서라도 모르는 척해주면 안 될까? 마크가 어떻게 좁아터진 병원에서 지내니? 부탁이다, 제임스."

순자의 눈에서 눈물이 쉴 새 없이 흘러나왔다.

"아이고, 우리 불쌍한 마크."

니콜라스도 제임스도 아무도 그녀를 달래주지 않고 바라만 보고 있었다.

공항에 도착한 그들은 조용히 비행기에서 내렸다. 다운은 잠시 생각에 잠겼다가 그대로 잠이 들어 도착해서야 눈을 떴다. 얼마나 꿀잠을 잤는지 개운하기까지 했다. 이제 미국에만 도착하면 해결이 된다는 마음에 긴장이 풀어진 것 같았다.

내릴 때 전용기의 승무원이 그녀를 깨웠다. 눈을 떠보니 아름과 마크는 없었다. 비행기에서 내려 활주로를 보자 기분이 좋아진 다운의 얼굴에 미소가 가득했다.

"조금만 참자."

앞에 아름의 손을 꼭 잡은 마크가 활주로에 서 있었다. 아마도 그들을 태워갈 차를 기다리고 있는 것 같았다. 예정보다 비행기가 빨리 도착을 했는지 승무원들은 짐을 내리고 있었고 멀리서 검은색 승용차 3대가 그들을 향해 오고 있었다.

"아름 언니?"

다운이 아름에게 가려고 하자 아름이 마크가 잡지 않고 있는 손으로 오지 말라는 표시를 하고 있었다. 뒤에서 보니 뭔가가 이상했다.

다운은 마크를 보았다. 왼손으로는 아름의 손을 잡고 다른 한 손은 주머니에 넣고 있었다. 아마도 앞의 차들 때문에 마크는 경계를 하고 있는 것 같았다.

아직은 이곳의 사람들을 믿지 못하고 언니를 마치 인질로 잡고 있는 듯이 보였다. 주머니 속에 든 게 무엇일까가 가장 궁금한 다운이었다.

제발 흉기가 아니기를 바라고 또 바라며 그녀는 만일에 있을 사태를 대비해서 마크와 언니가 있는 쪽으로 조심스럽게 다가갔다. 불안해하는 마크가 위험한 행동을 하지 않기를 바라며 말이다.

"뭐지?"

다운이 천천히 아름에게 다가갔다. 그리고 검은색 승용차도 그들을 향해 다가왔다. 뭔가가 이상했다. 뒤에 있는 다운을 쳐다보지도 않고 앞만 보고 있는 아름도 또 그녀의 손을 지나치게 꽉 잡고 있는 마크도 말이다.

검은 승용차가 서자 차에서 니콜라스가 먼저 내렸다.

『형!』

니콜라스가 마크를 부르며 다가오고 뒤를 이어 벤이 차에서 나왔다. 제임스의 모습이 그다음이었다. 하지만 반갑게 부르는 그들과는 틀리게 마크와 아름은 한참을 그대로 가만히 서 있기만 했다. 아니, 이제 아름의 어깨를 감싸고 있는 마크였다.

해가 거의 지고 점점 어두워지고 있는 공항의 활주로였다. 트렌치코트를 입고 있는 마크라서 제대로 행동을 볼 수가 없었다. 다운은 뒤에서 앞으로 천천히 나가며 주위를 살폈다.

『형, 이리 와.』

니콜라스가 손짓을 하며 오라고 하는데도 그는 움직이지 않았다. 다운이 가까이 다가가자 언니가 소리쳤다.

"오지 마!"

"아름 언니!"

정말로 순식간의 일이었다. 마크가 언니를 안더니 목에 칼을 겨누었다. 약을 먹었는지 눈동자가 불안해 보였다. 언니의 목에 칼이 거의 박힐 정도로 깊이 놓여져 있었다.

"마크!"

다운이 소리를 쳤다. 뒤에서 섣불리 달려들었다가는 언니의 목에 칼이 들어갈 판이었다. 모두가 갑작스러운 상황에 우왕좌왕하고 있었다. 나머지 승용차 안에서도 사람들이 내렸다. 제임스가 아무래도 마크를 병원으로 데려가기 위해 사람들을 부른 것 같았다.

그걸 불안해했던 걸까? 마크는 언니를 인질로 잡을 생각을 처음부터 한 것 같았다.

『마크, 아름 씨를 풀어줘!』

제임스가 소리를 질렀다.

『어머니는 어디 계셔?』

마크의 눈이 어머니를 찾는 듯이 불안하게 움직였다. 그에게 어머니는 세상의 방패 같은 존재인 것 같았다.

『너는 신부에게 칼을 겨누는 게 말이 돼. 칼 치워!』

『헛소리하지 말고, 어머니 어딨냐고?』

마크의 목소리가 날카로워지고 있었다.

『저 사람들이 잡아가려는 거 다 알아.』

마크가 언니를 잡아끌며 비행기 쪽으로 이동을 했다.

『나 다시 돌아갈 거야. 어머니 불러줘.』

아름이 질질 끌려가고 있었다. 다운의 시선은 아름에게 가 있었다. 언니가 너무나 위험한 상황이었다. 자칫 마크를 건드렸다가 언니를 찌르는 날에는 다운은 상상조차 하기 싫었다.

『마크, 괜한 짓 하지 마. 우리는 아무런 짓도 하지 않고 그냥 집으로 갈 거야.』

『그럼, 차를 두고 가. 우리는 우리가 알아서 집으로 갈 테니까.』

제임스가 눈짓을 했다. 그러자 주변의 사람들이 뒤로 물러섰다. 제임스가 차의 문을 열어주며 말했다.

『운전은 할 수 있겠어?』

『운전은 내가 하지.』

제임스의 말에 마크가 더 흥분을 하며 욕을 하기 시작했다. 자신을 바보로 안다고 생각을 하는 것 같았다.

『운전은 제가 할게요.』

다운이 제임스를 밀치고 차 안으로 들어가서 운전대를 잡았다. 놀란 제임스가 다운을 보며 고개를 가로저었다.

"언니가 위험해요. 이렇게라도 해야겠어요."

다운이 운전을 하자 그제야 뒷좌석에 아름과 함께 마크가 차에 올랐다. 다운은 마크에게 길을 물었다.

"난 어디가 어딘지 몰라요. 잘 말해줘요."

다운의 말에 마크는 길을 안내하기 시작했다. 어머니가 계시는 집으로 가는 게 좋을 것 같다는 판단이 든 다운은 그에게 어머님의 집의 위치를 알려달라고 했다. 그리고 아주 차분하게 움직이고 있었다.

"언니, 괜찮아?"

"어."

"마크, 언니한테서 칼 치워요. 어차피 차 안에는 우리뿐이에요."

다운이 살살 달래자 그가 언니의 목에서 칼을 치웠다. 앞만 보고 운전을 하는 다운은 룸미러로 계속해서 아름과 마크를 주시했다. 그리고 그들의 뒤를 따르는 차들도 말이다.

1시간을 넘게 운전을 한 다운은 마크의 집 앞에 차를 댔다. 마크는 약 기운이 더 퍼졌는지 식은땀을 흘리고 있었다.

넓은 정원을 차로 가르고 들어가자 커다란 저택이 눈에 보였다. 여기가 맞는지 정확하게 알지는 못하겠지만 마크의 표정을 보니 맞게 찾아오기는 한 것 같았다. 차에서 내린 마크는 다시 아름을 안고는 목에 칼을 겨누었다.

차가 들어오자 집 안에서 나온 메이드가 마크의 모습을 보고는 놀라서 소리를 질렀다.

"마크!"

여자의 찢어지는 듯한 목소리가 안에서부터 들려왔다. 그의 어머니였다. 마크가 아름을 잡고 있고 그 옆에 똑같이 생긴 여자가 서 있으니 마크의 어머니의 얼굴에는 놀라움이 가득했다.

"마크, 그 칼을 놓고 엄마에게 오겠니?"

다운은 마크가 집에서 나온 어머니에게로 달려갈 줄 알았다. 하지만 이상하게 그의 표정이 험악하게 변하고 있었다.

뭔가 조짐이 좋지가 않았다. 마침 뒤로 제임스와 사촌들 그리고 경호원들이 차를 뒤에 숨기고 마크의 주변을 에워싸고 있었다.

"마크, 엄마가 안전하게 지켜줄게."

마크의 어머니가 양팔을 벌리며 아들에게 조심스럽게 다가가고 있었다. 그때였다. 갑자기 마크가 아름을 옆으로 확 밀쳐 버렸다.

"비켜!"

다운은 얼른 아름에게 달려갔다.

"언니, 괜찮아?"

"응."

목에 칼자국이 나기는 했지만 언니는 심하게 다친 것 같지는 않았다.

"안 되는데……."

언니의 목소리에는 공포가 깃들어져 있었다.

"언니?"

"위험해!"

언니가 마크와 그의 어머니가 있는 쪽을 보며 소리를 질렀다. 마크가 이상했다. 그를 안으려는 어머니를 뿌리치며 이상한 행동을 하고 있었다.

『쫓아오지 말라고!』

갑작스럽게 영어로 마크는 두려움을 표하며 어머니에게 소리를 지르며 방어하는 자세를 취했다. 마치 어머니가 그를 공격하는데 막는 듯한 모습이었다. 아무래도 환각 속에서 무언가가 나타난 모양이었다.

『가까이 오면 죽일 거야. 그만 따라오라고? 이 악마야!』

"마크, 엄마야, 왜 그래?"

어머니의 소리가 마크를 더욱 혼돈시키고 있는 것 같았다.

마크가 갑자기 귀를 막았다.

『아니, 난 안 죽어. 너를 죽여 버리겠어.』

"마크, 엄마라고. 너를 지켜줄 엄마라고!"

『가까이 오지 마. 죽여 버릴 거야.』

어머니가 이틈에 자리를 피했으면 좋겠는데 그녀는 마크의 옆에서 움직일 생각조차 하고 있지 않았다. 옆에서 제임스가 어머니에게 물러서라며 소리를 질렀다.

하지만 어머니는 혼자서 칼을 가지고 날뛰고 있는 마크의 모습을 멍하게 바라보고 있었다.

『죽여 버리겠어!』

마크가 갑자기 어머니를 향해 달려들었다. 정말로 순식간의 일이었다. 그때 간발의 차이로 제임스와 경호원들이 마크를 덮쳤다. 제임스가 어머니를 막았고 경호원들이 뒤에서 마크를 잡았다.

『이거 놔! 악마들아!』

"마크, 제발……."

제임스가 어머니를 감싸고 있어서 어머니의 목소리만 들릴 뿐이었지만 그녀는 너무나도 처절하게 마크를 부르고 있었다.

"저리 비켜. 마크에게 가야 한단 말이다."

제임스가 그녀를 꼼짝 못하게 잡고 있었다.

"마크, 우리 불쌍한 마크."

『악마야, 지옥에나 가버려!』

마크는 경호원에 끌려가면서도 계속 환각에 사로잡혀 있었다. 그때였다. 다운의 눈에 제임스의 등에서 피가 흘러내리는 게 보였다. 마크의 칼을 몸으로 막은 것이다.

"제임스!"

이번에는 놀란 다운의 입에서 그의 이름이 작게 속삭여지고 있었다. 정신을 잃은 언니를 놔두고 그에게 뛰어갈 수는 없었다.

"내가 너를 가만히 두지 않을 거야, 이 악마야!"

마크의 목소리가 집 전체에 울리고 있었다. 평화로운 비버리힐즈의 고급 주택가에 갑자기 사이렌 소리가 울리고 있었다. 메이드가 마크의 모습을 보고 경찰에 신고를 한 것이었다.

아름은 긴장이 풀렸는지 기절을 한 상태였고 다운도 맥이 풀려서 그 자리에 주저앉아 있었다.

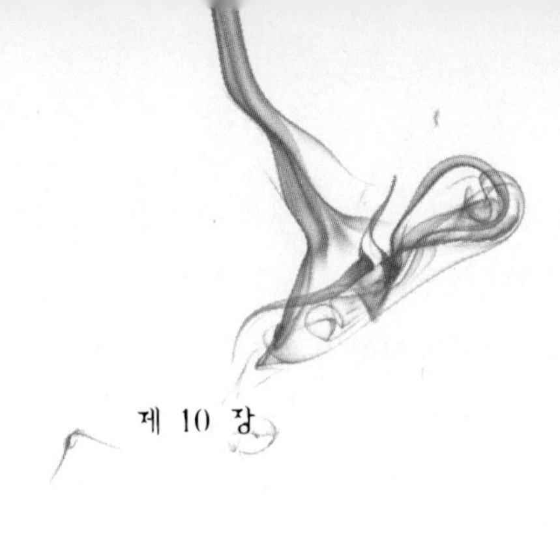

제 10 장

UCLA 메디컬 센터의 병실에 아름이 누워 있었다. 라스베이거스에서 노래를 부르는 게 목표였던 언니였는데 엉뚱하게도 미국의 병원에 누워 있는 신세가 되어 있었다. 목을 꿰매지 않아도 되는 정도의 상처여서 다행이었지만 언니는 너무 놀랐는지 아직 깨어나지 않고 있었다.

다운은 아름의 손을 잡고 병원의 의자에 앉아 있었다. 놀라기는 아름보다 다운이 더 놀랐다. 마크의 칼이 마지막으로 향한 곳이 제임스의 등이었다. 제임스가 몸으로 어머니를 막지 않았다면 마크의 어머니가 크게 다치셨을 수도 있었다.

다행히 제임스도 크게 다치지는 않아서 열 바늘이 조금 넘게 꿰매는 정도였다. 그의 등에서 피가 흘러내리는 게 보였을 때 다운은 얼마나 놀랐는지 모른다 하지만 너무나 많은 사람들에 둘러싸여 있는 그에게 다운은 괜찮냐는 말조차 하지 못했다.

그리고 병원까지는 니콜라스의 도움으로 왔다. 아름과 다운을 반대로 알아서 그렇지 그는 진심으로 아름 언니를 걱정해 주었다. 굉장히 고마웠다.

똑똑!

생각하기가 무섭게 니콜라스가 아름다운 장미꽃을 한 아름 안고 병실에 들어왔다.

『아직 안 깨어났어요?』

니콜라스의 표정이 걱정으로 굳어 있었다.

『아름 언니, 자는 거예요. 괜찮아요.』

다운은 그들을 구별하는 신기한 니콜라스를 보며 사실대로 말했다. 제임스와 마찬가지로 니콜라스도 그들을 헷갈려 하지 않았다. 한집에 사는 삼촌도 똑같이 화장을 하면 구별하는 게 힘들다고 하는데 참 신기했다. 그리고 이제는 이 사람들과 얽힐 일이 없기 때문에 사실대로 말하는 게 나을 것 같았다.

『그동안 속인 건 미안해요.』

『아니에요. 이제 지난 일이고 어차피 마크 형의 잘못인데요.』

『제임스하고 어머니는요?』

『제임스는 깨어났고 이모는 아직 아름 씨와 똑같이 깨어나지는 않으셨어요. 뭐, 다른 건 제임스 형이 다 정리를 했고 경찰 쪽도 잘 마무리를 해서 치료 시설에 보내는 걸로 마무리가 될 것 같아요.』

마크는 치료 시설로 보내졌다. 돈이 좋기는 한 것 같았다. 일반인이라면 분명히 교도소로 향했을 텐데 말이다. 어쨌든 당분간은 마크의 악몽으로부터 해방이 된 것이다.

다운이 아름을 보고 있자 니콜라스가 다운의 어깨에 손을 올려 위로했다.

『이제 괜찮을 거예요.』

그때 아름의 눈썹이 가운데로 모아지고 있었다. 파르르 떨리는 속눈썹이 언니가 깨어날 것을 말해주고 있었다.

"언니, 정신이 들어?"

"……."

"언니, 다운이야. 이제 다 끝났어."

그 말을 알아듣기라도 했는지 아름의 눈에서 눈물이 주르르 흘러내렸다. 다운이 언니의 얼굴에 흐르는 눈물을 닦아주며 계속해서 괜찮다고 말해주고 있었다. 니콜라스는 든든한 보디가드처럼 그녀와 아름 언니의 옆에 있어주었다.

아름이 완벽하게 눈을 뜨고 정신이 들 때까지 니콜라스가 다운의 잔심부름을 해주었다. 병원에서 필요한 간단한 물건들을 가져다주었다.

『오늘 하루만 보고 내일은 퇴원을 해도 된다고 하는데요.』

『다행이다. 그런데 저희는 이제 한국에 그대로 가면 돼요?』

다운이 궁금해서 니콜라스에게 물었다.

『아마 저희들하고 며칠 있다가 같이 한국으로 돌아가실 것 같아요. 그동안은 며칠 예약해 놓은 호텔에 계시면 될 것 같아요.』

"언니, 할 일도 없는데 한국에 갈 때까지 관광이나 하지 뭐."

다운이 일부러 밝게 말해도 아름은 웃지를 않았다.

"아 참, 우리 언니 또 왜 이러실까? 기분 풀어. 다 끝났잖아."

"흑흑흑, 미안해. 잊혀지지가 않아."

평소에 대차게 굴던 아름 언니가 아니었다. 마크가 이상한 사람이라는 걸 알게 되면서 언니도 말 못할 고민이 많았던 것 같았다. 한꺼번에 모든 게 해결이 되었지만 언니는 아직 심리적으로 공황 상태였다.

"괜찮아."

계속 옆에 있던 니콜라스가 전화를 받고는 나가자 다운은 아름을 재우기 시작했다. 시차와 극도의 긴장으로 다운도 많이 지쳐서 언니를 재우고 자신도 조금은 쉬고 싶었다.

"언니, 자고 나면 좀 괜찮아질 거야. 자."

"알았어."

계속 흐느끼면서 아름이 침대에 다시 누웠다. 그리고 조용히 잠을 청했다.

"내가 옆에 있으니까 편하게 자."

"알았어."

마치 아기가 된 듯 아름은 다운을 의지하고 있었다. 아름도 피곤했는지 금방 규칙적으로 호흡을 하기 시작했다. 깊이 잠이 든 언니를 확인하고 다운은 살며시 병실을 빠져나왔다. 그때 문 앞에서 니콜라스와 다시 마주친 다운이었다.

『저기, 제임스는 몇 호예요?』

『바로 옆방입니다. 그 옆은 이모가 계시고요.』

『고마워요. 그런데 니콜라스. 미안하지만 언니 좀 잠깐만 지켜줄래요? 금방 올게요.』

『네.』

그가 언니의 병실로 들어가고 다운은 제임스의 병실 앞에서 한참을 망설이며 서 있었다. 한번은 들어가 보고 싶은 마음과 그러지 말라는 마음이 심하게 대립을 하고 있었다. 그냥 들어가면 되는데 왜 그렇게 망설여지는지 알 수가 없었다.

그들의 만남은 아름과 마크의 문제와는 별개의 문제지만 지금 그도 그녀에게 아는 체도 하지 않고 있었다. 그런데 그녀만 그를 아무렇지도 않게 대할 수는 없었다.

첫 단추가 잘못 채워진 관계였다. 제임스의 병실 문을 한참을 바라보다가 다운은 발걸음을 다시 아름의 병실로 옮겼다. 문을 열자 니콜라스가 언니를 안고 달래고 있었다. 괜찮다고 계속 달래는 모습에 선뜻 들어서기가 미안했다. 그리고 지금은 지친 그녀보다 도 다른 누군가가 언니를 달래주는 게 더 나을 것 같아 다운은 한참을 복도의 소파에 앉아 있었다.

너무나 지친 다운은 자신도 모르게 복도에서 잠이 들고 말았다. 그녀에게는 너무나 힘든 하루였다.

병원에 하루를 입원하고 퇴원을 한 아름과 다운을 니콜라스가 살뜰히 챙기고 있었다. 잘하지는 못했지만 그래도 어느 정도의 한국말을 하는 그는 언니의 기쁨조 역할을 톡톡히 했다. 비슷한 또래라서 그런지 말도 통하는 것도 많았고 무엇보다 니콜라스가 언니에 대해 굉장히 관심을 가지고 있었다.

"내일은 유니버셜 스튜디오에 갈까요?"

어눌한 한국어 발음의 니콜라스의 갑작스러운 말에 아름 언니가 빵 하고 터졌다.

"진짜, 미안해요."

"아니요, 괜찮아요."

언니의 웃음의 의미를 아는 니콜라스가 풀이 죽어서 대답을 하고 있었다. LA의 한적한 식당에서 점심을 먹으며 그들이 웃고 있다는 게 얼마나 행복한지 몰랐다.

"우리 3일 있다가 출발해요. 열심히 구경해야 해요."

한 자 한 자 찍어서 말해주는 니콜라스 때문에 언니는 또 한 번

빵 터졌다.

"미안 미안, 니콜라스 너무 귀여워요."

커다란 덩치의 남자가 아름 언니의 말 한마디에 귀까지 빨개져 가며 부끄러워하고 있었다. 두 사람을 보며 다운은 차라리 마크 같은 사람보다 푸근한 성격의 니콜라스가 언니에게는 정말로 잘 맞는 사람 같다는 생각을 했다.

"얼른 먹고 구경 좀 더 다니고 싶어."

아름의 말에 모두들 스테이크를 빠르게 먹기 시작했다. 언제 언니와 함께 외국에 관광을 오겠냐는 생각에 다운도 피곤은 했지만 언니와의 추억을 만들기 위해 노력을 했다.

쇼핑도 하고 유명한 식당에서 밥도 먹고 즐거운 시간을 보낸 그들은 호텔로 돌아오자마자 샤워도 하지 못한 채 쭉 뻗어 있었다.

"난, 손가락 하나도 못 움직이겠어. 또 내일은 유니버셜 스튜디오에 가니까 더 힘을 비축해야지."

"그러자, 쥬라기 공원도 보고 말이야. 내가 미국에 있다는 게 믿어지지가 않아."

옷도 벗지 않고 침대에 그대로 누운 자매는 호텔 천장을 보며 계속 대화를 이어갔다.

"좋다!"

"나도."

"언니, 아까 니콜라스가 언니한테 뭐래?"

"어?"

한참을 수다를 떨던 아름이 조용해졌다.

"둘이서 따로 뭐라고 한참 얘기했잖아. 나만 혼자서 옷 구경할 때 말야."

"별말 아니야."

"뻥! 내가 바보냐?"

아름과 니콜라스, 둘 사이에 뭔가가 있어 보이기는 했다.

"아니, 그냥……."

"그냥, 뭐?"

다운이 아름을 쳐다봤다.

"한국에 가서도 만날 수 있냐고 물어봤어. 마크 때문에 힘든 거 알지만 자기는 나를 계속 보고 싶대."

"만나봐. 사람은 좋아 보이던데. 마크보다 천배는 나아 보였어."

"……."

"만난다고 꼭 사귀는 건 아니잖아. 좋은 친구가 생겼다고 생각하고 만나봐. 잘되면 좋은 거고."

"알았어."

"좋겠네, 우리 언니."

"너는 남자 안 만날 거야?"

"어?"

"아무리 의사라고 바빠도 남자 하나 만날 시간이 없을라고?"

아름이 침대에서 뱅그르 굴러 다운의 코앞에 얼굴을 들이밀었다.

"진짜로 남자에게 관심 없어?"

"관심이 없는 게 아니고 시간이 없어요."

"다운아, 나는 네가 나처럼 이렇게 살지 말고 행복했으면 좋겠어."

아름이 걱정스러운 얼굴로 다운을 쳐다보고 있었다.

Rrrrrrrr.

핸드폰 소리에 다운은 몸을 일으켜 전화를 받았다.

"여보세요?"

다운의 표정이 굳었다. 그 모습을 본 아름이 걱정 어린 표정으로 다운을 쳐다보며 입 모양으로 누구냐고 물었다. 전화를 끊은 다운은 소파 위의 겉옷을 입었다.

"누구야?"

"잠깐만 나갔다가 올게."

마크의 일 때문에 그를 만난다고 말하고 싶지는 않았다. 언니 앞에서 다시는 마크의 이름을 꺼내고 싶지 않은 다운이었다.

"같이 가, 누군데?"

벌써 걱정이 되는지 누구를 만나는지 알지도 못하면서도 아름의 얼굴에는 불안감이 가득했다.

"아는 사람."

다운은 일부러 미소를 띠며 아름을 안심시켰다.

"미국에 네가 아는 사람이 어딨어?"

"자고 있어. 금방 올게."

다운이 호텔 방에서 나왔다. 커다란 호텔이라 그런지 저녁에 격식을 갖춰서 입은 사람들이 로비에 가득했다. 무슨 모임이 있는 것 같았다. 거의 평상복인 다운은 그들 사이에서 누군가를 기다리고 있었다.

"다운."

깊은 저음의 목소리가 그녀의 귀를 간질거리게 하고 있었다. 얼마나 듣고 싶었는지 모른다. 이렇게 가까이서 그의 음성을 듣고 보니 그녀가 제임스를 그동안 많이 그리워하고 있었던 것 같았다.

며칠 사이에 거칠어진 얼굴로 서 있는 그가 다운이 고개를 돌린 곳에 서 있었다. 마치 영화의 슬로모션처럼 그녀의 고개가 서서히 돌아가고 많은 인파들이 그녀의 눈에 스치고 지나가더니 그 안에 제임스가 편안한 밝은 회색의 니트와 네이비색 바지를 입고 그녀를 보고 있었다.

멀지 않은 거리에 있었지만 다운은 굉장히 멀리서 그를 보는 느낌이었다. 고개를 살짝 숙여 인사를 한 다운이었다. 왠지 예전과는 다르게 완전히 남이 된 느낌의 그였다.

『잠깐, 얘기 좀 할까?』

"네, 말씀하세요."

다운이 로비에서 팔짱을 낀 채로 그에게 말을 했다. 다른 곳에서 둘이만 얘기하는 게 지금의 다운에게는 더 불안했다. 그리고 아름이 혼자 호텔 방에 있기에 다운은 얼른 언니에게로 가고 싶었다.

사실 제일 그녀를 불안하게 하는 건 그의 눈빛 때문이었다. 경계하는 듯 그녀를 쳐다보는 그의 눈빛이 다운은 시작도 안 했지만 깊다면 깊은 그들의 사이를 부정하는 것 같아서 불안했다. 그와 어떤 관계를 원하는 건 아니지만 적어도 그녀에게는 그가 첫 남자였다.

『여기서?』

"그게 좋을 것 같아요. 언니가 방에……."

그가 사람들의 시선은 신경도 쓰지 않은 채 다운의 손목을 아플 정도로 쥐고는 사람들을 뚫고 엘리베이터 앞으로 향했다.

"아파요, 그냥 여기서 얘기해도 되잖아요."

『왜, 여기서 하고 싶지? 내가 무슨 말을 할 줄 알고.』

그건 그의 말이 맞았다. 그가 어떤 말을 할지 그녀는 알지 못했다. 사실 알고 싶지도 않았다. 마크는 이미 병원에 들어갔고 병원에서 나온다고 해도 그렇게 난리를 부렸는데 경찰서라도 갈 것이니 마크에 대해서는 걱정할 필요도 없었다.

그와 함께 엘리베이터에 올랐다. 화가 난 듯한 그의 표정과 잔뜩 굳어 있는 그녀의 얼굴을 사람들이 힐끔거리며 쳐다보았다. 그는 칼에 찔려 치료를 받았는데도 아주 멀쩡해 보였다. 하기야 열 바늘 넘게 꿰맨 걸 제외하고는 맞은 건 아마 마크가 더 맞았을 것 같았다.

엘리베이터를 타고 최고 고층에서 내린 다운은 여전히 제임스에게 이끌려 어디론가 가고 있었다.

"제임스, 아파요. 제가 걸어서 갈 테니까 이 손 좀 놔줘요!"

하지만 그의 손은 그녀의 손을 더욱 꽉 쥘 뿐이었다.

"제임스!"

그때였다. 그가 어느 객실의 앞에 서더니 문을 열고는 안으로 들어갔다. 언제나 그가 묵고 있는 스위트룸 같았다. 그런데 오늘은 그만 있는 게 아니었다. 들어서자마자 소파에 그의 아버지인 이수철 회장이 앉아 있었다. 이수철 회장도 그녀의 등장에 당황했는지 아무 말 없이 그저 바라보고만 계셨다.

"안녕하세요."

그녀가 얼른 그의 손에서 손을 빼고는 이수철 회장에게 정중하게 인사를 했다.

"이거 미안하군. 아름 양인가? 다운 양인가?"

이수철 회장이 웃으시면서 이렇게 물으셨다.

『아버지, 다운입니다.』

"아, 그럼, 그 노래한다는?"

이수철 회장은 아직 상황을 모르고 계셨다. 아름이 의사인 줄 아시니까 말이다.

『아니요, 사실은 다운이 의사입니다.』

"……."

『마크가 사귄 건 아름이 맞지만 의사가 아닌 밤무대 가수인 아름이죠. 미국에 올 때까지 말씀드리지 못한 건 죄송합니다.』

이수철 회장의 얼굴이 굳어져 있었다.

"마크가 그런 것도 우리를 속인 건가?"

『이제 그만해요!』

신경질적인 여자의 목소리가 실내에 퍼지고 있었다. 소리가 나는 쪽을 보니 공 여사가 침대에서 그들이 있는 소파 쪽으로 걸어 나오고 있었다. 이 스위트룸은 제임스의 룸이 아닌 어른들이 묵으시는 것 같았다.

"제임스, 마크는 네가 원하는 대로 병원에 들어갔고 너에게 더 바랄 게 없을 텐데. 이 밤에 우리를 찾아와서 굳이 마크가 우리에게 거짓말을 했다는 얘기를 할 필요가 뭐가 있어."

며칠 전의 일로 그녀의 얼굴도 상당히 까칠했다. 아마도 충격에서 아직 헤어 나오지 못한 것 같았다.

"여보, 흥분하면 안 돼요. 앉아요."

공 여사의 건강이 걱정인 이수철 회장이 공 여사의 옆으로 얼른 가서 그녀를 소파에 앉혔다.

"마크가 이렇게 된 건 다 당신하고 제임스 탓이에요. 그때 유산 상속만 해줬어도 마크가 그렇게 되지는 않았을 거라고요."

다운은 마크의 어머니가 순간 이해가 되지 않았다. 제임스는 어쨌든 온몸으로 마크의 칼을 막아 어머니를 구했다. 지금은 제임스를 원망을 할 때가 아니라 감사를 할 때였다.

"여보!"

듣다가 못한 이수철 회장이 아내를 나무랐다.

"내가 틀린 말을 한 게 아니잖아요? 그리고 지금 와서 다운이가 의사든 아니든 돈을 주고 고용했든 어쨌든 무슨 상관이냐고요? 지금 마크는 지옥 같은 곳에 들어가서 고생을 하고 있는데 말이에요. 안 그래요?"

듣고 있는 다운도 공 여사가 우기는 데는 여기 두 남자가 이기지 못한다는 것을 알 수 있었다.

"나, 피곤하니까 모두 나가줘요."

공 여사의 눈에서 눈물이 흘러나왔다. 아무래도 계속해서 우기면 이수철 회장이나 제임스가 마크를 꺼내줄 거라 생각하는 듯했다.

"아, 다운 씨라고?"

"네."

"돈이 필요하면 말해요. 마크 때문에 애써줬으니까."

이제는 기가 막혀서 말이 안 나오는 다운이었다. 어떻게 하면 저렇게 약물중독자 아들을 감쌀 수가 있을까 하는 생각이 들어서였다.

"저는 괜찮습니다."

답답한 마음에 다운이 말을 이어나갔다.

"오늘 제가 원해서 이곳에 온 건 아니지만 이 기회를 빌려 죄송하다는 말씀은 꼭 드리고 싶습니다. 비록 언니를 위한 일이기는 했지만 어른들을 속인 건 잘못이니까요."

다운이 고개를 숙여 공 여사와 이 회장에게 진심으로 사죄를 드렸다.

"……."

공 여사가 매서운 눈으로 서서 그녀의 말을 들었다.

"언니를 대신해 마크의 약혼자로 모두를 속이려고 했던 걸 용서해 주시겠습니까?"

다운이 어른들의 앞에서 무릎을 꿇었다.

"제가 본의 아니게 물의를 일으킨 점은 사과드립니다."

"알았으니까, 일어나요."

공 여사가 귀찮다는 듯이 말했다.

"그럼 저의 잘못을 용서해 주신 것에 다시 한 번 감사를 드립니다."

"어서 나가봐요."

"아니요, 할 말은 이제부터 시작입니다."

모두가 놀란 표정으로 다운을 보고 있었다.

"한국에서는 자식이 잘못되면 모두 부모가 교육을 잘못해서 그런다고 하죠."

"뭐?"

"저는 그 말에 별로 동감하지 않고 자랐습니다. 부모님이 일찍 돌아가셨거든요. 그래서 전 솔직히 어렸을 때 언니와 싸우면 혼나고 거짓말하면 혼났던 기억뿐이 없습니다."

제임스가 그녀의 팔을 잡고는 고개를 가로저었다. 하지 말라는 의미였다. 하지만 다운은 공 여사에게 이렇게 말해주는 사람이 없어서 공 여사가 아들을 얼마나 과보호하는지를 모른다고 생각이 들었다.

"어머니께서 너무 마크를 오냐오냐하시고 그의 잘못된 행동들을 돈과 권력으로 덮어주시는 바람에 그는 약물중독자가 되었고 저의 언니의 목에 칼을 겨누었습니다. 약만 살 수 있다면 무슨 짓이든 할 사람입니다."

"나가!"

"나갈 땐 가더라도 말을 끝까지 하고 갈 겁니다."

이번에는 다운도 화가 나 있었다.

"저희 아름이 언니가 비록 못 배워서 그렇지 정말로 마크에 비해 천배는 더 좋은 인성을 가지고 있는 사람입니다. 그리고 저의 하나뿐인 언니죠. 그런 언니를 마크가 죽이려고 했는데 치료 시설에 보내다니 용납이 안 됩니다. 반드시 형사처벌을 받아야 마땅하죠."

"……."

이 말에 공 여사가 입을 다물었다.

"돈이 다가 아닙니다. 저는 보상 다 필요 없고 아름 언니의 안전한 생활만을 바랄 뿐입니다. 그렇게 하기 위해서 미국에까지 따라온 거구요. 아셨습니까?"

다운이 거품을 물며 얘기를 하자 제임스가 그녀를 뒤에서 안았다. 진정을 시키기 위한 몸짓이었다.

『다운, 진정해.』

"그리고 정말 화가 나서 그러는데 제임스가 목숨을 걸고 어머님을 지켜줬는데 고마운 줄도 모르시네요. 제임스가 움직이지 않았다면 마크의 손에 어머니는 죽었을지도 몰라요. 그러면 그렇게 아끼시는 아들은 살인자가 되었겠죠."

"제임스가 여기에 마크를 부르지 않았다면 그럴 일도 없었어!"

"뭐요? 여기 온 건 마크가 언니와 결혼해서 유산을 받기 위해서 온 거지, 제임스가 등 떠밀어서 온 게 아니라고요."

"……."

"혹시 제임스의 친어머니가 아니세요? 어쩜 그렇게 마크뿐이 모르세요? 이 사람의 상처받은 표정은 하나도 안 보이시나 봐요?"

"제임스? 다운 양을 어서 데리고 나가라. 얘기는 나중에 내가 들어주마."

제임스가 다운을 뒤에서 안아 들었다.

"네가 뭘 알아? 어?"

공 여사의 외침이 밖으로 끌려 나가는 다운의 귀에 들렸다.

"마크는 환자라고요. 그것도 아주 위험한."

다운이 끝까지 목소리를 높였다.

『다운!』

바깥에 나와서도 그녀가 소리를 지르자 제임스가 그녀의 이름을 크게 불렀다. 그 소리에 놀란 다운이 입을 다물었다.

"미안해요. 어머니께 무례하게 하고 싶지는 않았지만 너무 답답하셔서……."

"……."

제임스가 다운의 손을 잡고는 반대편 끝의 룸으로 들어갔다. 여기서 그가 묵는 것 같았다.

『앉지.』

그가 억지로 그의 방에 끌고 들어온 것과는 다르게 굉장히 정중하게 그녀를 안내했다. 그리고 냉장고의 신선한 오렌지 주스를 한 잔 따라서 그녀에게 건넸다. 소리를 그렇게 질렀으니 목을 축이라는 표시였다. 다운은 정말로 숨도 쉬지 않고 주스를 원샷했다.

"미안했어요. 진짜로."

다운은 입가의 주스를 손으로 닦으며 그에게 말했다.

"어머님께는 너무 죄송했다고 말해주세요."

『…….』

"그런데 도대체 나를 왜 어머님께 데리고 간 거죠?"

『일찍도 물어보는군.』

"네?"

그는 생수를 벌컥거리며 마시고 있었다.

『이럴 땐 와인이 생각이 나는데 의사가 먹지 말라는군. 다른 사람 앞에서는 먹겠는데 의사가 앞에 있으니…….』

그가 어색하게 농담을 건넸다.

"마시고 싶으면 마셔요."

그가 아주 의외라는 듯이 그녀를 쳐다보았다.

"그러면 내일은 봉합 부위가 붉게 변하면서 벌어질 테고 잘 아물지 않겠죠. 그러면 아마 당신의 여자친구 혹은 와이프가 싫어하시겠죠."

『먹으라는 건가? 말라는 건가?』

"다 컸으니 알아서 하라는 거죠."

그가 생수통의 물을 벌컥거리며 마셨다.

"말해요, 나를 왜 그 방으로 데리고 갔는지."

솔직히 다운은 지금 그것이 가장 궁금했다. 아버지께 사실을 말하기 위해 그녀를 데리고 간 것은 아닐 것 같았다.

"뭐냐고요?"

『먼저 아름과 당신에게 미안하다고 사과하고 싶었어.』

"일찍도 하시네요."

『그리고 부모님께 다운이 왜 아름인 척할 수밖에 없었는지 이해하실 수 있게 설명을 드리려고 했지. 어머니와 당신이 그렇게 격한 반응을 보일지 몰랐어. 특히 다운이 그렇게 불같은 성격일 줄도 말이야.』

"……."

『그리고 부모님께 당신과 사귀고 있다고 말하려고 했어.』

"네? 당신, 아무 말도 없었잖아요?"

『우리가 굳이 말이 필요하다고는 생각하지 않았어. 이미 우리는…….』

"갈 데까지 간 사이다?"

다운은 너무나 기분이 좋지 않았다. 아무리 둘이 잠자리를 했다고는 하지만 뭐든지 절차가 있는 것이다.

"제임스 씨, 김칫국을 너무 많이 드셨네요. 난 당신하고 사귄 적도 없고 앞으로도 그럴 일 없어요."

다운이 자리에서 일어났다.

"안녕히 주무세요. 그럼, 며칠 있다가 한국으로 돌아갈 때 봬요."

그녀가 지나치다 싶게 정중하게 몸을 숙인 후에 그의 방을 나왔다. 그녀가 원한 건 이런 식의 프러포즈가 아니었다. 그냥 그의 진심을 알기를 바랐을 뿐인데 그는 머리와 꼬리는 다 떼어버리고 몸통만을 말하고 있었다. 그러면 그녀가 좋아서 쌍수를 들고 그에게 고마워해야 하는 건지 정말로 속이 상했다.

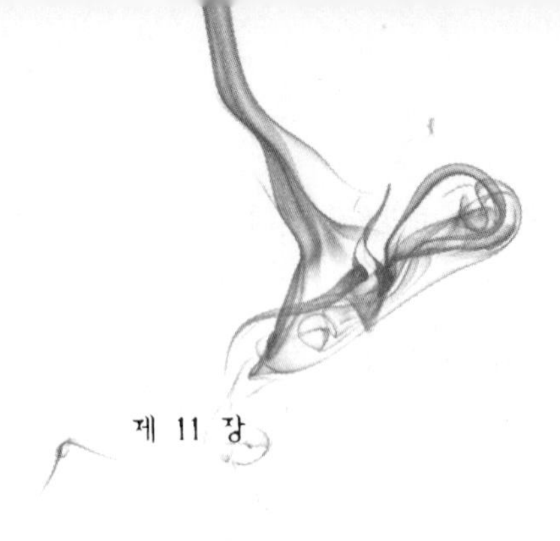

제 11 장

한국대학 병원의 최대의 장점은 아무것도 생각할 틈을 주지 않는다는 것이었다. 바쁘고, 바쁘고 또 바빴다. 얼마나 바쁜지 그녀의 이름이 정다운이 아닌 정 쌤으로 인식이 될 지경이었다.

일주일의 그녀의 휴가를 보상받기를 원하는지 교수님의 주문이 장난이 아니었다. 수술은 레지던트 때보다 더 많이 잡혀 있었다. 미국을 다녀온 지도 이제 기억에서 가물거리고 있었다.

"정 쌤, 내일 뭐 하시나?"

10시간의 수술이 끝나고 김밥을 입안으로 구겨 넣고 있는데 외과병동의 최 샘이 그녀에게 물었다.

"나의 작은 소망이 있다면 밥 한 끼 제시간에 먹는 거뿐이지. 하루살이 인생에 내일이란 사치야."

"교수님한테 완전 찍히셨어? 왜 그래, 요즘에 레지던트보다 더 빡세 보여."

"약 올려?"

김밥을 입에 꽉 구겨 넣은 채로 밥풀을 튀겨가며 다운은 성질을 내고 있었다.

"할 말 없으면 가라. 밥풀에 맞아 죽기 전에."

"화 풀어. 좋은 소식이야. 내일 정 쌤 오프라고 인턴이 얘기해 주더라."

이제는 귀찮은 다운은 계속해서 김밥을 구겨 넣었다.

"내일 저녁에 시간 비워놔."

"……."

"한국대 의대의 킹카이시자 우리의 영원한 로망의 선배인 주기환 선배 알지?"

"미국 갔잖아."

"그 선배가 돌아왔어."

진짜로 그녀를 너무나 못살게 군 선배였다. 잘생긴 얼굴에 천재적인 두뇌 동산병원의 후계자인 그였다. 의학계의 재벌이라고 해야 하나? 여튼 모든 여자 의대생들의 로망인 선배였지만 미안하게도 다운에게는 아니었다. 좀 괴롭혔어야지.

"알았어. 잘됐네."

건성으로 말하고는 마무리로 콜라를 벌컥벌컥 마셨다.

"그 선배가 나한테 전화가 왔어."

"좋겠네. 잘해봐라."

다운은 이 일분일초를 수면으로 채우고 싶은 생각뿐이었다. 수면의 신은 언제나 그녀에게 입신하기를 원하셨다. 눈이 반쯤 감겨서 이 앞의 진상을 누군가 치워주기를 애타게 바라고 있을 뿐이었다.

"졸리다. 가라!"

"정 쌤."

"왜? 최 쌤."

간이침대에 누우려는 다운에게 최 샘이 한 방을 날렸다.

"내일 정 쌤, 오프인 거 아니까 서울호텔로 튀어 오라는데?"

"뭐?"

"데이트란 걸 하고 싶으시대."

언제나 선배는 이런 식으로 사람을 귀찮게 하고 있었다. 남들은 어떻게 생각을 하든 본인 하고 싶은 대로 말이다. 그녀가 입학했을 때부터 선배의 몸종인 다운이었다.

"데이트를 몸종이랑 한데?"

"선배가 너 좋아하는 거 몰랐어? 너 빼고 다 아는 사실이거든."

"장난하지 말고 가라."

"난 선배 말 전했다. 괜히 바람 맞췄다가 바람과 함께 사라지지 말고 나가라. 7시 서울호텔이다."

"아아아아~ 악!"

다운이 머리를 쥐어뜯고 있자 최 샘이 자리를 슬슬 피하고 있었다.

"난 분명히 말했다."

의국의 문이 닫히는 소리가 들렸다. 그가 돌아왔다. 자그마치 예과 2년, 본과 4년, 인턴 1년을 그의 그늘에서 노예처럼 살아온 그녀였다. 그의 모든 것을 알았다. 그는 악마였고 그녀는 그의 부하였다. 그런 그가 그녀를 보자고 했다. 미국으로 유학을 간다며 그녀에게 기다리라는 말을 하고 뒤를 돌아서는 그의 뒤통수가 사라지자마자 환호성을 지른 그녀였다.

그런데 4년 만에 돌아오다니. 최소한 유학을 갔으면 10년은 공부를 하게 법으로 정해야 했다.

"아니야, 이건 꿈일 거야."

다운은 침대에 그대로 쓰러졌다. 그녀를 사랑하는 수면의 신도 주기환 앞에서는 사라져 버렸다. 정신이 말똥말똥한 다운이었다.

어젯밤 의국에서 그대로 잠이 들었다. 집에 갈 힘도 없었고 오프지만 그래도 할 일이 많았다. 오전에 병원에서 시간을 보낸 다운은 집으로 향해 오랜만에 동네 목욕탕을 찾았다. 이럴 때는 때밀이 아줌마가 절실히 필요했다. 전신의 때밀이와 마사지로 거금

3만 원을 쓰신 다운은 개운하게 집으로 향했다.

집에 돌아온 다운은 한숨 잔 후에 얼굴에 로션만 바르고 서울호텔로 갔다. 아직은 꽃샘추위가 있어서 옷을 두껍게 입은 그녀는 호텔 안의 다른 사람들과 비교해 조금은 촌스러운 복장이었다.

서울의 야경이 아름다운 서울호텔의 양식당에 도착한 그녀는 매니저에게 주기환이라는 이름을 얘기해 주었다. 그러자 여자 매니저가 그녀를 좀 의아하다는 듯이 쳐다보며 선배의 자리로 안내해 주었다.

다운은 매니저가 왜 그런 눈빛으로 그녀를 보았는지 주환을 보고 나서야 알았다. 완벽한 슈트 차림의 선배는 잡지책에서 막 튀어나온 남자의 모습이었는 데 반해 그녀는 오늘 좀 초라한 모습이었다. 검은색 니트에 검은색 스키니진의 그녀는 이렇게 격식이 있는 식당보다는 패밀리 레스토랑에 더 맞았다.

"선배."

선배가 자리에서 일어나 그녀가 앉기를 기다렸다.

"오랜만이다."

선배가 그녀를 향해 웃었다. 원래 잘생긴 건 알았지만 미국물이 그에게 맞는지 그는 후광이 일 정도로 잘생긴 모습이었다. 남성적인 카리스마가 있다기보다 잘 만들어진 도자기 같은 잘생김이었다.

"잘 지내셨어요?"

"그럼, 너는?"

"저도 잘 지냈어요. 미국이 좋기는 좋은가 봐요. 진짜 멋있어지셨어요."

"난 원래 멋있다."

"네."

선배와의 저녁 식사는 생각보다 유쾌했다. 세월이 흐르는 동안 선배의 까칠함도 많이 유들유들해진 것 같았다.

"병원으로 돌아오실 거예요?"

"아니, 동산병원에 들어오라고 할아버지께서 말씀하셔서."

"그렇구나."

말은 이렇게 하면서도 선배와 일을 안 해도 되는구나, 라고 생각을 하니 얼굴에서 저절로 미소가 떠올랐다.

"아쉬워서 어떻게요?"

그녀가 미소를 애써 감추며 빈말을 했다.

"아쉬워할 것 없어."

"네?"

"너도 동산으로 오면 되지."

"……."

이게 무슨 자다가 봉창을 두드리는 소리인가?

"너도 동산으로 와. 신경외과는 동산이 한국대보다 유명한 거 알지?"

그건 그의 말이 맞았다. 거기에 이시혁 교수님은 세계적인 권위자셨다. 교수님만 본다면 솔직히 옮기고 싶은 생각도 있지만 동산 병원에는 주기환이 있었다.

"선배, 그게……."

"당장은 올 필요 없어. 내가 너희 과 교수님께 직접 말할게."

"선배, 생각할……."

"생각은 개뿔, 바늘 가는 데 실이 가야지."

"선배……."

"내가 전화할 때까지 얌전히 기다려."

좀 전까지 천상의 음식이었던 스테이크가 지금은 뭔 맛인지 도저히 알 수가 없었다. 이제는 눈물이 날 지경이었다. 또다시 그 지옥의 시간을 보낼 수는 없었다.

음식을 먹고 식당을 나와서 다운은 기환의 손을 잡았다.

"선배!"

기환이 다운의 손을 끌어당겨서 다운을 품에 안았다.

"이렇게 아무 데서나 스킨십을 원하다니. 너란 녀석은?"

"선배."

"사랑한다. 그리고 내가 한국 땅에 온 이상 너의 모든 건 나에게 소속이 되었다는 걸 잊지 마라."

"……."

다운의 표정이 갑자기 굳었다. 몸도 뻣뻣하게 굳어버렸다. 순간적인 다운의 반응에 기환은 다운의 얼굴을 보았다.

"왜 그래? 내가 너무 꽉 안았어?"

선배의 헛소리가 그녀의 귀에는 들리지 않았다. 그녀가 기환의 몸에서 빛의 속도로 떨어져 나왔다.

"선배, 나 먼저 가볼게요."

"데려다줄게."

"아니에요."

다운은 선배에게 인사를 하고는 엘리베이터에 혼자 타고는 버튼을 눌렀다. 그녀는 기환의 품에 안겨서 제임스와 눈이 마주쳤다. 스치듯이 지나가던 제임스의 눈에서 다운은 분명히 불꽃을 보았다.

집으로 어떻게 돌아온 줄도 모르고 다운은 냉장고의 얼음물부터 마시고 있었다.

"뭐 해?"

식탁에 앉아서 공부를 하고 있던 아름이 그녀의 모습을 보고 물었다.

"누가 쫓아오기라도 한 거야?"

"아니."

"그런데 왜 그렇게 정신이 없어?"

"그냥 목이 말라서."

다운이 식탁에 앉으며 말했다.

"공부는 잘돼가?"

"응, 다음 달에 삼촌이 내 방에 방음 시설 해준다고 했어. 삼촌이 더 좋아해."

미국에서 온 다음 다운의 권유로 본격적으로 음악 공부를 시작한 아름이었다. 뮤지컬 쪽으로 공부를 시작했는데 그 열의가 대단했다. 이제는 언니를 가르칠 준비가 된 다운이었다. 고등학교 검정고시도 병행하는 아름은 요즘 다운보다 더 바쁜 일정을 보냈다.

마크의 일이 있은 후에 한국으로 돌아와서 슬픔에 빠진 건 아름도 다운도 아닌 삼촌이었다. 불쌍한 조카가 좋은 사람 만나서 시집간다고 좋아하셨는데 실망도 크신 것 같았다. 지금은 더 불쌍해진 아름을 위해 여러 가지로 신경을 쓰고 계셨다.

"언니, 니콜라스랑은 연락해?"

"어? 어."

언니가 당황하고 있었다. 미국에서부터 낌새가 이상하더니 요즘 둘이 사귀는 것 같은 느낌이 들었다. 니콜라스야말로 확실한 사람이었지만 솔직히 마크의 여자였던 언니를 그쪽 집 사람들이 어떻게 받아들일까가 더 걱정이었다.

"심각한 상황은 아니야. 그냥 친구."

"알았어. 니콜라스는 좋은 사람이야."

다운이 아름을 보며 미소 지었다.

"언니, 마음 가는 대로 해. 남들 생각하지 말고."

"응."

"공부해. 내가 너무 방해했다."

다운이 식탁에서 일어나 자신의 방으로 들어갔다. 마크를 먼저 만나지 말고 니콜라스를 만났다면 언니에게 더 좋았을 텐데, 라는 생각이 들자 언니의 이상하게 꼬인 남자들과의 관계들이 떠올랐다. 이제라도 행복하게 언니가 살았으면 좋겠는데 말이다.

침대에 벌러덩 누운 다운은 천장을 멍하게 바라보았다. 미국에서 매몰차게 그의 방에서 나온 후에 한 달이라는 시간이 바쁘게 흘렀고 이제는 그녀의 기억의 저편에 있을 사람이라고 생각한 제임스를 보자 다운은 다시 심장이 뛰기 시작했다.

그냥 스치듯 본 것뿐이었는데 그녀의 심장은 몹쓸 인연을 기억하고 있었다. 가슴을 쓸어내리며 그녀는 눈을 감았다. 그리고 기도했다. 다시는 우연이라도 마주하지 않기를 말이다.

모처럼 정시에 퇴근을 한 다운은 병원 내의 커피숍에서 아메리카노 한 잔을 사 들고 거의 감긴 눈으로 터덜터덜 병원을 걸어나오고 있었다.

차 한 대를 뽑을 여유는 되었지만 집에서 출근할 때는 마을버스가 최고였다. 서울의 도심 한복판에 있는 한국대학 병원은 출근 시간에는 거의 주차장이나 다름없이 막혀 있기 때문이었다.

3월인데도 완전히 봄 날씨처럼 따뜻한 날이었다.

"다운아~!"

누군가 부르는 소리가 났지만 '정 샘'이라는 말이 요즘은 더 익숙한 다운은 고개조차 돌리지 않고 가던 길을 가고 있었다. 아메리카노의 쌉싸름한 맛이 그녀의 피곤함을 달래주고 있었다.

"정다운!"

확실히 그녀를 부르는 소리였다. 고개를 획 돌린 다운은 주변을 두리번거렸다. 그녀의 뒤로 검은색 벤츠가 따라오고 있었고 그 안에서 기환이 그녀를 애타게 부르고 있었다. 순간 몸이 경직이 된 다운이었다.

"선배."

"타라, 뒤에 차 나온다."

"네?"

"얼른."

뒤를 보니 그의 차 뒤로 다른 차들이 꼬리를 물고 있었다. 얼떨결에 그의 차에 오른 다운이었다.

"선배, 어쩐 일이세요?"

"너 보러 왔지."

"네?"

“오래 기다렸더니 피곤하다.”

그가 갑자기 그녀의 아메리카노를 빼앗더니 한 모금을 마셨다. 뭐 특별할 것은 없었다. 언제나 선배는 자기 멋대로니까 말이다.

그래도 다운이 선배 옆에 있었던 건 그가 그녀를 장학생이 되도록 공부 면에서는 도움이 많이 되었기 때문이었다. 시험 때마다 족보다 뭐다 해서 선배가 툭툭 던져 주고 간 수많은 자료들은 지금도 감사하게 생각하고 있었다.

하지만 그 감사함만으로 노예 생활로 다시 접어들고 싶지는 않은 다운이었다.

“커피 한잔 뽑아드릴까요?”

“아니, 배고프다. 밥 먹자.”

“선배, 제가 오늘 수술이 2건이나 있었고 오늘은 둘 다 뇌 뚜껑을 열었어요. 몹시 피곤에 쩔어 있습니다.”

“그래? 그럼 밥 먹어야지. 난 오늘 노느라 힘들었거든.”

“네, 밥 먹어요.”

이럴 때는 그냥 포기하는 게 속이 편한 일이라는 걸 다운은 오랜 세월이 지난 지금도 기억하고 있었다. 이건 선배에게 관심이 있어서라기보다 생활의 지혜였다.

“뭐, 드실래요?”

“매일 먹는 거지, 뭐.”

“네.”

그가 먹는 건 김밥 전문점의 김밥 한 줄, 라면 한 그릇, 떡볶이 한 접시였다. 부잣집 도련님이라는 소리에 처음에는 잘 얻어먹을 줄 알았는데 그의 값싼 입맛 때문에 그녀의 삼시 세끼는 언제나 분식이었다. 그래도 공짜로 식사를 해결해서 다운은 언제나 선배에게 감사하는 마음이었다.

근처의 김밥 전문점에 온 그들은 먼저 주문을 했다.

"야, 그리운 김밥이구나."

선배의 눈에 하트가 그려지고 있었다. 하기야 미국에서는 이 맛이 안 날 것 같았다.

"오늘 무슨 일이에요?"

"정말 너 보러 왔어."

"선배!"

"왜, 부드럽게 말하니까 적응이 안 되냐?"

"네."

"여전하구나, 우리 다운이."

우리 다운이란다. 인간이 뭔가를 잘못 먹은 게 분명했다. 음식이 나와서 둘의 대화가 잠깐 멈추었다.

"어서 드세요. 배고프시다면서요."

다운이 숟가락과 젓가락을 그의 앞에 가지런히 놔주었다.

"어서 드세요."

다운이 물을 떠서 가져다주자 그가 김밥을 먹기 시작했다. 언제나 그가 밥을 먹을 때마다 드는 생각이었지만 그의 몸속에는 분명 이 거지가 살고 있을 것 같았다. 그러지 않고서는 저렇게 먹을 수가 없었다.

"그동안 왜 연락이 없었어?"

"잠잘 시간도 없었어요. 집안 식구들은 제가 죽은 줄 압니다."

"그렇군."

이상한 소리는 이제 그만했으면 싶었다. 닭살이 돋아서 죽을 것 같았다.

"미국 가서 뭘 잘못 드셨어요?"

"왜?"

"느끼해졌어요."

"잘해줘도 지랄인 거 여전하구나?"

"이제 선배로 돌아왔네요."

이렇게 거칠어야 어색하지가 않았다.

"남친은 있냐?"

"죽을 시간도 없는데 남친은 무슨."

"그래?"

오늘따라 인간이 이상하게 실없는 소리만 하고 있었다.

"그럼 오늘부터 우리 사귀자."

"푸! 캑, 캑, 캑."

그녀는 먹고 있던 라면을 뿜어내고 있었다. 기환이 다운의 등을 쳐주었다.

"그렇게 감동했냐?"

"선배, 무슨 그런 농담을 하고 그래요."

"농담 아니야."

"……."

라면을 먹고 있는 선배의 얼굴을 다운이 물끄러미 보았다. 이 사람이 진짜 그녀와 사귀기를 원하고 있었다.

"잘 생각해 봐. 난 진심이니까."

"선배."

"네가 내 앞에 나타난 순간부터 너는 내 여자였어. 다른 사람 한 번도 생각해 본 적이 없다."

"……."

"이런 말 다시는 안 하겠지만 지금 이 순간은 진심이야."

이 사람이 지금 자다가 봉창을 두드리고 있었다. 선배에게는 미안했지만 그녀는 한 번도 선배를 남자로 생각해 본 적이 없었다.

"라면이나 드세요."

"정다운."

"네."

"맨정신에 여자에게 고백은 처음 해본다."

"저도 라면 먹다가 고백은 처음 받아봅니다."

라면이 코로 들어가는지 입으로 들어가는지도 모르게 먹고 나서 다운은 집으로 가려 했다. 하지만 커피를 마시고 싶다는 선배의 성화에 못 이겨 다운은 근처의 카페로 갔다.

듣기 싫은 미국의 유학 시절부터 시작해서 요즘 동산병원의 얘기까지 거의 몇 년의 역사를 단숨에 들은 기분이었다.

확실한 건 선배는 지금 그녀 앞에서 굉장히 행복해 보인다는 것이고 그녀는 아무 느낌이 없다는 것이었다.

집으로 바래다주는 길에도 다운은 말이 없었다. 그냥 조금 더 피곤하기만 했다.

"선배, 들어가요."

"야, 너는 연인과 헤어지면서 키스도 안 해주냐?"

"선……."

다운의 눈동자가 빠져나갈 듯이 커졌다. 주기환이 그녀의 입술에 자신의 입술을 박치기하고 있었다. 이런 정신 나간 일이 너무나 순간적으로 이루어져 다운은 정말로 기절을 할 것 같았다. 그리고 입술을 부벼대는 그의 머리통을 한 대 치고 싶은 다운이었다.

"잘 들어가."

멍한 다운을 바라보며 그가 욕망으로 잠긴 목소리로 말을 하고는 자신의 차로 사라졌다. 그의 차가 사라지자 다운은 입술을 손으로 닦았다. 집에 가서 빨리 가글을 하고 싶었다. 주기환과 키스라니.

"에이, 퉤!"

다운은 기분이 몹시 더러웠다. 다운이 집을 향해 돌아서는데 누군가 다운의 어깨에 손을 얹었다.

"선배, 제가 요즘 천식이 있어서요. 그래서 침을 뱉은 거지. 다른 뜻이……."

그녀가 뒤를 돌자 거기에는 선배가 아닌 제임스가 서 있었다. 여전히 그녀의 심장의 주인이 제임스라는 사실을 얘기해 주듯이 그를 보자 그녀의 심장이 미친 듯이 두근거리기 시작했다.

변함없이 여전히 멋있는 그였지만 한 달 전보다 약간 더 야위어 보였다. 마치 무슨 고민이 있는 사람처럼 그의 모습은 어두워 보였다.

"제임스."

『잘 지냈나 보군. 남자친구와 진한 키스도 하고.』

"네?"

그가 주기환 선배와의 키스를 본 것이다.

"당신이 상관할 일이 아니에요."

『내가 상관할 일이 아니다?』

"그래요."

다운은 어차피 그를 더 이상 만날 이유가 없다는 생각에 확실히 선을 그었다. 마음이야 어쨌든지 그는 지금 그녀의 남자는 아니니까 말이다.

『아까 그 녀석, 호텔에서 당신과 만났던 남자 맞지?』

"네."

『누군가?』

"의대 선배예요."

『남자친구가 아니고?』

"당신이 상관할 문제는 아닌 것 같아요. 여기는 무슨 일이시죠?"

다운은 갑자기 그가 등장한 이유가 궁금했다.

『할 말도 있고 물어보고 싶은 것도 있고.』

"저는 할 말도 없고 물어보고 싶은 것도 없어요."

그가 다운의 손을 잡아서 그의 차가 있는 곳으로 끌고 갔다.

"이봐요, 제임스!"

『잠깐이면 돼.』

그의 짧은 말에서 카리스마가 분출이 되고 있었다. 그의 손에 이끌려 다운은 익숙한 그의 리무진에 올랐다. 정말로 많은 야릇한 추억이 있는 공간이었다. 그들이 차에 오르자 다른 때처럼 그의 차가 출발을 했다.

"무슨 일이에요?"

다운의 목소리가 긴장으로 인해 떨려왔다.

『몰라서 묻나?』

"뭘요?"

그들의 시선이 허공에서 강하게 부딪쳤다.

『한 번도 여자 때문에 이렇게 신경을 쓴 적이 없는데 당신이란 여자는 참 거슬려.』

"거슬린다고요?"

이번에는 다운이 화가 난다. 거슬리다니? 내가 뭘 잘못했는데 거슬린다는 소리까지 들어 야 하는지 정말로 다운은 열이 받았다.

"아니, 내가 뭘 잘못했어요? 미국에서 와서 그냥 조용히 살았잖아요? 설마, 니콜라스하고 언니하고의 일이 나 때문이라고 생각해서 이렇게 찾아온 거예요?"

『니콜라스하고 아름?』

"둘이 좋아하잖아요? 몰랐어요?"

『몰랐어.』

순간 아차 하는 생각이 든 다운이었다. 자신의 입으로 화가 난다고 언니의 일을 말한 게 되어버렸다.

"확실하지는 않으니까 내가 한 말 잊어요."

『니콜라스가 그래서 요즘 아주 밝았군.』

"실수했어요. 잊어요."

『모르는 척하지.』

"고마워요."

다운은 왜 이렇게 이 사람 앞에서는 이렇게 작아지는지 알 수가 없었다.

"어머님께서는 잘 지내세요? 그날 제가 실수한 것 같아 좀 신경이 쓰여서요."

『아직 화가 안 풀리셨지만 아버지께서 중간에서 잘하고 계셔.』

"잘됐네요."

어색한 침묵이 흘렀다. 이런 숨 막히는 긴장감이 다운을 힘들게 하고 있었다.

"저한테 할 말 있다고 하지 않았어요?"

『있지.』

"뭔데요?"

『같이 갈 곳이 있어. 그곳에서 말해줄게.』

알 수 없는 그의 말에 다운은 잠자코 밖에만 바라보았다. 뭐 특별히 그녀에게 부탁할 일이 있는 것 같았다. 그도 그 후로는 별말이 없었다.

그들이 도착한 곳은 대학로의 마로니에 공원이었다. 한국병원이 길 건너에 있어서 다운은 꼭 다시 출근하는 기분이었다.

"출근하는 기분이네."

그녀가 창밖을 내다보며 혼잣말을 했다. 차가 공원 앞에 서자 그가 내려 그녀의 차 문을 열어주었다.

"여기는 왜요?"

그녀는 조금 의아하기는 했지만 그와 함께 차에서 내렸다. 그가 마로니에 공원 옆의 그녀의 단골 삼겹살집에 그녀를 데리고 들어갔다.

오늘도 여전히 손님들이 많았다. 특히 병원의 식구들도 많았다. 그가 그녀를 구석의 자리에 앉혔다. 예약이 안 되는 곳이었는데 미리 예약을 해놓았다.

“여기 예약이 안 되는 집인데 예약했어요?”

다운이 놀라서 묻자 제임스는 그저 미소만 지을 뿐이었다.

“정 샘!”

온 동네방네 소식통 최 샘이었다.

“정 샘인 줄 알았지.”

외과병동의 회식이었다. 결론인즉슨 내일이면 한국병원의 모두가 그녀가 오늘 제임스를 만났다는 걸 안다는 얘기였다. 최 선생님의 레이더에 제임스가 걸렸다.

“누구?”

“아는 분.”

“완전 잘생겼는데? 영화배우 줄 알았어. 맞다, 주기환 선배는 만났어?”

“어, 별거 아니야. 동산병원에 오라고 얘기한 거야. 난 안 간다고 했고.”

“그래?”

"미리 말해두는데 제임스는 그냥 아는 사람이니까 이상하게 보지 말고 회식이나 하시지."

"그래, 아는 사람. 뭐 하는?"

"몰라도 돼."

"근데 낯이 익는 얼굴이야."

"최 샘!"

"갑니다. 맛있게 먹고 가."

정신이 없는 최 샘이 오늘은 싫지만은 않았다. 제임스와 아무 말 없이 있는 것보다는 최 샘이 훨씬 나았다.

"병원의 최기영 선생님이라고 외과 전문의예요. 동기기도 하고요."

『재밌는 사람이군.』

"네, 너무 재미있죠."

그가 삼겹살이 나오자 아주 자연스럽게 삼겹살을 구웠다.

"오올, 자연스러운데요."

『나도 한국 사람이니까. 말이 서툴러서 그렇지 입맛은 어머님이 해주신 한국식에 길들여져 있지.』

"그래요?"

『응.』

그가 능숙하게 고기를 굽는 동안 그녀는 신속하게 그를 스캔하고 있었다. 도대체 무슨 이유일지가 궁금했다. 고기를 어느 정도

먹을 만큼 구운 그가 그녀의 잔에 소주를 부었다.

『술은 자주 마시나?』

"아뇨, 마실 시간이 없어요. 회식 때 주로 몰아서 마시는 편인데 회식 자리에서는 거의 못 마셨죠."

『왜지?』

"저는 선배들 뒤치다꺼리하느라 바빴거든요."

『그날은?』

"맞다. 우리 처음 만날 날 여기서 회식했어요. 그날은 제가 레지던트가 끝나는 날이라 정말로 꼭지가 돌 정도로 마셨죠. 그렇게 블랙 아웃이 된 건 처음이었어요."

그가 코웃음을 치며 소주를 마셨다.

"안 믿어도 할 수 없지만 진짜로 전 술을 필름이 끊길 정도로는 안 마셔요."

그가 웃었다. 분명히 소주를 입에 털어 넣으며 그녀를 비웃었다.

"아, 진짠데. 부산에서도 오랜만에 사촌 동생하고 한잔했는데 너무 피곤했는지 훅 갔어요. 이상하게 그때마다 당신이 있었고요. 믿기 싫으면 말아요."

이번에는 다운이 술을 입에 털어 넣었다.

"캬! 오늘은 술도 쓰네."

『오늘은 많이 마셔도 되나?』

"아뇨, 내일 일찍 출근해야 해요. 오전에 수술 일정이 잡혔거든요."

『그래? 아쉽군.』

"그리고 이제 당신 앞에서는 술 안 마셔요."

『왜?』

"또 실수하면 안 되니까요."

그 말의 끝이 왠지 쓸쓸하게 느껴졌다.

"근데 할 말이 뭐예요?"

『다운만 괜찮다면 나는 다운을 만나고 싶어. 남자 대 여자로.』

그가 아주 담백하게 요점만 말했다.

"나랑 연애하고 싶어요?"

『응.』

"난 싫어요."

그의 표정이 몰라보게 굳어졌다.

"당신이랑 나랑은 잊어야 할 게 너무 많아요. 그리고 이제 남자를 만난다면 결혼을 전제하고 만나야지. 끝이 보이는 연애는 이제 할 나이가 아니에요."

다운이 자신의 입장을 아주 담백하게 말했다.

『그게 싫은 이유인가? 내가 싫은 건 아니라는 얘기군.』

"아뇨, 당신이 싫어요."

다운은 마음에도 없는 소리를 지껄이고 있었다.

『한잔 받지.』

그가 그녀의 잔을 채우고 또 채웠다.

“그만 마셔야 해요. 낼 오전에 수술이 있거든요.”

이미 혀는 꼬부라지고 있는 다운이었다. 하지만 여전히 말없이 제임스는 다운의 잔에 술을 부었다.

벌써 소주만 다섯 병째였다. 다운이 술에 약한 게 아니라 정말 필름이 끊기는 날에만 이상하게 그의 신세를 지게 되는 것이었다.

“내가 말이에요. 술이 약한 게 아니에요.”

『그런 것 같군.』

“근데 왜 당신은 안 마셔요?”

『지금 우리는 똑같이 마시고 있어.』

“거짓말, 한 잔도 안 마셨으면서.”

다운의 초점이 점점 흐려지고 있었다.

“히히, 당신이 2개로 보여요. 아니, 3개네.”

자꾸만 웃음이 나오는 다운이었다. 슬슬 취기가 올라오고 있었다. 오늘은 정말로 블랙 아웃이 되고 싶지 않았다.

“히히. 그거 알아요? 당신 완전 잘생겨 보여요. 나 취했나 봐요.”

제임스의 잘생긴 얼굴이 지금은 더 잘생겨 보였다.

“얼굴이 3개라서 더 그런가? 히히.”

『그만 일어나지.』

“그래요, 나 내일 수술 들어가야 해요.”

그가 그녀를 부축해서 자리에서 일어나고 있다는 게 느껴졌다. 눈을 떠보니 그의 차 안이었다.

“어, 차 안이네.”

『…….』

“나, 당신하고 자고 싶어요.”

『뭐?』

“나, 당신하고 지금 섹스하고 싶어.”

뭐라고 그가 말하는데 듣기가 싫었다. 지금은 그와 정열적으로 섹스를 하고 싶은 생각뿐이었다.

“잘생긴 아저씨, 내가 당신하고 자고 싶어 미치겠다고.”

『왜지?』

“왜냐고? 그야 내가 당신을 많이 사랑하니까.”

『뭐라고?』

“내가, 정다운이 간이식 전문의 정다운이…… 히히…… 웃기다. 이런 말 하는 거.”

『다시 한 번 말해.』

그가 재촉을 하고 있었다. 뭐, 이왕 입에서 흘러나온 말인데 많이 해주지, 뭐.

“사랑해, 사랑한다고.”

『진심이야?』

“그럼, 난 이런 말 처음 해봐.』

자꾸만 눈이 감겼다. 제임스와 섹스를 해야 하는데 말이다.

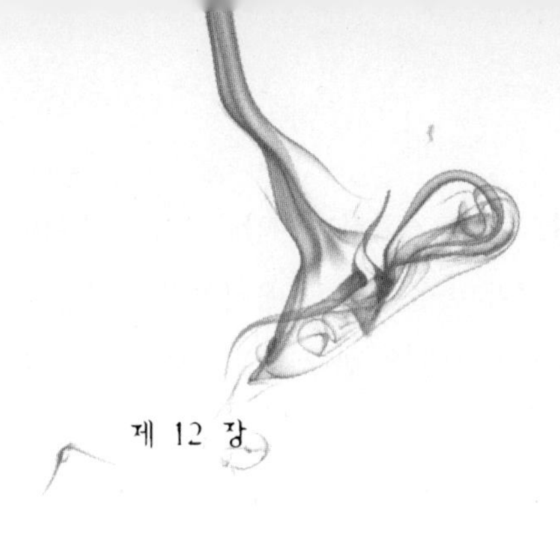

제 12 장

영혼이 몸을 빠져나가 자신을 내려다보는 기분이었다. 뭐 하나 몸에 붙어 있는 것이 내 것이 아닌 듯 뇌에서는 일어나라는 명령을 내리고 있었지만 몸이 움직이지를 않고 있었다.

"으음~"

안 떠지는 한쪽 눈을 뜬 다운은 창밖을 보았다. 다행히 햇볕이 들지 않은 것이 6시를 넘지는 않은 것 같았다. 오늘은 죽었다가 깨도 8시까지는 출근을 해야 했다. 9시 수술이 있었다. 간암 환자의 간을 이식해 주어야 했다. 오늘 환자는 전직 장관으로 교수님의 친구분이라 신경을 써야 했다.

베개에 얼굴을 묻고 핸드폰을 손으로 더듬어 찾고 있는 다운이었다. 그래도 정확하게 시간을 알고 움직여야 하니까 말이다.

그녀가 손을 좌우로 움직였지만 근방에는 핸드폰이 없었다. 그렇다면 방법은 반대로 돌아서 똑같은 방법으로 찾는 것이었다.

그녀가 평소처럼 몸을 돌려 손으로 옆으로 더듬거리자 뭔가 단단하고 매끈한 것이 그녀의 손에 만져졌다. 손을 움직일수록 불안한 생각이 온 전신을 휩쓸었다.

『더 자. 아직 6시야. 한 시간 더 자고 일어나면 병원에 데려다줄게.』

"……."

너무 놀란 다운이 베개에서 얼굴을 들지도 못하고 그에게 가 있던 자신의 손을 슬금슬금 원상 복구시키고 있는 중이었다. 그러자 그의 나직한 웃음소리가 들리더니 그녀를 끌어안아 자신의 팔 안에 가두었다.

『오늘은 도망 못 가.』

"어떻게 된 일이에요?"

『뭐, 본인의 짐작대로.』

"이건 꿈이에요."

다운은 베개에 얼굴을 깊이 박고는 소리를 질렀다.

"언제 아웃됐어요?"

『소주를 둘이서 다섯 병쯤 먹었을 무렵?』

"그만했어야죠."

『난 그만 마시라고 경고를 한 백번쯤 했지, 아마?』

안 봐도 비디오였다. 분명히 꽐라가 된 자신이 취한 줄도 모르고 마구 들이부었을 것이다.

"어디까지 말했어요?"

『왜 그동안 연락을 안 했냐고.』

"또요."

『주기환이 사귀자고 하는데 말려달라고?』

"또요."

『사랑한다고?』

"아아악~~~~ 내가 미쳤어요. 잊어줘요. 못 들은 걸로 해요."

다운은 베개에 얼굴을 묻고는 계속해서 소리를 질렀다.

"아이, 쪽팔려. 나 지금 갈래요."

제임스가 일어나려는 그녀를 꽉 끌어안았다.

『잠깐만 이대로 있자. 그냥 아침에 다운이 함께 일어나는 게 나의 조그만 소원인데 다운의 술주정까지 다 받아준 나에게 그 정도의 희생은 해줄 수 있지 않나?』

그의 심장 소리가 그녀의 귀를 간질이고 있었다. 오글거림이 아닌 푸근한 이유는 뭘까 하는 생각이 들었다.

『자.』

그의 낮은 목소리가 따뜻하게 그녀를 감싸주고 있었다. 힘들고 지친 그녀에게 그 한 단어가 왜 이렇게 위안이 되는 건지 그녀의 힘든 삶을 마치 보듬어주는 것 같았다. 고생했다고 말해주는 것 같았다.

다운은 경계심을 풀고 그의 품으로 파고들었다. 그리고 자신의 평생에 가장 편안하게 1시간을 달게 잤다. 그가 깨워주어 그녀는 샤워를 하고 룸서비스로 아침식사를 했다.

그는 그녀에게 아침에 신사적으로 최선을 다했다. 그녀를 건드리지도 않았고 그 흔한 모닝 키스도 하지 않았다. 그게 서운할 정도로 말이다.

그리고 병원까지 풀코스로 그녀를 데려다주었다. 다시 만나자는 약속도 했다. 어제 했던 말의 대답은 오늘 듣고 싶다고 했다. 왜 이렇게 떨리는지 그녀는 하루를 어떻게 보냈는지 기억도 할 수가 없었다.

오늘은 다른 날보다 일정이 빡빡했는데도 불구하고 그녀는 하나도 힘이 들지 않았다. 저녁에 그들은 서울호텔의 그의 스위트룸에서 만나기로 약속을 했다.

잔뜩 기대에 찬 다운은 평소보다 정성 들여 화장을 하고는 병원을 나와 택시를 탔다.

"서울호텔이요."

아저씨에게 이렇게 말하고는 조용히 창밖을 바라보았다. 사랑을 하면 세상이 핑크빛이라는데 그녀의 눈에 오늘이 딱 그랬다.

Rrrrrrrr.

모르는 번호였다. 받지 않을까 하다가 전화를 받은 그녀는 상대편의 목소리를 듣는 순간 온몸이 굳었다. 뭐 굳이 나쁠 건 없었지만 왠지 모르게 찜찜함이 있었다.

"여보세요?"

[오랜만이에요, 다운 씨.]

"네, 사모님."

[그래요, 사모님이죠. 이제는 바로 얘기를 하네요. 어머님이라고 하면 어쩌나 생각했어요.]

"……."

처음에는 좋은 인상이셨는데 마크와의 일로 너무나 꼬여 버린 관계가 되어버렸다. 그다음에 그녀가 미국에서 공 여사에게 할 말을 다 한 게 아무래도 공 여사에게 미운털이 박힌 모양이었다.

"잘 지내셨어요?"

[그건 다운 씨가 나에게 물어볼 말은 아닐 것 같은데?]

날이 서 있었다.

"어쩐 일로 전화를 하셨는지 여쭤봐도 될까요?"

상대방의 적의에 전의를 상실한 다운은 말꼬리를 흐렸다.

[단도직입적으로 말할게요. 나하고 제임스의 관계를 더 이상 나빠지게 하지 말아요.]

"네?"

[둘이 만나지 말라고. 알았어요?]

"……."

[마크의 인생을 망쳤으면 됐지. 제임스까지 망치려고 들어. 다시는 우리 앞에 나타나지 않았으면 좋겠어.]

"그건 제임스와 제가 알아서 하겠습니다. 그냥 지켜봐 주십시오."

[뭐라고?]

"마크의 인생을 망친 건 저희가 아니라 사모님이신 것 같은데요."

[네가 아주…….]

"더 이상 저에게 전화는 하지 말아주세요."

[야!]

"죄송합니다. 먼저 끊겠습니다."

다운이 전화를 먼저 끊었다.

처음에는 굉장히 고고하게 존댓말을 하더니 나중에는 화가 많이 났는지 막말을 하고 있었다. 그리고는 전화를 확 끊어버리는 공 여사 때문에 다운은 기분이 좋지 않았다.

"아가씨, 다 왔어요."

서울호텔의 정문이었다. 전화를 받기 전까지는 아주 설레었었는데 지금은 기분이 아주 좋지 않았다. 택시를 다시 돌려야 하나 생각하던 찰나에 호텔의 도어맨이 문을 열어주었다.

어쩔 수 없이 호텔에 내린 다운은 한참을 들어서지 못하고 망설이고 있었다. 꽤 오랜 시간을 서성이던 다운은 마음을 가라앉히고는 제임스가 있는 스위트룸으로 향했다.

똑똑.

그녀가 문을 두드리자 자연스럽게 문이 열리며 정장 차림의 제임스가 문을 열어주었다. 지금 일이 끝나고 들어왔는지 그는 정장 차림에 넥타이만 아래로 풀어져 있었다.

『왔군, 들어와.』

"네."

다운을 소파에 앉으라고 손짓을 한 그는 양복을 재킷을 벗어 의자에 걸쳐 두고는 넥타이를 풀며 그녀의 옆에 앉았다. 다른 때 같으면 그녀의 앞에 앉았는데 오늘따라 그녀의 옆으로 앉은 제임스 때문에 다운의 심장이 콩닥거리고 있었다.

"사과하려고 왔어요. 매번 술만 마시면 블랙 아웃이 되어가지고 못 볼꼴 많이 보여 드려서 죄송해요."

『아니 다행이군.』

"진짜 미안했어요. 이제 술 끊었어요."

『잘했어. 난 술 취한 마누라는 원치 않으니까.』

그가 와이프라는 표현 대신에 마누라라는 한국말을 썼다.

"마누라?"

『그래, 마누라.』

"누가 당신의 마누라예요?"

제임스가 말없이 웃었다.

『나에 대한 확신이 없나?』

"네?"

그의 얼굴이 그녀의 얼굴 바로 앞에 와 있었다. 그의 숨결이 그녀의 얼굴에 그대로 느껴졌다.

다운은 멍하니 그의 얼굴을 보았다. 정말로 조각 미남은 아니지만 그에게는 거친 남자의 모습이 있었다. 아니, 솔직히 남자답게 잘생긴 얼굴이었다.

한번만 손으로 만져 봤으면 좋겠다는 생각을 하다가 그가 웃으며 그녀를 바라보고 있자 얼른 고개를 돌렸다.

민망하기는 했지만 그의 얼굴을 가까이서 본다는 건 기분이 좋았다. 제임스의 손이 그녀의 얼굴을 자기 쪽으로 돌렸다. 그리고 그녀의 입술에 살며시 입을 맞추었다.

『당신과의 키스는 천상의 열매를 맛보는 기분이야.』

그가 오늘따라 이상하게 닭살스러운 멘트를 하고 있었다.

"왜 그래요?"

『뭐가?』

"아니, 이상하잖아요. 당신답지 않게 닭살스러운 말도 하고."

그가 다시 그녀의 입술을 자신의 입술로 빨아들였다. 부드럽게 시작된 그의 키스는 다운의 열기를 서서히 끌어내고 있었다.

그녀의 도톰한 아랫입술을 빨아들이던 그의 입에서 낮은 신음 소리가 새어 나왔다. 그것이 도화선이 되었을까.

다운은 제임스의 목에 팔을 감고는 본능이 시키는 대로 숨 막히는 키스를 그에게 되돌렸다.

"하아~"

누구의 입에서 나온 소리인지는 모르지만 둘의 입술 사이에서는 연속해서 신음 소리가 새어 나오고 있었다. 제임스의 손이 그녀의 스웨터 안으로 들어가 풍만한 가슴을 한 손 가득 담았다. 욕망으로 인해 다소 거칠게 움직이는 그의 손놀림에 그녀 또한 흥분을 했다.

가슴과 그의 손 사이를 가로막고 있는 브래지어를 풀고 나자 그의 손은 더욱더 대담하게 그녀의 가슴을 움켜잡았다. 그리고 그녀의 부드러운 스웨터를 들어 올리고 마침내 그에게 알아봐 달라는 듯이 단단하게 서 있는 유두를 입안으로 넣었다.

그의 뜨거운 혀가 유두를 건드릴 때마다 그녀의 아랫배가 찌릿함을 느꼈다. 그의 놀라운 테크닉은 술에 취해 있을 때 느끼는 것보다 맨정신일 때가 더 자극적이었다. 그의 손길에 다운은 정신이 아득해짐을 느끼고 있었다.

"제임스."

그녀의 입에서 그의 이름이 계속해서 흘러나오고 있었다.

『너무 아름다워.』

그가 한 말인지 정신이 몽롱해진 그녀의 귀에 환청이 들린 것인지 모르지만 계속해서 그의 목소리가 그녀의 귀를 자극하고 있었다.

『사랑해, 다운.』

이건 진짜 그녀의 놀라운 상상과 듣고 싶은 것만 듣는 귀가 만들어낸 가장 환상적인 환청이었다.

"나도 사랑해요."

이제는 그녀의 통제가 불능해진 입이 제멋대로 지껄이고 있었다. 그녀의 말에 갑자기 그가 모든 것을 멈추었다.

『뭐라고 했지?』

그가 그녀에게 물었다. 그러게 내가 도대체 뭐라고 했을까요? 오히려 질문을 하고 싶은 그녀였다.

"……."

『뭐라고 했지? 방금 전에?』

그의 질문에 난처해진 다운이 어깨를 으쓱여 보였다. 속으로는 혀를 깨물고 죽고 싶은 마음이었다. 그가 그녀의 어깨를 양손으로 잡고 그녀의 얼굴을 보았다.

『날 사랑한다고 했나?』

그 말이 굉장히 그에게는 화가 나는지 그가 자꾸 채근하듯이 물었다. 그가 그녀의 어깨를 흔들며 그의 시선을 피하고 있는 그녀를 당황하게 만들고 있었다.

『정다운!』

“그래요, 사랑한다고 했어요. 뭐가 잘못됐어요? 당신이 싫다면 내 마음 접을 거니까 너무 걱정 말아요.”

그녀가 속에 있는 말을 속사포처럼 뱉어냈다.

“미안해요. 잊어요.”

『뭘 말이지?』

“괜한 말을 했어요. 당신도 날 사랑한다고 한 것 같아서 그냥 튀어나온 말이에요. 당신 어머니의 말이 맞아요. 내가 어떻게 당신 같은 사람을 넘볼 수 있겠어요. 그리고 난 마크 때문이라도 당신의 가족들과 어울리지 못해요.”

『어머니가 당신에게 뭐라고 하셨지?』

그의 말은 얼음처럼 차가웠다.

“어머님이 이곳으로 오는 동안 처음으로 전화를 하셨어요. 마크를 망쳤으면 됐지, 제임스까지 망치려고 드냐고.”

『뭐?』

제임스에게 사실대로 말하는 게 더 나을 것 같다는 생각이 들었다. 어차피 알게 될 일인데 말이다.

“나중에 알게 되는 것보다 지금 말하는 게 더 나을 것 같아서 말하는 거예요. 나 때문에 어머님하고 사이가 안 좋아지는 건 싫어요.”

『당신도 그렇게 생각하나?』

"뭘요?"

『어머니와 내 사이가 당신 때문에 안 좋아질 거라고?』

"뭐 어머님께 전 찍힌 몸이니까 아니라고는 할 수 없겠죠. 그리고 난 당신이 나 때문에 부모님과 사이가 안 좋아지는 건 싫어요."

『어머니와 나 사이의 문제는 어머니의 문제지 당신의 문제가 아니야. 그리고 설사 그렇다고 해도 난 당신과 행복해질 생각이지 어머니의 의견을 따를 나이가 아니야.』

그건 그의 말이 맞았다. 그는 어른이었다. 자신의 일은 자기 스스로가 결정을 하는 것이다. 누구의 강요에 의한 게 아니어야 했다.

『난 당신을 사랑해. 처음 본 순간에도 느꼈지. '이 여자다.' 라고 말이야.』

"……."

『술 취한 여자에게 그런 감정을 느끼는 나도 정상적인 사람은 아닌 것 같아.』

"그러게요."

제임스가 그냥 농담같이 가볍게 고백을 하는 바람에 그녀의 대답도 가벼웠다. 마치 언제나 이런 말을 했고 그것에 익숙한 사람들처럼 그들은 살며시 웃으면서 편하게 사랑 고백을 하고 있었다.

무척이나 담담하게 말이다.

“사랑해요.”

그녀의 고백이 이제는 편안하게 들렸다.

『나도 사랑해.』

그들의 입술이 살며시 부딪쳤다.

“난 당신이 날 미워하는 줄 알았어요.”

『내가? 왜 그런 생각을 했지? 당신을 바라보고 있는 나의 눈빛을 다른 사람들은 다 알았는데 말이야.』

“당신이 날 바라보는 게 너무나 무서웠어요. 당신이 그렇게 보고 있으면 꼭 담임 샘이 마음에 안 드는 일을 한 학생을 쳐다보는 것 같았거든요.”

그가 웃으며 그녀의 입술에 키스를 했다. 그 맛이 너무나 부드러워 다운은 정말로 녹아내리는 기분이었다.

『내일 부산에 A-mart 준공식이야.』

“드디어 시작이네요?”

『당분간은 부산에 있어야 해. 기다려 주겠어?』

그의 말에 그녀가 고개를 끄덕였다. 그의 입술이 다시 그녀의 입술을 어루만졌다. 처음부터 그와는 이렇게 될 수밖에 없는 운명적인 만남이었던 것 같았다.

그의 손이 다시금 그녀의 스웨터 안으로 들어와 마치 처음부터 그의 것이었던 양 그녀의 가슴을 거침없이 주무르기 시작했다.

"제임스."

다운은 그의 손길에 점점 더 욕망의 늪으로 빠져들고 있었다. 제임스가 그녀의 스웨터를 벗기고 그녀의 스커트와 스타킹을 동시에 내리며 빠르게 그녀를 자연의 모습으로 만들었다.

제임스의 눈이 점점 욕망으로 짙어져 가며 그녀의 나신을 바라보았다. 그리고 자신도 빠르게 몸에 걸쳐져 있는 불필요한 것들을 사라지게 했다.

다운은 그의 벗은 몸을 뚫어지게 바라보았다. 일반 남자들보다 많이 검은 피부의 제임스는 꼭 밝은 피부 톤의 흑인 같았다. 그래서인지 몰라도 그의 근육들은 마치 훈련이 잘된 말 근육 같아서 그녀의 손이 절로 움직이게 만들었다.

남자의 피부가 주는 촉감이란 이런 것이구나를 생각할 겨를도 없이 그녀의 몸이 소파에서 붕 떴다. 그의 발걸음이 침대를 향한다는 것은 불 보듯이 뻔한 일이었다. 잠시 후에 그녀의 등이 푹신한 침대에 닿았다.

제임스의 입술은 그녀를 향해 집중이 되어 있었고 다운의 모든 건 제임스를 향해 있었다. 제임스가 다운의 다리를 벌리며 자리를 잡았다. 그의 발기한 남성은 보기에도 무시무시할 정도로 발기가 되어 있었다.

그가 그녀의 질에 손가락을 넣어 그녀를 더욱 흥분하게 만든 후에 자신의 커다란 페니스를 넣기 시작했다. 아찔한 고통이 쾌감으로 서서히 바뀌어가고 있었다.

펵, 펵, 펵.

“아앗, 하~”

원초적인 소리가 방 안을 울리고 있었다. 그가 주는 극도의 쾌감에 그녀는 온몸을 부르르 떨며 그의 어깨에 매달려 있었다. 그의 탐욕스러운 허리의 움직임이 그녀를 쾌락의 산 정상으로 이끌었다.

“아~ 제임스.”

그의 표정도 욕망으로 인해 점점 일그러지고 있었다.

“못 참겠어.”

그가 그렇게 말하고 갑자기 속도를 높이기 시작했다. 절정의 순간을 위해 제임스가 마지막 스퍼트를 가하고 있었다.

“으윽~”

그의 신음 소리와 함께 작은 분신들이 그녀의 몸 안에서 해방이 되고 있었다. 그의 페니스에서 작은 진동이 울리고 있었다. 그의 진동에 맞추어 그녀도 절정을 맛보았다.

“사랑해요.”

땀에 젖은 그녀의 등을 어루만지며 다운이 중얼거렸다. 태어나서 지금처럼 충만한 행복을 느낀 적이 없었다. 제임스가 다운의 몸 위로 체중을 실어왔다. 기분 좋은 무게감이었다.

『사랑해.』

그가 조용히 말하고는 눈을 감았다. 몹시 피곤한 것 같았다. 다운도 그와 함께 눈을 감았다. 다운에게도 고단한 하루였다.

"정다운!"

기환 선배의 목소리가 등 뒤에서 들렸다. 요즘 며칠간 계속해서 병원으로 출근을 하고 있었다. 병원의 식구들 앞에서 그녀의 어깨에 손을 올리는가 하면 점심이랑 저녁은 그녀와 함께 먹고 있었다.

몹시 귀찮은 다운이었지만 그간의 정이 있어서 아무런 말을 안 하고 참고 있었다.

"오늘 우리 끝나고 빈대떡 먹으러 갈까?"

"네."

오늘은 확실하게 선을 그어야겠다고 생각한 다운이었다.

"오올, 우리 다운이가 이렇게 시원시원하다니까."

선배가 다운의 얼굴을 자신의 손바닥으로 감싸며 사랑스럽다는 듯이 말했다.

"선배, 이런 거 싫어요."

"그래, 이제 전문의다 이거지? 하지만 나의 눈엔 넌 아직도 새내기 정다운이다."

"선배는 출근 안 해요?"

"오늘까지 휴가시다. 그러니 그냥 즐겨. 내일부터는 내가 보고 싫어도 참아야 한다."

제발요. 다운은 속으로 이렇게 생각을 하고 몸을 돌렸다. 여전히 기환 선배에게 감싸인 채로 말이다. 그때였다.

"정 쌤!"

외과 수간호사가 그녀를 애가 타게 부르고 있었다. 마치 응급환자가 발생한 것 같은 모습이었다. 그녀가 얼마나 뛰어다녔는지 그녀의 고르지 않은 숨을 봐도 알 것 같았다.

"무슨 일이세요?"

"아이고, 숨차다. 정 샘, 강당으로 가봐요."

"강당요? 왜요?"

아직도 숨이 차서 쩔쩔매는 수간호사 가쁜 숨을 몰아쉬며 얘기를 했다.

"안녕하세요?"

기환이 인사를 하자 수간호사가 고개를 숙이며 그의 인사도 대충 받았다. 큰일이 있기는 한 모양이었다.

다운은 서둘러 강당으로 뛰어갔다. 강당이 무너졌나, 라는 생각이 불현듯이 들자 다운의 뛰는 속도가 빨라졌다.

"같이 가."

선배도 그녀의 뒤를 쫓았다.

"선배는 좀 가요."

귀찮게 쫓아오는 기환이 다운은 짜증이 나기 시작했다. 병원의 동쪽 끝에 있는 강당은 환자들을 위한 공연과 전국의 의사들의 모임이 있을 때 개방이 되는 곳이었다. 보통은 오랜 병원 생활에 지친 환자들을 위한 공연이 자주 열렸다.

그녀가 강당의 입구에 들어서자 오늘도 환자들을 위한 공연이 있는지 제법 분주했다.

"헉, 헉, 뭐야 만우절도 아니고."

숨이 턱에 차올라 도착을 했는데 사실상 아무것도 없었다. 그때였다. 출구에서 환자들을 입장시키던 간호사가 그녀에게 달려왔다.

"정다운 선생님이신가요?"

"네."

병원이 워낙에 크다 보니 모르는 간호사나 의사들도 많았다.

"이쪽으로 오세요."

"네?"

"잠깐이면 돼요."

기환이 그녀의 옆에 딱 붙어 있었다.

"선배, 자꾸 이러시면 부담돼요."

"왜?"

오늘따라 선배가 상처받은 얼굴이었다. 제임스도 있는데 괜히 기환에게 여지를 주면 안 될 것 같아서 다운이 딱 잘라 말했다.

"저, 남자친구 있어요."

"네가 남자친구가 어딨어?"

오히려 화를 내는 선배의 기에 눌려 다운은 입을 다물었다. 그때 간호사가 다운을 어딘가로 안내했다.

"선생님, 이쪽으로 오세요."

그 뒤를 졸졸 따라가는 기환이었다. 강당의 맨 앞자리에 앉게 된 다운이었다.

"여기는 왜?"

"잠깐만 기다려 보세요."

기환과 나란히 앉아서 그녀는 공연을 관람하게 되었다. 오늘은 외래 진료도 수술도 없어서 가능은 했지만 그래도 잠깐만 보다가 나가봐야 마음이 편할 것 같았다.

"지금부터 공연을 시작하도록 하겠습니다."

안내 방송이 나오고 무대의 커튼이 열렸다. 악기들과 연주자들이 있는 걸로 봐서는 음악회가 있을 것 같았다. 가수가 무대 위로 나오고 있었다. 다운은 너무 놀라서 눈이 튀어나오는 줄 알았다.

"언니!"

다운이 소리를 질러 아름을 환영했다.

"우리 언니예요."

다운이 자랑스럽게 기환에게 소개를 했다. 하지만 기환의 얼굴을 보고는 다운이 미소를 지었다. 다운과 똑같은 여자가 무대에 있자 기환도 적잖이 놀란 듯했다. 언니가 무대에서 사람들을 위해 노래를 불렀다.

"정말 잘하죠?"

"응."

다운은 언니의 완벽에 가까운 무대에 눈물을 흘리고 있었다. 언니가 두 곡의 노래를 부른 후에 마이크를 잡았다.

"오늘 이 자리에 계신 환자분들이 힘드시겠지만 힘을 내시기 바라며 또 한 명의 가수를 소개할까 합니다. 박수로 환영해 주세요."

관객들이 무대가 떠나갈 듯이 박수를 치자 무대에서 우리나라에서 가장 유명한 재즈가수인 제니퍼 박이 등장했다. 그리고 그녀는 감동적인 사랑의 세레나데를 불렀다.

갑자기 조명이 다운을 향해 비춰지더니 그 앞에 제임스가 나타났다. 검은색 턱시도를 입고 한 손에는 꽃다발을 그리고 한 손에는 반지 케이스를 든 그가 많은 사람들 앞에서 그녀에게 공개 프러포즈를 하고 있었다.

『나와 결혼해 주겠어?』

다운은 한 치의 망설임도 없이 대답을 했다.

"네."

그녀의 옆에 있던 기환은 어느 순간 사라지고 없었다. 그녀의 말이 사실임을 알았기 때문일 것이다. 다운은 모두가 보는 앞에서 그에게 키스를 했다. 세상에서 이토록 로맨틱한 일이 또 있을까 그녀는 너무나 행복했다.

『사랑해.』

"저도 사랑해요."

무대를 마치고 아름과 삼촌이 그들에게 다가왔다.

"축하한다, 다운아."

삼촌의 눈에 눈물이 글썽거렸다.

"자네, 이번 주 일요일에 집으로 오게."

"네."

"근데 한국말은 할 줄 아나?"

"조금 합니다."

"다행이군. 이번에는 내 음식 솜씨를 낭비하는 건 아니겠지?"

삼촌이 지난번 마크의 일을 꼬집어 말했다.

"이번에는 진짜 조카사위야."

다운이 딱 잘라 말했다.

"허니."

아름의 콧소리를 따라가 보니 니콜라스가 꽃다발을 들고 서 있었다.

『회장님.』

니콜라스의 등장에 제임스도 놀란 것 같았다.

"모두가 모였으니 밥이라도 먹어야 하겠지만 잠시 후에 저는 수술 스케줄이 있습니다."

"우~~~~"

『당신, 수술실 안 들어가도 돼.』

"네?"

『병원장에게 부탁을 했거든.』

"뭐라고요?"

『우리 모두 밥 먹으러 갑시다.』

제임스가 다운을 번쩍 안아 들었다.

"어머, 뭐 하는 거예요?"

『이렇게 안 하면 사랑하는 여자와 밥 한 끼도 못 먹을 것 같아서.』

삼촌과 아름은 옆에서 멍하게 그들을 바라보고 있었다.

"지금 뭐라고 하는지 너는 알아들었어?"

"아니."

그때 제임스에게 안겨서 가는 다운이 큰 소리로 말했다.

"밥 먹으러 가재 . 빨리 와."

다운은 이렇게 말하며 너무나도 듬직한 제임스의 목을 꼭 끌어안았다. 그리고 이렇게 속삭였다.

"사랑해요."

제임스가 기분 좋게 웃으며 말했다.

"나도."

병원의 모든 사람들이 다운을 부러운 듯이 쳐다봤다. 다운은 알았다. 모두의 이런 부러운 시선을 그녀는 평생 받으며 살 것이라는 것을 말이다.

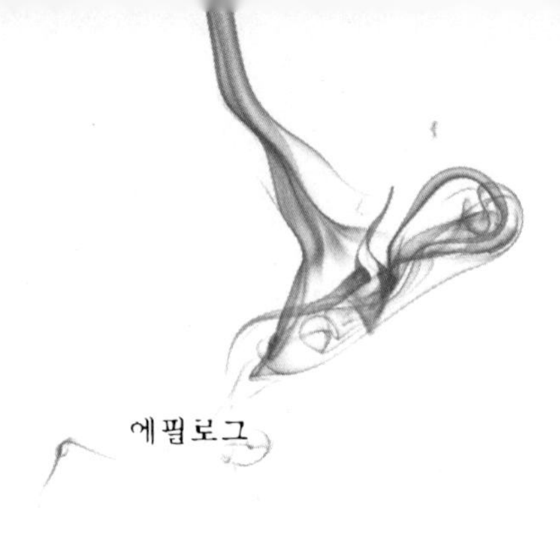

에필로그

식탁의 가장자리에 자그마한 손이 올라와서 무언가를 열심히 더듬거리며 찾고 있었다. 그렇게 한참 동안 식탁을 한 바퀴 돌며 뭔가를 찾던 손에 드디어 찾는 물건이 닿았다. 얼른 그걸 손에 넣은 작은 도둑은 주방을 재빠르게 나가다가 아름의 손에 체포가 되었다.

"엄마, 나 아무것도 안 가지고 갔어."

미나가 손을 뒤로하고는 아름에게 말하고 있었다.

"손 내밀어봐."

"……."

미나의 코끝이 울 것처럼 빨개지고 있었다.

"얼른!"

아름의 말에 미나의 눈에서 눈물이 흘러내렸다.

"없어."

"그만해요. 우리 미나가 뭘 잘못했다고."

니콜라스가 자신의 딸을 안아 들었다.

"당신이 자꾸 그렇게 미나를 감싸고도니까 미나가 점점 돼지가 돼가는 거라고요."

"나, 돼지 아니야!"

미나가 울기 시작했다.

"아항~ 나 돼지 아니라고!"

니콜라스가 땀을 뻘뻘 흘리며 미나를 안고는 밖으로 나갔다.

"언니, 애한테 돼지가 뭐야?"

미나는 니콜라스와 아름 사이에서 태어난 다운의 조카였다. 지금 3살이 된 미나는 모두의 사랑을 한 몸에 받았다. 귀여운 얼굴에 어찌나 똑똑한지 제임스가 하트를 난발하며 미나의 사생팬임을 자처할 정도였다.

하지만 미나의 단 하나의 단점은 식탐이었다. 어찌나 먹어대는지 아름이 두 손 두 발을 다 들었고 다운이 보기에도 풍선처럼 날마다 부풀고 있었다.

"처형, 미나도 크면 알아서 뺄 거예요."

"아니에요, 집안의 남자들이 애한테 폭 빠져서 미나가 하자는 대로 다 해주니까 애가 그러는 거 아니에요."

이제 모두가 입을 다물 때였다. 임산부가 예민해지고 있기 때문이었다. 아름은 둘째를 임신 중이라서 요즘 한층 더 예민했다.

언니가 쿠키가 먹고 싶다고 구운 게 사달이 되었다. 자기는 먹으면서 아이는 못 먹게 하니 미나가 몰래 훔쳐 먹을 수밖에. 언니는 임신을 하고는 초코릿과 과자로 입덧을 이기고 있었다. 이번에도 딸인 것 같다는 생각이 들게 했다. 미나 때도 지금과 똑같은 모습이었으니 말이다.

이렇게 정신없는 와중에도 아름의 입에는 미나와 마찬가지로 쿠키가 가득 들어가 있었다.

"언니도 그만 먹어."

다운이 한마디를 했다. 언니는 4년 전에 니콜라스와 초고속으로 결혼을 했다. 그건 다 미나가 생겼기 때문이었다. 제임스와 그녀의 결혼은 그 후로 2년이 지난 후에 가능했다. 어머니의 반대가 만만치 않았기 때문이었다. 물론 어머니는 지금도 그들이 있는 비버리힐즈의 근처에도 오지 않고 계셨다.

마크는 여전히 병원에서 치료 중이었고 많이 호전은 되었지만 사회에 복귀하기는 힘든 상황이었다.

A-mart의 한국지점들의 수가 이제는 10개로 늘어났고 벤이 서울에서 이 모든 매장들을 총괄하고 있었다. 어린 나이라는 우려에도 불구하고 벤은 놀라운 성공을 일구어냈다. 이건 다 벤의 부

인 때문이었다. 벤보다 5살 연상인 연희 씨는 제임스도 혀를 내두를 정도의 사업의 귀재였다.

그래서 2년 전에 모두 본사가 있는 LA로 이민을 왔다. 처음에 언니 때문에 걱정을 했지만 니콜라스의 도움으로 언니는 이곳에서 잘 적응하고 있었다. 여전히 영어는 엉망이지만 그래도 이제는 어느 정도의 의사소통은 가능했다.

다운은 병원을 그만두고 지금은 의학 서적을 집필 중이었다. 뭐 거창한 건 아니지만 그래도 간 건강에 대한 상식을 읽기 쉽게 풀어놓은 책이라서 1권이 사람들의 반응이 좋아 지금은 2권을 쓰고 있었다.

오랜 기간 동안 공부한 건데 그냥 접기는 아쉬워서 생각해 낸 대안이었다. 앞으로도 쉬엄쉬엄 사람들이 알기 쉽게 어려운 의학이 아닌 쉬운 건강 상식에 관한 책을 계속해서 쓸 계획이었다.

언니는 미국의 음악 아카데미에 들어가서 공부 중이었고 모든 게 순조롭게 풀려가고 있었다.

"다운!"

뒤에서 제임스가 그녀를 안았다. 이제는 제법 부른 배를 어루만지면서 말이다.

"힘들게 뭘 하러 쿠키를 만들어? 쉐프에게 시키면 되지."

"언니의 음식은 직접 해주고 싶어요."

다운의 목에 제임스가 입을 맞췄다.

"안 힘들어?"

"내가 좋아서 하는 일인데요. 이따가 미나하고 니콜라스하고 같이 준비하는 거 잊지 않았죠?"

"그럼, 누구의 명령인데."

"고마워요."

비버리힐즈의 집에는 넓은 정원과 수영장이 있었다. 모든 부자들이 그렇게 살겠지만 그녀도 일하는 사람들이 살림을 해주고 있었다. 그래서 날이 갈수록 불어나는 몸무게 때문에 언니와 함께 집 밖으로 운동 시설을 만들어달라고 제임스에게 부탁을 해놓은 상황이었다.

다운도 아름처럼 임신을 했다. 서른다섯 살의 노산이라 여러모로 준비할 게 많았다. 특히 지금은 임신한 지 5개월이 넘어서 슬슬 배가 나오고 있었다. 원래 마른 체격인 그녀가 임신 후에 급격히 살이 쪄서 지금은 임신 중독을 걱정하고 있었다.

"엄마, 이모."

미나가 바깥에서 그녀들을 부르고 있었다. 아마도 준비가 다 된 모양이었다.

"언니, 가자."

다운과 아름이 정원으로 나가자 니콜라스와 제임스가 작은 묘목 네 그루를 준비했다.

"이건 내 거야."

미나가 자신의 나무를 만지며 말했다. 옛날에는 여자가 태어나면 오동나무를 남자가 태어나면 소나무나 잣나무를 심었다고 하는데 여기는 미국이니까 그냥 고향이 생각나는 소나무를 아이들의 나무로 심어주기로 했다.

아직 태어나지 않았지만 태어날 아이들의 나무도 미리 준비를 했다. 지금 다운의 뱃속에는 쌍둥이가 자라고 있었다. 엄마와 이모를 닮은 딸 쌍둥이를 제임스는 바라고 있지만 다운은 제임스를 닮은 아들 쌍둥이를 바랐다.

"자, 시작해 볼까?"

제임스가 땅을 파기 시작했고 그 옆에서 니콜라스가 열심히 돕고 있었다. 미나는 조그만 물뿌리개를 들고 다니며 좋아하고 있었다. 다운이 아름의 어깨에 얼굴을 기댔다.

"언니, 정말 행복하다."

"응."

"삼촌한테는 전화했어?"

"그럼, 이번에 제임스가 차려준 바가 아주 대박이 났다고 좋아하시더라. 여자친구도 생기셨고."

아름은 삼촌을 한국에 두고 온 것이 계속해서 마음에 걸리는지 삼촌과 거의 하루에 한 번은 통화를 하고 있었다. 그녀들이 수다를 떨고 있는 동안에 두 남자가 정성스럽게 네 그루의 나무를 심었다.

"미나가 물 줘야지?"

"네."

미나가 나무에 물을 주기 시작했다. 지금은 미나만 했지만 세월과 함께 나무는 아이들보다 더 훌쩍 성장할 것이다. 다운의 옆으로 제임스가 왔다.

"소원은 빌었어?"

"네."

"뭐라고."

"비밀!"

다운은 이렇게 말하고는 평생을 사랑하는 제임스와 함께하고 싶다고 소원을 빌었다.

제임스가 다운의 정수리에 입을 맞추었다. 그들은 한참을 그렇게 나무를 바라보며 행복해하고 있었다.

- THE END -